T0278566

La nostalgia de la Mujer Anfibio

Cristina Sánchez-Andrade

La nostalgia
de la Mujer Anfibio

EDITORIAL ANAGRAMA
BARCELONA

Ilustración: © José Vidal / Archivo Fotográfico Vidal del Ayuntamiento de Laxe

Primera edición: enero 2022
Segunda edición: febrero 2022
Tercera edición: junio 2022

Diseño de la colección: Julio Vivas y Estudio A

© EDITORIAL ANAGRAMA, S. A., 2022
  Pau Claris, 172
  08037 Barcelona

ISBN: 978-84-339-9939-9
Depósito Legal: B. 19115-2021

Printed in Spain

Romanyà Valls, S. A., Sant Joan Baptista, 35
08789 La Torre de Claramunt

La vida no vivida es una enfermedad
de la que se puede morir.

C. G. JUNG

No podríamos vivir, a buen seguro, sin
esos instantes de necesaria melancolía, sin la
nostalgia. Porque un hombre o una mujer
sin recuerdos deben parecerse mucho a un
tronco hueco, recorrido por las hormigas y
la lluvia.

ANA MARÍA MATUTE

Esta novela es una ficción inspirada en el naufragio del vapor Santa Isabel, ocurrido en la bocana de la ría de Arousa, frente a la isla de Sálvora, en la madrugada del 2 de enero de 1921. A pesar de que toma datos de la realidad, los personajes y muchos de los hechos narrados son ficticios.

Primera parte

1

Estaban ahí. La vieja en la fría penumbra. El viejo tendido en el suelo como un sapo, mirando con ese mirar con que el hombre mira el mirar de las vacas que miran las cosas.

–Eres mala. Pájara –dijo él.

Estaban ahí. Ella era pequeña y delgada, con cara de raíz, pelos en el mentón como brotes de patata y una melena muy larga, de hebras amarilleadas por los años y el agua de colonia. Olía a hojas y a tierra, a lombriz. Al olor ensordecedor del mar.

Manuel y Lucha Amorodio.

Estaban ahí.

Él llevaba casi dos años encamado en un jergón de ese *faiado,* confundido entre viejos sedales y anzuelos, el cochecito de la niña, muñecas mutiladas y periódicos de una antigüedad remota. A la altura de los ojos, los frascos con los engendros que coleccionaba –un conejo con cinco patas, un pollo con doble pico–, que tan feliz lo habían hecho sentir durante ese tiempo.

Pero algo había cambiado esa mañana. Algo que lo hizo levantarse, acercarse a la mesa y mirar. Con manos temblorosas, cogió un sobre, extrajo dos folios y los leyó. Con un bufido de rabia, los arrojó a un lado. Avanzó hasta la estantería, tomó la escopeta y con ella comenzó a barrer los frascos, que cayeron al suelo un poco antes que él: un río verde de formol se abrió paso entre las esquirlas de cristal, emborronando la tinta del papel.

El monstruoso secreto de toda una vida al descubierto. Estaban ahí.

—Pájara.

Las manos suspendidas en el aire como un ratón, Lucha se acercó.

—No digas nada —prosiguió Manuel mirándola desde el suelo, casi sin aliento—. Tan solo escucha y no digas nada. Habría asumido que no me amaras, al fin y al cabo, yo también cometí mis pecados, pero... —Se giró para señalar con un dedo trémulo los folios y el sobre rasgado, tirados por el suelo—. ¡Pero lo que dices ahí! ¡De *eso* no creí que fueras capaz! ¿No sientes vergüenza?

Lucha no dijo nada, oyendo su respiración sofocada. Pensó en callar porque, seguramente, el silencio sería más elocuente. Pero ahora él esperaba una respuesta; por fin dijo:

—La vergüenza es lo único que me mantuvo viva.

Mirada de decepción. Durante mucho tiempo, al principio de casados, había sido de impotencia, pesadumbre de hombre que no consigue hacerse amar. Luego de rabia. Con el correr de los años, llegó el cansancio. Un cansancio mudo que forzaba a la extravagancia. Algo próximo al hastío que hacía que ella fuera incapaz de mirarlo a los ojos.

Ahora aquella mirada era un erial donde latía el rencor. Lo que durante tanto tiempo había atenazado el cuerpo de él, convirtiéndolo en un silencioso nudo de sufrimiento, acababa de estallar con violencia. ¿Por qué le había hecho eso? ¿Por qué? El corazón le subía hasta la boca. Mala. Eres pájara. Mala.

Al escuchar esas últimas palabras, Lucha se sintió repentinamente triste. Triste por ser incapaz de contar la verdad, que era mucho más bella que todo lo que su marido deseaba oír de ella. Menos mal que no tuvo que contestar.

Con una expresión de fatiga y espanto, Manuel apretó el gatillo. En los oídos de Lucha resonó un rugido espantoso. Pero cuando se quiso dar cuenta, no era ella sino su marido –los ojos desorbitados con las pupilas opacas, pero qué raro, sin sangre ni herida– quien parecía haber muerto. Cristal, su nieta de trece años, estaba de rodillas detrás de él, la mano sujetando el cañón de la escopeta cuya bala había conseguido desviar. Dijo:

–Casi la mata, *avoa*.

Las uñas de los pies desnudos de la niña escarbaban el suelo.

Las piernas de la abuela bajo la falda eran dos maderos resecos.

Estaban ahí; la abuela y la nieta.

Ahora eran ellas.

Lucha y Cristal. Atónitas.

No pensaban; los pensamientos las pensaban a ellas.

Y el recuerdo de toda una vida se apretaba a su alrededor.

2

Había pasado mucho tiempo, pero en la memoria el aire todavía olía a algas, a hinojo y a mar.

Lucha Amorodio nació en Sálvora, una diminuta isla que aún flota en el Atlántico gallego, en la bocana de la ría de Arousa, rodeada de islotes con forma de elefantes, ballenas o gigantes de huesos pedregosos. Una isla espantadiza, cercana a un cielo que desprotege a los pájaros y a un mar virgen y agitado, cuyas aguas regurgitan marineros de otras tierras.

Refugio de piratas sarracenos y siempre rodeada de oscuras leyendas, nadie se atrevió a habitarla durante mucho tiempo. Tan solo a partir del siglo XVI los vecinos de tierra adentro comenzaron a trabajar los campos y a llevar ganado. Arrancando tojos, caracoles y matorrales, los antepasados de Lucha se hicieron con un pedazo de tierra. Cavaron pozos y charcas, levantaron paredes piedra a piedra, construyeron lavaderos, plantaron campos de maíz y desbravaron las tierras con todo tipo de árboles frutales. En las proximidades de una de las playas, allá por 1770, se construyó una fábrica de secado y salazón y una pesquería de atún.

En 1921 vivían en Sálvora poco más de cincuenta personas agrupadas en familias que, como colonos, se dedicaban a explotar unas tierras que el Estado les arrendaba por trescientas pesetas al año. Cada una de las casas llevaba el nombre familiar y todos se conocían. Estaba la de los padres de Obdulio, el niño de nariz violeta, que luego se haría gaitero; la de la Coja y la de Benito, que de muy mozo emigró para vender puntillas y encajes en Cuba. La casa de Teresa, madre natural de Jesusa, colindaba con la de Chencha y Ramonita, las gemelas solteras. La del cura, que atendía con esmero a todos sus feligreses, en especial a Belisardo, el niño ciego de los Garabullos, tampoco estaba lejos. Al fondo del poblado se encontraban las casas de la familia de Manuel, la de Lucha, que vivía con su madre y sus hermanos, y alguna que otra más, como la de Fermina y Cipriana. Eran todas de piedra y estaban situadas en semicírculo, dejando espacio en el medio para el ganado y los utensilios. Tenían una única habitación, con una cama en cada esquina, en la que transcurría toda la vida.

Solo una calle de tierra batida cruzaba la aldea. A uno y otro lado, la plaza, el *cruceiro*, la iglesia, la taberna, dos hórreos, un palomar, una fuente de agua muy fría y dos lavaderos agobiados de avispas. No había ni electricidad ni comunicación por radio con la península.

Como casi todos los habitantes de la isla, la niña Lucha creció trabajando. Envuelta en jirones de niebla o azotada por la sal, la lluvia y el agua del mar, desde muy pequeña trajinaba con baldes de agua, amasaba el pan, daba de comer al cerdo, ordeñaba las vacas y recogía el centeno.

Cuando se levantaba la veda, la playa se llenaba de mujeres. De rodillas o sumergidas en el agua hasta la cintura, rastrillaban los arenales. Para ir al percebe, al calamar o al pulpo, ella y otras compañeras, siempre en cuadrilla, remaban hasta Punta da Cova do Salveiros. Desde las dornas saltaban a las rocas. Las manos duras como zuecos, curtidas por la intemperie y el agua, trabajaban entre la espuma y el frío. Dos veces en semana, iban a tierra firme a vender sardinas, *luras* o marisco, la *patela* en la cabeza. También reparaban las redes u ordenaban aparejos. O trabajaban en la fábrica de salazón y de conserva; y los días se ventilaban lentamente, con el resuello minucioso y dulce de una vida que sucede despacio.

A lo que denominaban «la escuela» de la isla, iba un puñado de niños. Uno de los pocos hombres de la aldea que sabía leer, escribir y las cuatro reglas impartía las clases en un palomar. A media mañana, una vecina repartía una taza de caldo, que dejaba entre los catecismos y que, a los niños, les sabía a gloria bendita. Poesía, sumas y restas, así como otros conocimientos básicos, un batiburrillo de mitos, leyendas y pasajes bíblicos que inflamaban las cabezas de los rapaces. Un Dios colérico que engendra hijos con una mujer mortal; un loco que decía ser Hijo de Dios y que invitaba a sus discípulos a beber de su sangre. Unas clases que solo se impartían en invierno, porque durante el verano los niños tenían que trabajar en el campo. Los vecinos le pagaban al maestro un ferrado de centeno por temporada y niño.

A los dieciséis años, Lucha Amorodio ya estaba comprometida con un mozo de la aldea. No fue, en puridad, un matrimonio concertado, aunque sí algo parecido, porque en aquel momento, mozos casaderos en la isla había tres.

—Quiero casarme con su hija —le dijo un día a la madre uno de ellos, el de más edad, de nombre Manuel. Lucha estaba en el monte, recogiendo leña—. ¿Le parece que sea antes del día de Reyes?

—Me parece.

Así que la boda se había fijado —también lo recordaba, ¿cómo no iba a recordar si el torbellino de la vida giraba ahora en su cabeza?— para el dos de enero de 1921.

16

En esa mañana cargada de humedad y sal, salió de su casa con los zapatos forrados de organdí y las mejillas empolvadas. Pero el destino le tenía preparado algo mucho mejor: una experiencia con la que no contaba y que la marcaría para siempre.

Todo eso recordaba ahora mientras esperaba a que la salita que ella y su nieta habían habilitado para el velatorio de su marido se llenara. Pensaba, y sus pensamientos le daban miedo porque le devolvían a la verdad; en la garganta se deshacía el nudo del recuerdo.

Sentada sobre la orilla de la cama.

La colcha de sal y sueño.

Lucha Amorodio.

3

La víspera del día fijado para el enlace, Lucha abrió la ventana: el aire despiadado de la *marusía* atravesaba la plaza y el graznido de un serrucho le llenó los oídos. Levantó los ojos hacia el cielo y se quedó pasmada.

Todo volaba en círculos. Se alzaba y se dirigía al centro, engullido por la rápida masticación del viento. Poco a poco, el cielo se fue poblando de cosas: sillas y mesas, una mujer haciendo equilibrios con una cesta de algas en la cabeza, una perra amamantando a sus crías y una vieja sonándose las narices, limones que aún no habían caído de los árboles, gallinas, mujeres degollándolas para el convite del día siguiente, el movimiento de la mano que descabeza al animal.

El vestido de novia, extendido sobre la cama, se desplegó con los brazos en alto; también quiso salir por la ventana y huir, huir, huir. Pero Lucha consiguió sujetarlo con firmeza y tirar de él.

El huracán tumbaba pájaros; de la iglesia abierta comenzaron a salir bancos, manteles, reclinatorios de terciopelo y los enormes jarrones con crisantemos y girasoles que el cura y la madre de Lucha, que se afanaban en preparar el templo, tenían que sortear como si llovieran piedras o pecados.

Al volver de la iglesia la madre había atrancado la puerta de la casa para impedir que el diablo, que en las noches de viento rueda en busca de almas (esas fueron sus palabras), entrara en la casa. Poco después de la medianoche, estalló la tormenta. El cielo se rasgó en mil pedazos y el mar, en una suerte de danza amorosa, comenzó a penetrar la tierra hasta quedar esta rendida en su regazo.

En poco más de media hora, las cosechas, los caminos y la plaza terminaron anegados.

Entonces, nítido, inconfundible, se oyó el mugido de la sirena de un barco. Y a continuación, los gritos del farero que había llegado, desde Punta Besuqueiros, corriendo hasta la aldea:

–¡Se hunde! ¡Un naufragio!

Pero Lucha no quiso saber nada, ya tenía bastante con pensar en su boda. De un tiempo atrás, desde que supo que tenía que casarse con Manuel, no había noche que no la pasara llorando.

Se acostó y, sin dejar de oír el viento (y más tarde, quizá, mucho barullo y alguien golpeando la puerta de su casa), se quedó dormida. A las pocas horas, la despertó la inquietud.

Su madre entró en la habitación. Dijo:

–Vete a la playa a ver qué pasa. Yo voy a seguir recogiendo lo que desordenó o *Maligno*.

Lucha se giró y se cubrió la cabeza con la almohada. Pero, entonces, un golpe de viento abrió la ventana. El velo, extendido sobre un lado de la cama junto al traje, se elevó culebreando: salió disparado. Voló sobre uno de los hórreos, las casas, la iglesia y luego sobre la escuela, hinchándose y languideciendo según se alejaba por el aire. Desapareció.

Lo engulló la madrugada.

La joven se puso el vestido de novia y los zapatos de organdí –eran los más hermosos que había tenido nunca, y no iba a permitir que también se los llevara el viento—, se empolvó las mejillas y salió a buscarlo. Pero pronto se topó con la tragedia. A pocas millas, frente al faro, se había hundido un barco. Se trataba de uno de esos vapores que recogían emigrantes por toda la costa gallega para llevarlos hasta Cádiz, lugar en donde embarcaban en otro más grande hacia América. Por lo que oyó decir a alguien, a la altura de Fisterra, lo que solo era mar picado se había convertido en un terrible temporal. El navío chocó contra los bajos del islote de Pegar al intentar maniobrar para acceder a la ría de Arousa, y en la embarcación se abrieron varias brechas.

Los hombres más jóvenes de la isla se habían ido a tierra firme a celebrar el fin de año, así que fueron las mujeres de Sálvora las que organizaron el salvamento. Mientras Lucha aún dormía, una muchacha de la aldea había ido a por ropa, leña seca y cerillas para encender una hoguera en la playa, y otras tres se habían echado a la mar en dos dornas, bordeando la isla para llegar hasta el lugar del naufragio.

Una tercera embarcación con los viejos que quedaban en la isla se dirigió a tierra firme para avisar del accidente.

Cuando Lucha llegó a la playa, algunos rescates ya se habían efectuado y la arena empezaba a llenarse de cuerpos. En el mar aún braceaban muchos náufragos intentando salir a flote. Se agarraban a trozos de madera, maletas o incluso a otros cuerpos y bramaban pidiendo ayuda. Junto a la hoguera que acababan de encender, había un abrigo de hombre extendido en el suelo y cubierto de carteras, pulseras, anillos, diademas de brillantes, relojes y otras joyas.

Pronto amanecería y la iglesia se llenaría de gente —o al menos eso pensó en aquel momento—, el novio y los invitados de su boda estarían listos, y su velo seguía sin aparecer.

Así que se alejó de allí con trancos rápidos. El frío le arrancaba lágrimas y la interminable cabellera suelta descendía por el suelo con la fuerza de un océano, encrespándose y arrastrando a su paso ramas y palitos hurtados al monte, azucenas y alhelíes de mar, cáscaras de mejillón y telarañas mojadas. El viento (¿era el viento?) la embistió con violencia, hinchándole el vestido; parecía como si la obligara a seguir. Con la cabeza baja, como para arremeter contra el obstáculo, siguió caminando. Por fin llegó hasta el pie del faro.

Un poco más allá, el mar era un oscuro mugido de gente. Conocía la zona bien porque a veces iba allí a cavar el percebe. Posadas sobre las rocas, con los ojos guiñados y ajenas a la tragedia nocturna, había gaviotas patiamarillas y algún que otro cormorán moñudo. Al contrario que al otro lado de la isla, en donde las rescatadoras iban dejando a los náufragos, aquí no había nadie. Era la zona más salvaje y la *xesta* y los tojos invadían la playa. Se quitó los zapatos.

La calma que ahora reinaba le dio miedo, y la inundó el recelo. Sonaba una música; un sonido vertical y amigo, tintineante, acudía a su cerebro como una tentación.

Amanecía.

Sus pies –garras unas veces, pezuñas otras– se sujetaban a las rocas con agilidad. Poco a poco, entre el batir de las olas y el triste maullido de las gaviotas, el sonido se hacía más terso y transparente.

Era un latido de océano; se mezclaba con el viento y se extendía como un perfume. Le entraron ganas de llorar.

Atraída por la melodía, se fue acercando poco a poco. El viento (¿o era la música?) tenía ahora algo de vivo, de carnal: la empujaba y la atraía, le producía sensación de frío y después de fuego ardiente, y al mismo tiempo le pegaba la ropa contra el cuerpo. La melena, que nunca se cortaba, se enredó en una rama, y se cayó, ay. Se puso en pie. A unos cuantos metros distinguió un bulto extraño. Le dolía el tobillo, pero siguió avanzando.

El tintineo iba y venía, subía y bajaba culebreando por las escarpadas rocas. Despertaba en su interior algo hermoso y negro: malvado.

Por fin divisó el velo, pero sus ojos quedaron prendidos en otra cosa. Pensó que tal vez era un madero, una maleta o cualquier otro resto del naufragio.

Se equivocó: era un cajón con una pequeña manivela. La tapa superior estaba abierta y mostraba un grabado de colores delicados. En el interior, sobre un cilindro giratorio, daba vueltas un disco de metal provisto de remaches.

De esa caja brotaba la música.

La joven escuchó la melodía sin parpadear, sumida en un torbellino de sensaciones. ¿Sería la Canción del Mal, la música del Enemigo, *o Cachán, o Maligno,* del que tanto le había hablado su madre? ¿Vendría a castigarla por no querer a su novio?

Se recogió la cabellera y cojeando un poco se acercó para buscar en el interior de la máquina. Introdujo una mano temblorosa por debajo del disco y palpó con los dedos: nada. Allí dentro, a no ser que fuera un demonio enano, no había nada. La mano había rozado el cilindro y después de escuchar algo parecido a un rasguño, la música se detuvo de golpe.

Oyó un gruñido. Una queja muy débil.

Entonces se giró.

Levantó la cabeza y deslizó sus ojos por la playa: no.

No era el Maligno.

4

Era un náufrago y estaba desnudo, de bruces contra el suelo: por los orificios de la nariz le brotaban algas, por las orejas asomaban cangrejos y por la boca, la gelatina de una medusa. Exhalaba un tufo verde y la piel criaba mejillones. A la altura de sus piernas yacía también un elegante sombrero de copa.

Lucha se acercó y con gran esfuerzo le dio la vuelta. Al ver su sexo colosal y abatido, reculó. El hombre movía los labios. Sin despegar la vista del suelo, ella le habló:

–¿Está usted bien, señor?

Tiritaba de frío y no pudo contestar. Tenía los cabellos muy rubios y en el iris de los ojos manchas oscuras, trozos de mar o de cielo.

–¿Se cayó del barco?

El hombre asintió. Parecía que quería hablar, pero las palabras tropezaban con algo viscoso en la boca.

–Ay, espere, que lo ayudo.

Lucha le arrancó los mejillones y las conchitas adheridos a la piel, le desenredó las algas de los cabellos y le limpió el cuerpo de arenas. Por último, le sacó la medusa de la boca.

–¿Es usted un criminal?

–No –contestó él aliviado.

–¿Uno de esos emigrantes que va a hacer las Américas?

Él la miró desconcertado.

–No entiendo. Hable más despacio.

No entendía, pero no importaba; todo era piel, fluidos, olor. Ella apuntó al cajón de donde había salido el tintineo.

–¿Y eso de ahí?

–Es una caja de música.

Siguió limpiándolo y una fragancia indescriptible se propagó a su alrededor. Nunca había olido la joven nada tan sublime. La piel del náufrago era tan fresca como la brisa marina; el sebo de sus cabellos, tan dulce como el aceite de nuez; su sexo olía a leche y sus pies a limón, y la combinación de todo ello producía un perfume tan rico y penetrante que por un momento sintió cómo una burbuja de luz se rompía en su cerebro.

Lo envolvió de cintura para abajo con el velo de espumilla. Luego le preguntó que de dónde era.

–Soy inglés –dijo él.

–Ah, sí, inglés... –contestó ella, porque algo había oído a los marineros sobre los ingleses–. ¿Es allí donde los hombres llevan faldas como las mujeres y sin *nada* debajo?

El náufrago sonrió. Dijo que eso era en Escocia.

El aire helado serpenteaba por la superficie del agua oscura y brillante bajo la luz mezquina del amanecer. Cuando alcanzaba la vegetación, que por esa zona se adentraba en la playa, las hojas de los arbustos susurraban y dejaban pasar manchas borrosas que se deslizaban por los dos cuerpos. Hacía frío, pero Lucha no lo sentía. Él alzó una mano y palmoteó en el aire.

–Allá arriba está Inglaterra. Es una isla.

Lucha miró hacia el horizonte. En todos esos aromas que desprendía el cuerpo del náufrago, que ahora preñaban el aire, había algo que le resultaba familiar. Estaba el olor de los pájaros al amanecer, el aroma del norte, de la lluvia y de las praderas, de la gente extranjera y de las otras lenguas, el mundo futuro que ella, vagamente, había recreado en su imaginación, todo el misterio, el exotismo y el secreto de la vida lejana y desconocida.

En su corazón se atropellaban las preguntas, pero no dijo nada más. Vio que él, ahora apoyado sobre los codos, la observaba con una sonrisa.

–¿Se casa usted? –quiso saber.

La chica se alisó el vestido de novia y asintió. Dijo mirando hacia la aldea:

–Ya deben de estar esperándome en la iglesia, si es que con todo este lío del naufragio pueden venir los invitados. –Apuntó el velo que ahora cubría el sexo del hombre–. Vine a por esto. Pero me tropecé, me lastimé y ahora no sé si podré caminar.

El náufrago tomó el sombrero de copa que yacía a su lado, se sentó y se lo encajó en la cabeza. A continuación, se puso de pie: era enorme, casi azul.

Dijo:

–Yo también iba a una boda.

Como Lucha puso cara de no entender, él le habló de su oficio: llevo música de un lugar a otro. Trabajo en banquetes, en celebraciones, en bautizos y casamientos. Añadió: ¿Quiere que la lleve hasta la iglesia? También le podría amenizar su boda.

Caminó hasta donde estaba la caja de música. Pasó un dedo por el borde mellado de madera y encajó el disco en el cilindro. Luego la cerró con cuidado, sacó la manivela, se colgó la caja del hombro y regresó junto a ella.

Con la proceridad de los camellos, o la laxitud de las orugas, el hombre que había escupido el mar se arrodilló. Con un solo gesto, sujetando el sombrero, ofreció su espalda desnuda, brillante y vasta como el mar que esa misma noche lo había escupido en la playa. Ella volvió a mirar hacia la iglesia. Se ajustó el corpiño, se volvió a calzar los zapatos, se recogió la falda y la cabellera y, por último, remontó la anchura de las espaldas del hombre. Las gaviotas flotaban en el cielo. Al otro lado de la isla, la playa se llenaba de cuerpos rescatados, vivos y muertos. La noticia del naufragio había llegado a Ribeira, y empezaban a llegar los barcos a la isla. Con una mezcla de excitación, hastío y paciencia, las jóvenes de la aldea que se habían echado a la mar con las dornas contestaban a las preguntas de las autoridades. Por otro lado, varios médicos y enfermeras curaban los rasguños y las heridas, escayolaban los huesos rotos de los sobrevivientes, los consolaban o, si era necesario, ordenaban su traslado en lanchas al hospital más cercano. El mar había ido también escupiendo maletas abiertas, ropa, zapatos desparejados y sombreros, trozos de madera, sillas y mesas astilladas, un sombrero de copa con una tortuga dentro.

Alejados de todo esto, con la espumilla del velo siseando contra la piel y la espesa mata de pelo cayendo a ambos lados del cuerpo, Lucha y el desconocido recorrieron el sendero en dirección a la iglesia. Anduvieron durante un buen rato en silencio. Él sentía en la oreja el cálido aliento de ella, ella iba chupando el salitre que el naufragio le había dejado incrustado en la piel. Bamboleantes, oían el viento, lo adivinaban correr desde la plaza que ahora, pensó Lucha, estaría llenándose de gente (¿estaría llenándose?), un enjambre de hombres, mujeres y niños que la esperaban (¿la esperarían?). A ratos temblaba, luego tenía calor, el corazón latiendo como un sapo sobre la espalda desnuda de él. El cerebro volviéndose vientre.

—¿Y a qué se dedica usted? —dijo él desde abajo.

—¿Yo? —Lucha dejó vagar la mirada por el horizonte. Se alzaban, por detrás del sombrero de copa de él, las siluetas animalescas, abrumadoras, de las rocas teñidas de liquen amarillo—. Marisqueo, recojo algas, coso redes, apaño berzas y patatas. También percebes. Y pulpos. De todo un poco, ¿no sabe? Todo el día entre la tierra y el mar.

Él volvió a sonreír.

—La Mujer Anfibio —dijo.

Rieron juntos. A la grupa del hombre que acababa de conocer, Lucha sintió en las tripas lo que iba a suceder, lo único que le sucedería jamás.

Por fin, cuando ya habían caminado un buen trecho, ella le tocó un hombro, lanzó la palma por delante de su frente, lo hizo parar y brincó desde los lomos para situarse, bamboleante, frente a él.

Durante un buen rato, se contemplaron: el silencio parpadeaba en el vuelo de las aves. Aunque la joven conseguía sostenerse de pie, estaba recorrida de estremecimientos: aquel hombre la miraba y ella descubrió en la profundidad de sus ojos el destello cenagoso del deseo.

—Y esa isla de donde usted viene... —Lucha apuntó hacia el horizonte—. ¿Cómo es?

Él le tendió un brazo. Con la mano estremecida, enroscó los cabellos de ella en una soga y los apartó de sus hombros para poder besarla debajo de las orejas. Roce húmedo y sedoso. Un toquecito de la punta de la lengua. La piel se erizó. Reculó un poco y la miró a los ojos.

—Gris —dijo—. Inglaterra es gris y melancólica.

—Ya, y mire una cosa, además de llevar faldas... —Lucha se detuvo unos instantes. Le temblaba la voz. Aquel hombre la miraba fijamente, y nunca unos ojos la habían perturbado tanto—: ¿Los hombres cortejan así, desnudos con sombrero de copa, cargando a las mujeres sobre las espaldas como si fueran sacos de patatas o cabras muertas?

—No entiendo.

Ella se sorbió la nariz.

–Lo que usted quiere... –dijo–. Lo que usted quiere, puede suceder, pero será cuando yo le dé paso.

Él dejó caer el brazo. Una suave tristeza (o algo parecido a la perplejidad) cruzó por sus ojos.

–No fue mi intención ofenderla.

Entonces todo se precipitó; Lucha se quitó un zapato y lo lanzó a un grupo de gaviotas; se quitó el otro y lo dejó caer. Se soltó el cabello, se desenrolló las medias a toda velocidad, se las arrancó de cuajo y, con una carcajada, se las lanzó a la cara (las vio resbalar unos instantes por su nariz). Sin dejar de reír, el matorral de pelo agitándose en el aire, tiró del berenjenal de paños que la cubría: lío de bragas, enagua, lazo. El vestido se lo arrancó con los dientes: ante la mirada estupefacta del inglés, los dos pechos saltaron libres y palpitantes, las aureolas rosadas y duras. Se acercó a él y tiró del velo que cubría su sexo. Aquel hombre olía a leche y a limón, ah, sin asomo de olor a trabajo. El trabajo olía a sal y a pescado y...

Todo eso recordaba Lucha años después. Pero de una manera brusca, como una niebla que cae y cubre, la memoria siempre se detenía ahí.

¿Qué pasó?

Solo a veces, de manera inesperada, volvían a ella ráfagas del recuerdo como algo que se había tragado, como si su lengua no hubiera olvidado el sabor a limón de la boca del náufrago.

Otras veces, las más, venía la carrera.

La carrera hasta su casa tropezando con la zarza de pelo, las palabras que iba preparando en su cabeza. Recordaba que pensaba, en aquel momento, mientras cojeaba, que jamás lo volvería a ver (¿lo volvería a ver?). El miedo y el pensamiento la contenían, pero aún encontró fuerzas para trepar la loma, remontarla y bajar de nuevo. El vestido estaba hecho una piltrafa y en la cabellera hervían estrellitas de mar. Tiritaba de frío, le dolía el tobillo y le sangraban los pies. Sí, recordaba que le sangraban los pies (¿eran los pies?). Ojos lloran. Y placer. Un placer sordo, semejante a un dolor de muelas. Las campanas de la iglesia, ya era hora. Las campanas. Las campanas. Las campanas. Los recuerdos amontonándose como turba y tierra, la memoria invadida por la imaginación y un día, de pronto, mientras lavaba la loza o mientras cebaba a los puercos: no, no quería ir. Fuego negro enterrado en ella. No quería ver a su prometido, porque ahora la boca le sabía a limón. Manuel con sus ganas de agradar y la chaqueta demasiado corta y sin un botón, en la cara toda la ausencia de ese botón, y Dios la perdonaría. Dios la perdonaría porque ya no podía perder al náufrago. Mejor huir. Sí. Huir. Olvidarse del velo y de la boda. Huir si su madre le decía que ya no era el momento de cambiar nada, esconderse. Pero no. No podía huir. La buscarían. Lo buscarían a él. Váyase. Vuelva. Las campanas. Cásese. Le juro que volveré. Mi querida Mujer Anfibio: le juro que volveré a por usted.

Entonces fue cuando tropezó y cayó al suelo.

Uno, diez, cientos de ¿pájaros? No, eran murciélagos, sapos voladores, bichos del demonio que revoloteaban en torno a su cabeza. Chillaban, le pareció que hablaban con voz ronca: pecado, pecado, pecado, le decían. El enjambre rozó su frente, pasó de largo, subió y cayó en picado para adentrarse en la espesura de su cabellera: bultos palpitantes arañando el cuero con sus uñas, fríos.

Bichos del demonio.

Las campanas. Las campanas.

Las campanas.

5

Sentada a la orilla de su cama, el marido muerto en la habitación contigua, Lucha Amorodio recordaba todo aquello. También que, al entrar en casa, su madre la esperaba apoyada en una silla, muy rígida, y que la miró.

La miró y lo supo.

Entonces la metió a empellones, desvistiéndola por el pasillo, la pulsera, los pendientes, el vestido hecho trizas por el suelo, el sostén sobre el candil, las putas, las putas de la ciudad cuelgan los sostenes en la ventana para que todos sepan que lo son; le tiró del brazo hasta llevarla al pilón, abrió el grifo y la metió bajo el chorro de agua helada, quejándose del desplante que la niña les hacía a todos y sobre todo a él, a su prometido, frotándola bien, lamentándose de que hubiese arrancado así la honra de la familia –Lucha deslizando la mirada por su pecho–, de que fuera una desdeñada, de que fuera una puta, eso, puta –Lucha apartándose delicadamente un alga que tenía pegada a la piel–, la cara y las orejas rojas de tanto decir, frotándola bien, que era una furcia, Lucha, furcia, restregándola por dentro, como si también le limpiara la boca, espera y verás en qué termina esto, llena su propia boca de un espeso lodo de palabras –Lucha muda, pellizcándose la piel de los muslos, quieta–, el vapor flotando denso como una niebla, lamentándose de los pinchazos de calor que por su culpa sentía en el hígado al amanecer, el vapor flotando y la estancia húmeda, de haberlo dado todo, de estar cansada y vieja, de no haber recibido nada a cambio, la estancia casi densa, de haber parido abrojos, descendencia podrida, de haber malgastado sus días con aquella hija indigna, de que le pesaran los huesos, de tener el corazón achicado de tanto llorar y los pulmones encharcados de tanto amor, de sentirse ya sin fuerzas, de quererla mucho, de quererla hasta la angustia y el dolor, de no poder respirar, de ahogarse.

–Me ahogo, hija, me ahogo.

Cuando por fin se tranquilizó, le explicó algo que Lucha jamás olvidaría. Le dijo que el diablo, como el viento, el miedo o la imaginación, tenía muchas formas de estar en el mundo, y ella solo había sido engañada, seducida y luego atacada por él. Eso le dijo con una seriedad que a Lucha la asustó. Había que olvidar. O mejor, eso no había sucedido nunca, ¿entiendes, hija? ¡Jamás! Como un humus viejo hecho de hojas, tallos, raíces y madera, dejaría que ese recuerdo quedara sepultado para que no viera la luz jamás. ¿No te das cuenta de que todo es obra del Maligno?

Aquel día, mientras subía camino de la iglesia para encontrarse con Manuel, mientras daba el «sí, quiero», mientras brindaba en el convite, todavía habitaba en ella una sensación cálida y esperanzada, viva. Orgullo, y una pizca de superioridad. El recuerdo del olor embriagador, y la música. La certeza de que él volvería a buscarla porque se lo había prometido. ¿Él?

Pero con el correr de los días, todo se volvió confuso. El náufrago no regresó y *la otra* historia era mucho más fácil: era la que todos querían escuchar. Ella era una de las rescatadoras, eso es. Tú eres una de las heroínas, y por eso llegaste tarde a la iglesia. Ella era la mujer que, con un pie en el altar y ya vestida de novia, se había sacrificado para sacar del mar a todas aquellas personas.

Días después del naufragio del Santa Isabel, la isla se convirtió en un circo. Reporteros de toda España, e incluso del extranjero, vinieron a entrevistar a los habitantes de Sálvora y a conocer cómo se había efectuado el rescate de «El Titanic gallego», como lo titulaban los periódicos. Las tres mujeres que se habían echado a la mar con las dornas (entre ellas, Lucha, que ni siquiera se había echado a la mar) fueron condecoradas con la cruz de Tercera Clase con Distintivo Negro y Blanco.

A los pocos días de casada, las muchachas comenzaron a viajar para participar en los homenajes populares que, en agradecimiento a su valentía y generosidad (¿valentía?, ¿generosidad?), les hicieron en Vigo, A Coruña y Villagarcía. En la estación de trenes de Vigo fueron recibidas por las autoridades y un público numeroso mientras la banda municipal tocaba el himno gallego. Por la tarde leyeron discursos y poemas en los salones de la Sociedad Gran Peña, y por la noche fueron homenajeadas en el Hotel Continental con una cena de ensaladas, empanada de zorza, marisco, ostras y bogavante. En las plazas atiborradas de curiosos, frente a un micrófono, les pedían que contaran anécdotas del salvamento. Aparte de los breves viajes a la costa de enfrente, era la primera vez que las chicas salían de Sálvora y, aunque no comprendían por qué suscitaban tanto interés, estar fuera de casa y durmiendo en hoteles que tenían cuartos de baño con grifos era emocionante.

De tanto hablar y contar una y otra vez la mentira del rescate, Lucha empezó a creérsela.

6

–Dicen las viejas que vaya, *avoa.*

La voz de su nieta sacó a Lucha del torbellino de pensamientos. Cristal era una ranita fea, de senos incipientes y piernas delgadas, rebosante de esa salud insolente tan propia de la adolescencia. Los ojos saltones eran réplica de los suyos, salvo que tenían un color azul intenso, casi de hielo. Lucha se reconocía en ella. Sobre todo cuando la niña miraba por la ventana y se quedaba alelada, intentando no perderse nada de lo que sucedía fuera. Conocía ese gesto. Un sentimiento sofocado por una vida de trabajo que hizo de su mundo eso: una silenciosa vida de trabajo. En su nieta era otra cosa. Rabia acumulada en el pecho, el ceño fruncido y el tono de voz crispado. Pero dentro de esa rabia existía a veces otra niña que se movía con gestos lentos. Y dentro de esa lentitud, algo valioso y blanco. Que no se rayaba. Que no se estropeaba; como un diamante.

–Dicen que no es el único muerto. También que tienen prisa porque todavía quieren ir a la peluquería. Preguntan si usted no piensa ir a votar.

Lucha apartó la vista e hizo un mohín. Se buscaba algo en el escote. Arrancó a toser. La tos y el silbido de fuelle del pecho. Aquel ronquido bronco y persistente al que, tanto ella como la niña, se habían acabado por acostumbrar.

–Diles que no estoy en casa –contestó limpiándose la humedad de los ojos, cuando por fin consiguió calmar la tos.

La niña bajó y transmitió el mensaje a las viejas.

–¡Cómo no va a estar si su marido está muerto y aún caliente! –exclamó una de ellas–. Dile que no nos extraña que él no la quisiera y que decidiera pasar los días encerrado con aquellos pollos de dos picos o con conejos de cinco patas. Díselo, nena. A ver qué te responde.

Mientras tanto, arriba, Lucha había metido los botones del camisón en los ojales de la rebeca. Sus dedos huesudos sabían que habían hecho algo mal, pero no les importó mucho.

Bajó de la cama agarrándose a los barrotes de hierro y emprendió unos pasitos.

Sobre la cómoda estaba ahora la carta mojada junto al sobre rasgado.

La cogió, se puso de rodillas y se dispuso a guardarla debajo del tablón. Sus ojos, ante la visión de los folios emborronados –profanados–, cobraron un brillo húmedo, desconcertante.

Se oyó el crujido de los peldaños de la escalera y Cristal volvió a entrar. Lucha disimuló sentándose encima de los tablones. La niña dijo:

–¿Se puede saber qué hace ahí sentada? Las viejas dicen que baje a ver al abuelo, que no hubo persona que la quisiera más que él, y que, antes de irse al otro mundo, la querrá tener a su lado.

Lucha levantó la vista hacia ella.

–¿Eso dijeron?, ¿que me quería? –dijo.

–Con todo su corazón –contestó Cristal.

La anciana estiró la columna despacio, clavando los nudillos en las rodillas, en los muslos y por último en las caderas. Una sensación de libertad le trepó entonces por el pecho. Encontró salida en un sollozo y se echó a llorar. Levantó el brazo a medias hacia la cara y volvió a bajarlo.

–Diles que lo sé, y que me doy cuenta de que la vida, la única que tuve, se me fue pensando en otras mejores –dijo a trompicones.

Un poco aturdida por la respuesta, Cristal la miró durante un rato.

–No llore –musitó–. El abuelo no era tan bueno. ¿No se da cuenta de que quiso...? Si no le da un infarto dos segundos después, a ver cómo hubiera usted seguido viviendo con él.

Calló de golpe. Se volvió a marchar y la vieja cerró los ojos.

La campana de la iglesia dio las ocho. Sobre las calles de Oguiño, sobre las paredes empapeladas con los carteles de los candidatos, empezó a llover. Al día siguiente, el país iría a las primeras elecciones libres desde tiempos de la República, y, a pesar de todo lo ocurrido recientemente, había mucha expectación. En el pueblo habilitaron la escuela para las votaciones, las mujeres tenían preparado el vestido de los domingos y la única peluquería no daba abasto peinando.

La historia del naufragio del vapor Santa Isabel había sido enhebrada con pespuntes de mentiras, olvidos y silencios. En los periódicos se decía que cada una de las rescatadoras de Sálvora había recibido una recompensa de dieciocho mil reales y hasta una pensión vitalicia. También que la Reunión de Artesanos o que la Irmandades da Fala habían organizado colectas para ellas. Pero nada de aquello, que Lucha supiera, había llegado.

No mucho después, toda la alegría del principio se trocó en desgracia: de la noche a la mañana, la prensa y la radio comenzaron a injuriarlas y a acusarlas de hechos muy graves. Ya nadie les daba la enhorabuena, ni las invitaba a cenar, ni las paraba por la calle para elogiarlas. Un día, Fermina, una de las heroínas, que había estado en Ribeira vendiendo pescado como todos los martes, volvió con la nariz y los ojos encarnados. Contó que en la lonja habían hecho un corrillo, que le habían tirado todo el marisco al suelo y que la habían escupido e insultado. Entre lloros dijo que la llamaron «asaltacadáveres».

Y empezaron a llegar barcos a la isla. Como una ruidosa colonia de gaviotas, unos hombres desembarcaban y se acercaban a la aldea con el único fin de pegar tiros al aire y de gritar. Las palabras «tesoro» y «caja fuerte» estallaban en sus bocas nada más pisar el poblado: ¿Dónde están?, y se metían hasta el fondo de las casas, husmeando en los armarios y arrojando la ropa al suelo. ¿Dónde está el dinero que llevaban los emigrantes, las joyas, los relojes, el oro, eh?, y miraban debajo de las camas, rajaban los colchones y volcaban el contenido de los cajones. ¡El vapor llevaba tres arcones con la recaudación del otoño! ¡También varias cajas fuertes con las joyas y todo el dinero de los pasajeros de primera! ¿Dónde habéis escondido el tesoro del Santa Isabel?

De las habitaciones pasaban a la cocina. Hurgaban en las alacenas e interrogaban a los viejos, que, agobiados, acababan inventándose lo que fuera para que los dejaran en paz: el tesoro está escondido en uno de los hórreos. Está en la casa del cura. O, lo escondieron en la iglesia, dentro del sagrario.

Día tras día tenía lugar esta búsqueda desquiciada; ni siquiera cuando estaban en misa los dejaban en paz.

Hasta que una tarde, unos meses después del naufragio, llegó al cuartel de la Guardia Civil de Ribeira la Coja con su hijito Xurxo, de tres o cuatro años. Por lo visto, estaba este jugando en el campo, cuando el perro desenterró algo que mantuvo en la boca durante toda la tarde. Solo lo soltó por la noche para comer, y entonces fue cuando la Coja ahogó un grito al percatarse de que era una oreja humana.

A la mañana siguiente, una patrulla fue con la madre y el niño al lugar donde había estado jugando. Durante ese día peinaron la zona hasta encontrar lo que parecía una fosa recién abierta. En torno a ella, la tierra aún se desprendía en terrones, destilando un aroma a musgo o a helecho; no encontraron nada dentro.

Vino una comisión de investigadores de Coruña. A punta de fusil, la guardia civil reunió a los pobladores de

Sálvora en la plaza y fueron conducidos al lugar en donde había aparecido la oreja. Uno a uno, niños, ancianos, mujeres y hombres, fueron obligados a explicar por qué estaba aquella tierra removida. A continuación, los llevaron al palomar que hacía las veces de escuela. Los sentaron en los pupitres infantiles y comenzó el interrogatorio. Nadie saldría de allí hasta que no se clarificara quién había cavado esa fosa y quién la había vuelto a abrir. Nadie tendría derecho a volver a sus casas hasta que no confesaran qué habían hecho con los cuerpos de los náufragos que aún no habían aparecido. Y sobre todo, ¿dónde estaban los anillos, los relojes, las pulseras de oro y demás joyas que habían sustraído? Varios testigos (los primeros pescadores que llegaron para ayudar de Ribeira) afirmaban haber visto algunas joyas sobre mantas en la playa en donde se efectuó el rescate. Así que nadie se iría de rositas hasta que no se diera con el tesoro y sus ladrones.

–Pero aquí nadie tiene anillos, ni relojes, ni lingotes de oro –explicó el cura–. En esta isla lo único que hay son conejos y culebras.

–¡Y lagartos! –Se rio Choncha.

Uno de los guardias estaba a punto de golpearla cuando se oyó un aporreo. La puerta se abrió con brusquedad y una nariz afilada y ganchuda, hundida entre las mejillas, se hizo paso entre la gente. Del interior de una capucha, hirviendo en moscas y piojos, emergió el rostro oscuro de una mujer.

Era Soliña, la curandera y componedora de huesos de la isla, que además de saber de hierbas, untos y filtros de amor, atendía partos y curaba el mal de ojo. Avanzó lentamente, bamboleándose un poco al andar. Era pequeña, con un rostro afilado, mitad de simio, mitad de gaviota. Toda su piel estaba surcada de arrugas: un arbolito parecía brotarle del entrecejo, ramificándose por la frente.

Dejó resbalar la mirada por los allí presentes, encontró al que parecía el responsable del interrogatorio y le hizo saber que había venido a ayudar. Dijo –y aquí se palpó un pellejo que llevaba colgado del pecho– que tenía un brebaje de raíz de mandrágoras cogidas durante la luna menguante de agosto. Afirmó que con solo beber unas gotas, la gente empezaría a contar la verdad.

Al principio la guardia civil se mostró reticente. Pero entonces uno de ellos opinó que no tenían nada que perder, que a veces esas brujas de aldea sabían lo que había que hacer y que estaba claro que aquella gente no iba a colaborar. Así que, uno a uno, fueron obligados a beber del pellejo. Para dar ejemplo, también lo hizo la guardia civil.

La noche bajó de sopetón y se quedaron dormidos. Al día siguiente, uno de los guardas empujó la puerta. Soñolientos y desconcertados, los pobladores de Sálvora fueron saliendo de la escuela. ¿Qué hacían allí? ¿Cuánto tiempo llevaban dentro? Tenían los ojos como tajos de cebolla, los labios hinchados y un sarro de lodo entre los dientes. Surgían imágenes, sí, pero nadie recordaba muy bien por qué habían estado reunidos en la escuela con las autoridades, ni qué había ocurrido dentro. Así que, después de dar unas cuantas vueltas, todo el mundo volvió a sus quehaceres como si nada hubiera sucedido.

Solo después de un tiempo, poco a poco, se dieron cuenta de que habían perdido los recuerdos.

Soliña les había inoculado la enfermedad del olvido.

8

Y es que el olvido de aquello que nos turba y que nos avergüenza ante los demás se instala con pasos afelpados de tigre. Nos sorprende durante un tiempo nuestra despreocupación, nos preguntamos si de verdad importa aquello que tanto deseamos ocultar. El olvido, que nos arrebata lo que somos –porque somos nuestros secretos más aterradores e inconfesables–, llega poco a poco como la niebla que brota del mar y que se enrosca sobre los acantilados. Hoy no lo percibimos, mañana tampoco, pero pasa un tiempo y de pronto no sabemos qué día ocurrió aquello (¿pero de verdad ocurrió?), con quién estábamos, por qué lo hicimos o por qué nos avergonzó tanto en su momento: ya estamos contagiados.

Ahítos de emociones, lo que de verdad deseaban los habitantes de Sálvora era volver a su rutina. Así que, una vez que los buscadores de tesoros dejaron de llegar, las gentes se entregaron a sus quehaceres como nunca antes. Del naufragio del vapor Santa Isabel, de la frenética búsqueda del tesoro, de las orejas y dedos amputados, así como de lo que ocurrió dentro de la escuela durante el interrogatorio, apenas quedaron recuerdos. O si existían, eran confusos.

Todo aquel tumulto de sucesos, de reporteros, de heroínas y entrevistas, de hoteles; de acusaciones y de olvido, transcurrió en un visto y no visto. De modo que Lucha y Manuel, que seguían siendo los «recién casados», se instalaron en una de las casas pequeñas del poblado y empezaron su nueva vida.

Solo algunos atardeceres, cuando la marea estaba muy baja y el día despejado, ella se sentaba sobre las peñas y dejaba vagar la vista por el horizonte. Le parecía notar, llegando de las costas de enfrente, un rumor y unas luces indefinidas: era la vida que ya no conocería y que juzgaba maravillosa, con tiendas y cafés en donde un hombre tocaba el piano. Se perdía en vagas imaginaciones hasta que su mente regresaba a la isla, a la playa: a sus pies, las piedras con algas pegadas que sobresalían de la arena parecían cabezas de niños enterrados. Pensaba en el náufrago (¿de verdad lo había conocido?) y se adueñaba de ella un sentimiento trágico y terroso. Como si no fuera una mujer, sino un árbol. ¡Ya nunca lo volveré a ver!, se decía. O, ¡maldita sea mi suerte!

A veces oía el chirrido de la cancela; sentía pasos que se encaminaban hacia la casa y hasta escuchaba la canción triste de la caja de música. Durante noches, alimentó la ilusión de que aquel hombre alto y apuesto la despertaría tirándole chinitas al cristal de la ventana, que aparecería en la playa, o que la buscaría en la lonja. Nada de eso sucedió. Poco a poco, la figura del inglés se fue hundiendo en su memoria; olvidó cómo sonaba su voz y su manera de andar, sus gestos y su rostro. Los detalles concretos del encuentro se fueron diluyendo y quedó solo la añoranza.

El invierno, el larguísimo invierno de Sálvora, seguía su implacable curso. Todos los amaneceres se rompían con el sonido de un cuerno o una bocina con los que los marineros llamaban a las mujeres para que acudiesen a la playa a hacer las descargas. Se introducían en el agua vestidas, a veces hasta el pecho para llegar hasta las lanchas. Trabajaban en parejas. Lucha solía hacerlo con Teresa, unos años mayor: una iba desde la lancha hasta la orilla; la otra hacía el relevo de la carga para continuar por tierra hasta la fábrica de salazón y conserva. Por cada viaje les daban una concha con el nombre de la empresa. Cobraban tantos *patacóns* como conchas traían, y a veces, para ahorrar tiempo, llevaban dos cestas por recorrido, una sobre la cabeza y otra en el regazo.

En uno de esos viajes, Lucha notó una punzada en el estómago. Teresa comía un trozo de tocino con pan de centeno y no solo le molestó el olor, sino que sintió en las entrañas un retorcimiento, algo blando como el asco. Aparta eso de ahí, dijo con un mohín. Y entonces, de manera inesperada, se puso a vomitar. La compañera dejó de masticar y la miró de arriba abajo. Meneaba la cabeza como un buey obstinado. Tú estás preñada, le dijo.

La constatación de que una vida se iniciaba en su vientre le produjo a Lucha una enorme dosis de confusión y miedo. A partir de entonces, cuando hacían las descargas, caminaba muy rápido, saltando de roca en roca porque tenía la esperanza de que, si se cansaba o hacía movimientos bruscos, perdería a aquel hijo. También, sin que nadie la viera, bebía mejunjes de hierbas o comía cebolla triturada con miel y resina; tomaba baños de agua muy caliente; se introducía raíces en la vagina o trozos de alga venenosa en el cuello del útero. Pero nada de eso funcionó: sentía cómo por dentro algo se le arrugaba, algo que tenía respiración propia; un animal baboso que nadaba con ímpetu en su interior. Renacuajo.

Cinco o seis meses después, llegaron los primeros dolores del parto.

La madre de Lucha preparó la casa. En la cocina y arrimado al fuego, el catre, las sábanas limpias y una cazuela con agua hervida. Poco después, y sin que nadie la hubiera avisado, apareció la curandera Soliña.

—*Anda, nena gandaina, berra con toda a túa alma. Puxa, chámame corcoño. Berra carrapicho y cacafede* —le gritó a Lucha una vez la tuvo delante, tumbada sobre el catre.

Retorciendo la boina en la mano, con aquella mirada bovina que ponía a veces y que tanto desconcertaba a su mujer, Manuel observaba la escena desde un rincón. No sabía si tenía más miedo a perder a su hijo, o a esa meiga *chuchona* que extraía la sangre de los hombres para hacer *filloas*.

Los dedazos de uñas corvas y negras de Soliña, que ya frotaban las mamas camino de la pelvis, trabajaban para ayudar a Lucha a traer al hijo al mundo, cuando se detuvieron de golpe. Se quedó mirando fijamente las piernas. Durante el embarazo, la piel de Lucha había criado una pelusa del mismo tono verdoso de los afloramientos y parecía rezumar la viscosa humedad de los sapos. ¡Baj!, exclamó la curandera apartando las manos con asco. La madre de Lucha, que andaba por ahí, tapó a su hija con una sábana.

Entretanto, la parturienta sentía un volumen inusitado entre las piernas, algo monstruoso que la dividía y avanzaba en su interior. Sin dejar de pujar, levantaba el cuello para buscar con sus ojos, en el fondo de la habitación, la figura oscura y encogida de su marido. En el momento en que las aguas empaparon el catre sobre el que dio a luz, un olor a algas, hinojo y mar se extendió por toda la casa. El mismo olor que trajo el viento la noche del naufragio y que volvería muchas veces después.

Al cabo de un rato, algo como el maullido de un gato en celo rasgó el silencio de la casa.

Soliña cortó el cordón, lo amarró con un cordel y anunció que era una niña. Lucha alzó la cabeza y, de nuevo buscando en el gesto de su marido, preguntó que de qué color tenía los ojos.

43

Que aún era pronto para saber aquello, le contestó su madre, que todos los bebés nacían con los ojos grises.

Mientras esperaba a que expulsara la placenta, la curandera levantó su prominente nariz y comenzó a olisquear el aire. Arriba y abajo recorría la estancia aspirando el olor. Entonces volvió a la recién nacida y se detuvo frente a ella: cogió su manita izquierda y al comprobar que el índice y el anular estaban pegados se estremeció. Un miedo atroz palpitó en su boca; la frente se le tensó y un aullido cruzó sus labios.

Recogió sus cosas y, sin siquiera aguardar a que la parturienta probara el caldo de gallina y la tortilla de manteca que le había preparado la madre, salió por la puerta. El padre de la criatura ya esperaba fuera, apoyado contra el muro de la casa.

Sin decir nada, Soliña pasó por delante de él como una ráfaga y se alejó sorteando los tojos.

La negra capa ondeando al viento parecía un viejo cuervo, negro y desmadejado.

9

A partir de entonces, una plomiza apatía cayó sobre los hombros de Lucha. Con los primeros fríos, ya estaba en la cocina con la criatura colgada del pecho: el día nace y Lucha enciende la lumbre.

Lucha prepara café y tuesta el pan. Lucha amamanta a la niña y se retuerce de dolor. Lucha retira la ceniza, pone el café en la mesa, barre la cocina. Lucha se extiende un poco de unto en el pezón agrietado. Lucha despierta, en la oscuridad, a su hombre. Lucha plancha la ropa de faena y mete la comida del almuerzo en una fiambrera. Lucha da de comer a las gallinas, amamanta a la niña, le cambia el pañal, amasa la harina. Lucha se carga la ropa en la cabeza –la columna vertebral ya es serpiente–, la niña en la espalda y sube a los lavaderos. Lucha retuerce sábanas y pañales mientras sonríe a las otras mujeres. Lucha prepara chopos con arroz, alguna patata, pone la mesa con pan y vino. Lucha limpia el corral, raspa el óxido de la olla. Lucha pica verdura, cose mientras amamanta a la niña. Lucha sale al *algaso* y regatea el precio en la plaza. Lucha compra harina y sal con lo que le dan. Lucha se sienta en la cocina y por la ventana mira las rocas con formas caprichosas (elefantes, ballenas, un rinoceronte con el lomo amarillo) y piensa.

Lucha alimenta a las gallinas. Lucha termina de dar el pecho a la niña, se va a lavar la loza y ve cómo sus lágrimas se mezclan con el agua del fregadero.

Durante esos primeros años de matrimonio –ahora en su recuerdo los días huían como nubes–, había tratado de abrir su corazón a Manuel, le hablaba de su cansancio y de ese dolor inexplicable que se apoderaba de ella al atardecer. Había querido que él sintiera lo que ella vivía por dentro, como si el corazón buscara salir del pecho para alojarse en el suyo. Pero ¿cómo explicar todo eso a un hombre que apenas tenía conversación sobre nada que no fuera las capturas, las vedas y el precio del pescado?

Por la noche, en la cama, Manuel se arrimaba a su cuerpo: ella raramente le hacía caso. Lucha oponía disculpas a sus ganas de carne, y por la mañana, antes de que cantara el primer gallo, ya estaba en pie trajinando.

Entre rutinas, quehaceres y excusas, se acostumbró a dejar pasar los días. ¡Qué lejos le parecía ahora el naufragio! El encuentro con aquel desconocido inglés había abierto en su vida una grieta como esas grandes brechas que el viento esculpía en las rocas que rodeaban la isla de Sálvora. En un arcón de su habitación había metido el velo, el vestido de novia hecho trizas y su corazón, tan ajado como la tela.

Y llegaron los sueños.

–Soñé algo horrible –le dijo Lucha una mañana, después de servirle el café. Purísima de la Concepción, la hija, tendría ya dos o tres años, y aquel sería el primero de muchos, muchos sueños más o menos iguales–. Soñé que el día después del naufragio del Santa Isabel, tú y mis hermanos arrastrabais a un hombre desnudo por la playa.

Manuel levantó los ojos. Su mirada se había tornado dura como el vidrio.

–Lo arrastrabais hasta el pinar y lo arrojabais a una fosa. Las gaviotas le comían los ojos.

Curiosamente, aquellas palabras despertaron en él unas inexplicables ganas de agradar. Le preparaba el desayuno o le traía regalos, una figurita de porcelana, un alfiler para el abrigo o unos bombones comprados en Ribeira, que ella recibía en silencio, sonriendo como si le doliera sonreír.

Nada de eso conmovía a Lucha: la sangre estaba inflamada de nostalgia. Dentro de mis ojos aletean los murciélagos, le dijo un día, no mucho después, porque no sabía cómo explicar aquellas visiones y no encontró otras palabras para ese cúmulo de imágenes que a veces llegaban como recuerdos, otras como sueños y otras como agitación. Él la escuchaba perplejo. ¿Murciélagos?, ¿en los ojos, dices? ¿Qué clase? ¡Los matamos a pedradas!, llegó a sugerirle un día. Ella lo miró entonces con desprecio y ahí se acabaron los esfuerzos por lograr una intimidad.

No entendía lo que le pasaba. Estaba irascible y sentía una presencia constante. Era el anhelo, y no quería luchar sino entregarse a él. Estaba borracha de anhelo, pero necesitaba sentirlo, gozar del dolor, caer en el agujero profundo de su ser, bajar y bajar y bajar.

Otras veces, sin embargo, pensaba que tal vez su madre había tenido razón: todo era obra del Maligno y esa presencia que la invadía era la suya. Un día se encontró de rodillas, rezando en la iglesia. Dios mío, decía, mantenlo alejado de mí. Me atrae, pero no lo quiero. Me hace daño. ¡Aléjalo!

Tan solo a veces, la visión de su hija, Purísima de la Concepción, la hacía sonreír. Desde que fue evidente que tenía los ojos azules, una llamita de amor prendió en su pecho. Aun así, era un amor torpe, tembloroso de culpa. Cuando oía a las otras madres en los lavaderos hablar de las sonrisas encantadoras de sus hijos, ¿a qué se referían? Cuando comentaban que «morirían» por ellos, ¿lo decían en serio? Si se sentían contentas con solo verlos crecer, ¿qué era exactamente lo que causaba ese arrebato? Muchas veces, en la intimidad de la habitación, cerraba los ojos y acercaba una mano a su hija. ¡Le costaba tanto tocarla!

Nada de todo eso sospechaba Manuel. Cinco años después de su boda, a su hambre de carne se unía una necesidad infantil de protección y refugio. Pero cuando se acercaba a su mujer solo encontraba hielo. Que se durmiese. Que tenían que madrugar. ¿No se acordaba de que mañana era día de lonja?

Una tarde, chocó una urraca contra el cristal de la ventana medio abierta de la habitación. Herida y atontada por el golpe, fue a parar a la cama matrimonial. Manuel la encontró allí con el pico abierto y el buche palpitante. Le dio tanta grima que esa noche durmió en el banco de la cocina.

Este suceso alentó en Lucha un macabro plan.

Tenía en la casa un corral de gallinas, y alguna vez había visto el caso de pollos que venían al mundo con cuatro patas o con dos cabezas y que, aunque nacían vivos, apenas sobrevivían un par de días. Siempre le habían fascinado estos pequeños monstruos y pensaba que tenían que tener una misión en la vida más importante que la de suscitar curiosidad o asco. Un principio de impotencia o rabia, algo que tenía que ver con la nostalgia, la llevó a coleccionar cuerpos sanguinolentos y sucios de lagartijas, urracas y topos muertos. Y empezó a pedir a las mujeres del lavadero que se informaran de nacimientos de este cariz, que se hiciera con los engendros y que se los trajeran. ¿Y luego, mujer, para qué los quieres?, ¡mira que eres rara!, le decían desconcertadas.

Cada noche, antes de que llegara su marido, ponía uno bajo la colcha. El primer día, nada más abrir el embozo, Manuel se pegó un susto de muerte: sobre la almohada yacía el cadáver de una rana con dos cabezas. Al siguiente, fue un pollo con triple pico; dos días después, una salamandra con dos colas y, a la semana, la masa asquerosa de una tortuga sin caparazón. Manuel se mortificaba pensando cómo llegarían esos monstruos hasta ahí. Solo podía ser cosa de su mujer. ¿Tú dejaste eso... ese pollo con dos picos sobre la cama?, le preguntaba a su mujer. ¡Mi madre, pues claro que no!, ¿por qué iba a hacer yo eso?, contestaba ella retirándolo de su vista.

La mentira y la liberación de una energía demasiado tiempo retenida –¿era una suerte de venganza?– la hacían sentirse viva.

Fue por entonces –Purísima tendría ya siete u ocho años– cuando Manuel empezó a salir por la noche. A veces, cuando Lucha todavía fregaba la loza de la cena, él ya se había esfumado. Al amanecer oía el crujido de la puerta. Luego el roce veloz de la ropa. Se metía en la cama desnudo. La estrecha espalda con el espinazo desviado, las nalgas fláccidas, se apartaba de ella todo lo que podía: la visión del cuerpo de su mujer le hacía pensar en los engendros. Desde el otro extremo, Lucha aspiraba el olor que él traía de los clubs de alterne del puerto: a sudor, a maquillaje sofocante y pesado, a lo que huele la soledad del hombre en la piel de la mujer. Cuando al rato se quedaba profundamente dormido, y luego empezaba a roncar, ella suspiraba con alivio.

–El Señor me volvió a enviar aquel sueño –dijo ella otra mañana, mientras peinaba a Purísima de la Concepción frente al espejo.

–Parvadas –dijo Manuel–. Los sueños engañan y...

–Tú arrojabas un sombrero de copa a la fosa en la que yacía aquel hombre.

El tiempo había sosegado la nostalgia (o lo que fuera aquel sentimiento), y Lucha ya era capaz de reír con las mujeres del lavadero. Podía cuidar de la niña y podía hacer sus labores sin levantar la cabeza para pensar dónde se hallaría el náufrago inglés en ese momento, o qué vida estaría viviendo sin ella. Es verdad que seguía buscándolo, escrutando su borrosa cara entre la de los marineros que llegaban al puerto, o en las tabernas, y una vez hasta estuvo segura de haber visto un sombrero de copa negro avanzando entre las gentes por las calles de Ribeira. Después las alucinaciones también pasaron. Y quedaron solo los sueños.

–Al hombre le salían hormigas por la boca y los pájaros le habían arrancado la cuenca de los ojos.

Mientras Lucha hablaba, la hija escuchaba ensimismada. Según crecía, se dieron cuenta de que algo la hacía distinta. Su piel mostraba un color verduzco, y sus ojos eran saltones. No le gustaba ni la escuela ni los otros niños, que se reían de ella por tener el índice y el anular pegados, y en las verbenas, se escondía y buscaba la soledad. Tardó mucho en aprender a leer, y pronto fue tildada de «rarita». A sus padres les mostraba poco cariño, y cuando caía la noche se volvía aún más huidiza. Una tarde desapareció. Después de buscarla por todas partes, su madre la encontró de cuclillas, junto al río. Al verla de espaldas, la llamó, pero la niña no se volvió. Avanzó unos pasos y se situó junto a ella: tenía los ojos vidriosos, fijos en un punto indeterminado y a Lucha le pareció que algo crujía entre sus mandíbulas. Por la boca entreabierta, asomaban las patitas verdes y sarmentosas de un saltamontes.

Inalcanzable por casi todos, agarrada con sus manos a los acantilados, en Sálvora brotaba una hierba mágica y hechicera que las meigas utilizaban para vencer el desprecio que sufrían algunos. Su flor era pequeña, de aspecto frágil, con sus delicados pétalos como el papel, que resistían sin desprenderse de su tallo cuando el mar rugía.

Así crecía la hija de Lucha y Manuel: una flor distinta

que vence la mediocridad. No podía ser arrebatada, solo crecer poco a poco hasta alcanzar la madurez.

A la edad de trece años sufrió la transformación sexual de todas las niñas. En pocos meses, creció lo que debería haber crecido en años, por lo que de pronto superó a su madre, incluso a su padre, en altura. Su cuerpo desgarbado y los cambios físicos, de los que nadie le había hablado, intensificaron su extrañeza y timidez. Cada vez se distanciaba más del mundo exterior.

Con la adolescencia de Purísima llegó la guerra, aunque en la isla apenas se enteraron. Una noche, un tiroteo en la Punta de Zafra alarmó a los vecinos, que, con las primeras luces del alba, subieron para averiguar qué había ocurrido. En medio del alto, cosidos a balazos, aparecían tirados los tres hermanos de Lucha. Se decía que en otras islas estaban construyendo cárceles para acoger a los represaliados republicanos, y los habitantes vivían encogidos bajo el temor de que las autoridades pudieran convertir a Sálvora en algo parecido.

10

Acabó la contienda, los días transcurrían, uno tras otro, todo huía –las estaciones, los muertos, la luz– y el tiempo parecía escurrirse entre los dedos. La vida en la isla siguió más o menos igual. Eso sí: se llevó un tractor y un generador de luz, y dos veces por semana, una lancha traía periódicos, radios, sal, cervezas y vino, especias y otros víveres.

El trabajo, la religión y la familia copaban las vidas. A pesar de la crudeza de la posguerra que se vivía en el resto del país, los habitantes de Sálvora no pasaban hambre: cultivaban maíz, centeno, habas y seguían teniendo vacas, gallinas y ovejas, por no hablar de la pesca. La vida era sencilla, pero ¿qué más podían pedir si tenían la taberna y sus romerías?

A Purísima de la Concepción nunca le interesaron estas reuniones sociales. Tampoco aquella vida que no parecía tener otro objetivo que el de trabajar como una bestia (a pesar de que sus labores las hacía sin queja alguna, sin mostrar placer, pero tampoco angustia), casarse y, en el caso de las mujeres, llenarse de hijos. Nunca se la vio con ningún novio, y Lucha sentía que era su obligación hacerla vestir igual que las otras mujeres, llevarla a las verbenas de los pueblos vecinos y presentarla a la salida de la iglesia. En estas ocasiones, las azules pupilas de la chica se desplazaban con lentitud de un rostro a otro, pero de su boca no salía palabra alguna. De nada valían los esfuerzos por hacerla *pertenecer;* su sola presencia generaba una corriente de aire frío que helaba la sangre de los vecinos de Sálvora: el mal que la roía por dentro se había filtrado entre la gente. La cháchara y el desprecio eran ya incontenibles.

A veces, con la excusa de vender el pescado en las plazas y las lonjas, se demoraba más de la cuenta y se la veía deambular con la cesta vacía por las calles de Oguiño o Ribeira. Al caer la tarde, se metía en los bares densos de humo, sudor y hombres, y pedía un whisky o una ginebra, que se bebía de un solo trago para luego quedarse mirando a ninguna parte, embobada. Una tarde, se acercó un hombre y comenzó a hablar con ella. Purísima se giró hacia él, los labios temblorosos y tensos. Alguien le gritó al hombre que esa mujer era más rara que un sapo con tetas, que más le valía dejarla en paz, pero a él le habían gustado sus ojos azules y obvió los comentarios. Empezó a contarle con lujo de detalles algo que le había pasado por la mañana, un incidente con la policía portuaria o algo así que le sirvió para dar conversación.

–Yo no sé cuántas veces vino a donde mi madre –lo interrumpió ella de pronto, con un tono ausente.

El tipo calló unos instantes y luego preguntó si la estaba molestando.

–No –dijo ella. Tenía los dedos rígidos y entrelazados sobre el regazo y movió los labios a modo de sonrisa. Alzó los ojos y los clavó en él–. Que nada más que le diera permiso para casarse conmigo. Yo era una nena, ni tenía menstruación, ni pechos. Fui a casa de mi vecina y me metí debajo de la cama, estuve allí un día y vino mi madre, sal de ahí, mujer.

El hombre la escuchaba desconcertado. No sabía si aquellas palabras eran una especie de contacto. Por mucho que pensaba, no alcanzaba a vislumbrar si con aquella confesión la chica quería aproximarse a él o, por el contrario, espantarlo. Extendió un brazo, acercó un taburete y se sentó a su lado. Entonces se fijó en la mano de Purísima apretada contra el vientre. Los dos dedos pegados. Ella no pareció darse cuenta de que él la miraba, porque ahora tenía la vista clavada en un cuadro de redes marineras situado por encima de la barra. Seguía hablando de algo incomprensible con el mismo tono monótono e indefinido, y él quiso ponerle una mano sobre el brazo, tal vez porque sintió que tenía que consolarla. Finalmente, no lo hizo. Purísima de la Concepción pidió otro trago, se lo bebió, pagó y sin siquiera despedirse, se marchó.

Aquella sería la primera vez en su vida que hablaba más de diez minutos seguidos con un extraño.

No se relacionaba con nadie, y menos con sus padres, que la veían entrar y salir de casa sin saber a dónde iba, ni qué hacía deambulando por ahí sola. Ellos tenían bastante con salvar su propia relación. Ya tenían suficientes silencios y rabias soterradas. Ya tenían suficientes rarezas con las suyas.

A mediados de los años cincuenta –arañaría Lucha también esa edad, su larga melena empezó a mecharse de canas, su espalda se encorvó un poco y la piel de su rostro perdía lustre y se secaba como la de una manzana–, empezó a aflorar en ella, al menos una vez al mes, aquello que en secreto llamaba «ganas de matar».

En su interior, de manera inesperada, se desencadenaba un salvaje mecanismo hormonal que no podía controlar. Estaba tan tranquila y, plas, sucedía. Calor por todo el cuerpo y una ira efervescente que le subía por el estómago para alojarse en el pecho. El gesto se endurecía, la mandíbula se tensaba, los ojos desorbitados buscaban una víctima. Otras veces era más un tumulto de animales, una lucha interior de bestias (lobos, alimañas) que pujaba por salir y que, finalmente, adquiría forma de grito, aullido, bronca descomunal o incluso puñetazo descargado contra el primero que pasara por delante.

Y un día en que, precisamente, presentaba a su hija a un hombre en el atrio de la iglesia, a Lucha le sobrevinieron esas inmensas «ganas de matar».

–¿Se puede saber a santo de qué andas presentándole mi marido a tu hija? –dijo una mujer, que se interpuso entre ellos–. ¿No ves que está casado y que los sapos no le interesan?

Sapos. Era un día de sol y los feligreses charlaban animadamente en pequeños grupos. Lucha bajó con lentitud la mano. Por primera vez en su vida, al oír aquello de «sapos» referido a Purísima, se sintió invadida por una ternura hacia ella tan viva como el odio hacia la persona que acababa de proferir el insulto. Ahora empezaba a entender a aquellas madres que hablaban de amor en los lavaderos. Le temblaba la barbilla y sintió aquel bullir de animales dentro. Fieras. Una hiena que aúlla buscando la salida hacia la boca. Un lobo que galopa en las entrañas. Una voz en su cabeza, estás acabada, eres vieja y todos se ríen de ti. Dejas que esta tonta te ponga en evidencia.

Lucha estaba tan aturdida que hizo algo que ni ella sospechaba que pudiera llegar a hacer. La mujer tomaba a su marido del brazo y se lo llevaba a conversar con otro grupo cuando ella la interceptó:

–¿Te crees muy hembra? –le dijo.

Se hizo un silencio y la gente se volvió a mirar. El

cura, que ya conocía a Lucha, dio un paso adelante y se interpuso, pero ella lo apartó de un manotazo.

—¿Te crees más hembra por tener a ese maromo, verdad?

El puñetazo en la nariz sentó a la mujer. Gritos y un tumulto de gente apartando a la agresora de allí.

Ajena a todo, Purísima se había marchado sin mediar palabra. Jamás decía nada, pero era evidente que estaba harta de todo: de sus padres, de la gente y de las convenciones, del trabajo esclavo, de la isla. Cuando Lucha volvió a la casa, Purísima no estaba. Sobre la mesa de la cocina había una escueta nota: «Me fui; no me busquen».

No fue la primera en dejar Sálvora. En 1958, la familia que había sido propietaria de la isla hasta 1902, la volvió a adquirir al Estado junto con los islotes de Vionta y Noro. Sálvora se convirtió en un coto de caza, el trasiego de gente foránea era ahora frecuente y había dejado de ser un lugar amable para vivir y trabajar. Sobre la fábrica de salazón, ya cerrada, los propietarios construyeron un pazo y la estatua de la sirena de los Mariño; sobre la taberna, el único lugar que les quedaba para reunirse, la capilla del mismo. Alguien había reavivado, además, la historia de que el tesoro del Santa Isabel seguía escondido en la isla y, tal y como sucedió en el pasado, no había mes en que no se acercaran los cazatesoros.

De modo que, atraídos por la oferta de empleo en tierra firme, o por la promesa de una vida mejor y más moderna, muchos de los colonos se fueron marchando.

—Hay una casa libre junto al cementerio de Oguiño —dijo Manuel una noche, mientras cenaba.

Ya hacía tiempo que él también barajaba la idea de irse. El país se había industrializado, a los hogares llegaba el teléfono y los televisores, y por las calles de las ciudades más grandes, como Vigo o Coruña, rodaban los primeros

Seat de fabricación nacional. La idea de seguir viviendo como en la Edad Media se le hacía cada vez más absurda. Tenía un dinero ahorrado, había hecho cálculos y, aunque se quedarían casi sin nada, creía que podía comprar la casa.

Lucha cortaba judías verdes junto al fogón y solo detuvo las manos unos segundos para fijar la vista en la ventana. A continuación, siguió arrojando los trozos en el agua hirviendo. Aquella noche, no se habló más.

Dos días después, cuando servía café a su marido, le preguntó que dónde estaba esa casa de Oguiño que había visto.

—Ya te dije, junto al cementerio —contestó Manuel.

—¿En la calle que sube?

—Eso es, a la derecha.

Cuando él se hubo marchado, ella se sentó. Con los brazos extendidos sobre la mesa, los pulgares entrelazados en un nudo tenso, meditó durante casi toda la mañana. Después de almorzar, ya estaba todo decidido. Cogió papel y lápiz, garabateó unas líneas y firmó con su nombre. Leyó en alto lo que había escrito: «Querido inglés, nos fuimos de la isla. Ahora estamos en Oguiño. Casa junto al cementerio, la que sube a la derecha. Te lo digo por si se te ocurre volver. Lucha», y se quedó pensativa. A continuación tachó el nombre y en su lugar, sacando la puntita de la lengua, firmó «La Mujer Anfibio». Un golpe de calor le subió hasta la cara. Introdujo el papel en una botella de gaseosa vacía y salió de casa. Con paso ligero, se dirigió hasta una de las playas de la isla, aquella en la que, más de cuarenta años atrás, había aparecido el náufrago inglés.

Por suerte, la marea estaba baja y durante un rato estuvo dando vueltas. Las algas esparcidas junto a la orilla despedían olores ácidos y los cangrejos soltaban burbujas. Entre las rocas, cubiertas de lapas, se abrían pequeñas pozas. Sacó la botella con el mensaje del delantal y estuvo probando meterla entre varias hendiduras, hasta que dio con una en la que quedó encajada. Mientras subía la marea, comprobó que no se movía con el oleaje. Soltó un largo suspiro y regresó a casa.

Por la noche, cuando Manuel volvió de trabajar, le dijo que estaba lista para dejar la isla.

11

El matrimonio se instaló en Oguiño, el pueblo de la costa más próximo, con centenares de casitas de pescadores apiñadas en torno a la playa y el puerto. Tal y como había explicado Manuel, la de ellos estaba junto al cementerio, un poco antes de llegar a la conservera que ahora daba trabajo a Lucha. Revestida de conchas de vieiras, tenía un huerto con frutales, un secadero de pulpos y peces y un corral de gallinas. Bajo la cubierta a dos aguas, el *faiado*.

En el piso de abajo flotaba siempre un tufo a pesca, ropa mojada y redes. Había desigualdades de nivel que hacían tropezar. Un pequeño recibidor separaba la salita de la cocina, en la que Lucha pasaba la mayor parte del día. En el piso de arriba, desde donde se avistaba la flota de mejilloneras y la isla de Sálvora, había dos habitaciones. El excusado se encontraba fuera, y, de vez en cuando, Lucha se asomaba a la puerta y tiraba un cubo lleno. La vecina, María la Portuguesa, gritaba que era agua del excusado y daba mal olor al huerto. También decía que cuando esa agua era del mar, la sal le mataba la buganvilla. Lucha le contestaba que era agua limpia, de grifo, que gracias a ella tenía lechugas espléndidas, y que a la buganvilla, no había más que verlo, no la mataba la sal sino la tristeza, ¿no lo ves, *parva do cú?*; y así, enzarzadas en una riña que no conducía a ninguna parte, pasaban un rato todos los días.

La vida social de las mujeres en Oguiño se hacía en los lavaderos. Aunque estaban en un paraje frío, apenas resguardado con un tejado de uralita por donde se filtraba el agua, cada día acudían allí con sus bateas de ropa. Decían que iban a lavar, pero lo cierto es que no solo era así, pues ya había muchas lavadoras en casa. Por encima de otras cosas, iban a informarse de las novedades y a intercambiar los chismes del pueblo.

De cuantas mujeres enjabonaban ropa, ateridas por el frío, Jesusa, la única hija de Teresa, era la que fregaba y retorcía con más brío. De una obesidad deshuesada y temblorosa, tenía un ojo de vidrio; era un ojo quieto y desnudo, de besugo, sin apenas pestañas, que levantaba las murmuraciones y las risas de todo el mundo y que le granjeó el apodo de Ollomol. Sin marido ni hijos, poco tenía que lavar, pero aun así seguía llegando la primera a los lavaderos. Católica hasta los tuétanos, guiaba los rosarios todas las mañanas; lo que le restaba de tiempo, lo dedicaba a chismorrear y a hacer recomendaciones a las mujeres.

Ella fue, sin ir más lejos, la que informó a todos del retorno al pueblo de la hija de Lucha y Manuel, fugada del hogar años atrás sin dar ninguna explicación.

Purísima de la Concepción emergió una tarde de finales de los sesenta, cuando sus padres habían perdido toda esperanza de volver a verla. Por entonces, la ría había sufrido muchas transformaciones. Las casas se modernizaron. Desaparecieron los suelos de tierra batida, se instalaron cuartos de baño dentro y muchas de ellas pasaron a tener teléfono y agua corriente.

Lucha estaba mazando un pulpo que acababa de pescar en la playa cuando apareció la hija.

No había cumplido esta los cuarenta y seis, pero aparentaba casi la misma edad que la madre. La ropa raída; el cuerpo doblegado por la carga y escondido tras el abrigo de hombre que la cubría; los pies descalzos reposaban uno sobre otro alternativamente, buscando descanso.

–Madre, volví.

Al oír esa voz conocida, Lucha enderezó lentamente el espinazo, levantó la cabeza, hizo visera con la palma y se quedó inmóvil. Durante un rato, la otra mano sujetando al pulpo oscilante por la boca, se la quedó mirando. Volver a ver a su hija, después de todos esos años de ausencia, le hizo acordarse del naufragio. Unas chispitas de oro, que enseguida se apagaron, irradiaron de sus pupilas negras. Lanzó el pulpo al cubo y salió huyendo con él. Brincaba de peña en peña como una cabra loca cuando su hija la alcanzó tomándola de un brazo.

–¿Es que ni siquiera quiere hablar conmigo?

Una indiferencia monacal trascendía ahora del rostro de Lucha. Al darse cuenta de que la hija no venía sola, comenzaron a temblarle las aletas de la nariz. De la mano de Purísima de la Concepción colgaba una niña embutida en un gabán y cubierta con un capuchón de lana.

–¿Esa no será hija tuya, verdad? ¡Eres muy mayor para tener hijos!

–Lo es. Se llama Cristal.

Lucha se inclinó hacia la cría e introdujo el índice sarmentoso en el capuchón. Apartándole la lana de los ojos, descubrió el rostro cetrino y fruncido de una niña de unos cuatro años que le sacó la lengua con descaro. Apartó la mano como si hubiera tropezado con cardos o espinas; levantó los ojos hacia la hija.

–¿Cristal?

—Eso es, como la virgen. Necesito que la cuide.

Lucha olfateó el aire.

—¿Te nació completa?

Miró las manos de la niña y contó sus dedos: uno, dos, tres... una mano; luego la otra, y vuelta a empezar. A continuación tiró del capuchón e hizo inventario de las orejas (dos), la nariz (una) y la boca (otra). Por último, se llevó el dedo al labio superior para ver si había restos en la niña de algún olor, pero solo percibió el de las berzas que había tomado en el caldo al mediodía.

Purísima de la Concepción venía muy enferma, roída por una oscura y secreta enfermedad que la consumía y que la dejó en los huesos. No mucho después, ante la pasividad del médico del pueblo y la indiferencia del cura, que ni siquiera se molestaron en visitarla, falleció.

Y así fue —contó a todos Jesusa en los lavaderos— como en jugada macabra contra Lucha, la muerte le arrebató a la hija, dejándole en su lugar y a su cargo a esa niña llorona y enclenque.

12

Las primeras semanas de esa nueva vida fueron las más duras para Lucha. Tener que cuidar a su nieta, además de todas las tareas que formaban parte de su día a día, constituía un verdadero fastidio. Para más inri, la niña venía mal alimentada y enferma, lloraba porque quería irse con su madre (Lucha siempre le decía que había salido un rato, y que ya volvería) y había días que no tenía fuerzas ni para mantenerse en pie. Si vuelve mi mamá, me llamas, ¿sí?, decía la niña. He de llamarte, *ho*. Descuida, contestaba la abuela con sarcasmo. Y así día tras día.

Mientras Lucha iba de aquí para allá, dando de comer a las gallinas, haciendo la colada, plantando semillas o recogiendo berzas, Cristal pasaba el día sentada en el quicio, abandonada de toda conversación o caricia. Siempre callada, sus ojos febriles seguían los movimientos de la abuela. Debe de haber salido a rastras del mismísimo infierno. Parece una pata de pájaro, igual que la madre, se decía esta cada vez que levantaba la cabeza y las miradas se encontraban.

—Me parece —le dijo un día María la Portuguesa, que pasaba por delante— que podías tener a la niña un poco más limpia.

Lucha siguió lanzando el pienso a las gallinas como si no hubiera oído nada.

—Es una opinión —insistió la otra.

Lucha se enderezó lentamente. Las manos en los costados, se quedó mirando a la Portuguesa.

—Y a mí me parece —le contestó— que me empiezan a subir por el pecho las ganas de matar a alguien.

Aunque parecía no hacerle caso, en realidad Lucha espiaba a la niña a todas horas. Por la noche, entraba en su dormitorio a hurtadillas y desde la puerta la escuchaba respirar. En la penumbra pegajosa de la habitación la observaba en silencio, temiendo que algún día se despertaría inflamada de las mismas rarezas que su hija. A veces entraba y se sentaba a la orilla de su sueño. Extendía un brazo para rozarle una mejilla, pero enseguida lo retiraba. Tal y como le había ocurrido con Purísima, ¡le costaba tanto tocarla!

Sufrió mucho con la hija y ahora el sambenito de la nieta, decían las mujeres del lavadero excusándola. Es una pena, decían los hombres. De tal palo, tal astilla, concluía Jesusa.

Cuando Cristal cumplió seis años, Lucha se jubiló y dejó la conservera. Pero «jubilarse» era para ella una palabra huera, porque, en realidad, siguió con todo el trabajo que ya tenía más la venta ambulante de pescado. Solo había dos momentos en que no trabajaba: el rato que iba a misa los domingos y, cuando después de cenar y de fregar la loza, se ponía a ojear algún periódico atrasado de los que usaban para envolver el pescado en la lonja. A la luz del candil, seguía cada palabra con el dedo, leyendo en alto. De tanto en tanto, se paraba, levantaba la cabeza y comentaba los titulares de las noticias. ¡Boh, tres muertos atropellados hoy!, decía para sí. A veces repasaba también las cuentas; aunque escribía con torpeza, llevaba muy bien su negocio. Mojaba el lápiz en la lengua y, si las había, apuntaba las deudas de las comadres. No mucho después, se metía en la cama y se quedaba profundamente dormida.

A poco de instalarse en Oguiño, una o dos veces por semana, Lucha había adquirido el hábito de salir de casa al amanecer. No era algo que hiciera de manera deliberada, porque el deber de una mujer es permanecer con su esposo. Esta frase se la repetía una y otra vez; pero era despuntar el alba y sus piernas se ponían en marcha, querían sacarla de casa, ansiaban la carrera, y, por mucho que lo intentaba, era incapaz de contenerlas.

Así que arrastrando por el suelo su larga cabellera suelta, ya nevara o granizara, tronara o lloviera a cántaros, abrasara el sol o se acercara un huracán, bajaba por la cuesta en dirección a la playa. Allí empujaba la dorna de Manuel hasta la orilla, se metía dentro, arrancaba el motor y bogaba hasta la isla de Sálvora. Desembarcaba en el muelle, ataba la barca, subía y bajaba acantilados y se plantaba en la playa en donde había aparecido el náufrago cuarenta años atrás. Conocía ese lugar como la palma de su mano y lo primero que hacía, siempre y cuando la marea estuviera baja, era comprobar que la botella seguía allí. Aún no pudo volver, se decía al comprobar que estaba en el mismo sitio.

A continuación se sentaba: su mirada abarcaba la playa y se desplegaba hasta el tembloroso azul del mar. Arrebujada en su toquilla de lana, a veces cerraba los ojos y se permitía estar sola. Sola con las gaviotas, escuchando el tintineo de una melodía clara y suave. ¿Qué hacía allí? Nada. Allí no era Lucha, esposa, madre, ahora abuela, ni la *percebeira,* ni la redera. Allí, sentada frente al horizonte, solo volvía a ser aquella muchacha de dieciséis años que había ido a buscar el velo que le arrebató el viento.

—No tuviste las agallas de desobedecer a tu madre, Mujer Anfibio —creyó oír un día.

Le sorprendió escuchar esas palabras, pero lo cierto es que eran verdad. ¿Quién las había dicho? El náufrago inglés. ¿Quién si no la hubiera llamado así? La bautizó con ese nombre una vez, bueno, la única vez: luego desapareció.

Después de un rato abría los ojos y aspiraba los aromas del mar que flotaban en el viento. Observaba el movimiento de las olas y bautizaba los islotes pedregosos con nuevos nombres. A veces hasta hablaba en voz alta. Pero la mayor parte del tiempo dejaba vagar el pensamiento: sentía que la nostalgia corría por las venas, oscura y poderosa como el flujo de su sangre. Fuego negro, agitándose sordamente en su interior.

Antes de que dieran las ocho estaba en casa, lista para atender a su nieta y comenzar el día.

—Así que ¿eso es lo que haces? —le preguntó un día Manuel.

Normalmente, cuando ella regresaba de esas escapadas, él seguía dormido, por lo que imaginaba que nada sospechaba. Pero esa mañana él la esperaba sentado a la mesa, ya vestido.

Lucha no contestó. Se quitó la toquilla mojada, se puso una seca y preparó el desayuno de la niña. Esperaba que Manuel le pidiera cuentas de por qué iba hasta Sálvora varias veces a la semana a sentarse en una peña de la playa. Pero, como en otras ocasiones, él se fue dando un portazo y ella se preparó para salir a vender.

Para llegar a la zona de las casas en donde Lucha ofrecía el pescado, había que torcer a la derecha, nada más acabar la cuesta alfombrada de conchas de mejillón y de escaramujo, como para ir al cementerio. A eso de las nueve, se veía a la abuela y a la nieta pasar por el camino rodeado de tojos en flor.

Tiesa, rápida y seca, con el pañuelo negro anudado a la barbilla, los zuecos repicando, Lucha iba un trecho por delante. Los campos se despedazaban al sol, vaporosos, los pastizales olían a verano y de lejos llegaba el lento chirriar de los carros. Detrás, con sus piernas de palillo, zigzagueando de un lado a otro para seguir las zancadas de su abuela, avanzaba la niña a trompicones. Al pisar la hierba fresca y crujiente, sentía que la vida palpitaba bajo la tierra.

Por las casas y restaurantes vendían sardinas, merluzas y *xurelos,* que llevaban en una cesta sobre la cabeza. A veces les pagaban con dinero, otras con la *limosna:* unas cuantas mazorcas de maíz, un trozo de pan de centeno, patatas o huevos.

Si bien al principio tener que llevar a la niña solo suponía más trabajo, con el correr de los días y a medida que Cristal aprendió a contar el dinero, empezó a disfrutar de la compañía. A media mañana, se sentaban a descansar y la abuela sacaba el almuerzo: en una fiambrera había muslos de pollo cubiertos de gelatina, queso y frutas. Era el momento más feliz porque a Lucha los perfumes y las emanaciones de las viandas le desataban no solo el apetito, sino también la lengua.

Con los ojos brillantes, le hablaba a la niña de su casita de la isla de Sálvora alumbrada con luz de candil de carburo, de los hórreos, de los lavaderos, de la higuera mágica, del mar en calma y de un silencio que hacía ruido; de cómo cuando las gaviotas *espluman,* decimos que va llover, se apretujan todas ellas y se pica el mar, las gaviotas son amigas del marinero, ¿no sabes?; pero son muy puercas, nena, se comen todo, y digo yo que nos comerían aunque fuera a nosotros, sí, ven a un hombre acostado y se lo comen, lo mismo que si fuera un buey o una vaca, se lo comen, lo primero que se comen son los ojos. *Mal raio te parta!*

Después de un rato de parloteo, la abuela levantaba la vista hacia el cielo. El horizonte verde se había puesto rojo, las chicharras acribillaban la mañana y el sol empezaba a sorber las brumas. Calculaba la hora y decidía que era el momento de seguir. Se acabó por hoy el cuento con pan y rábano tuerto, concluía sacudiéndose las migas del regazo. A veces la niña le retiraba un trocito de gelatina que se le había pegado al labio. Al sentir la piel suave de los deditos de su nieta, le latía un poco el corazón.

Trabajaban toda la mañana y, al regresar al mediodía, un gozo mudo y silencioso, entretejido de cansancio y emoción, las unía. Llegaban al pueblo y, antes de pasar por la zona más concurrida, Lucha tomaba instintivamente la mano de Cristal.

Al llegar a la plaza, cuando se alzaban las murmuraciones, apretaba aún más la palma. Torcía ligeramente la cabeza y dirigía a la niña una mirada de complicidad.

La costurera Jesusa, que a veces se acercaba a la taberna con la redecilla a por unas gaseosas, se regodeaba con la idea de que Lucha no iba a aguantar otra niña en casa y que pronto la abandonaría. Sí, decía Maruxa, porque siempre tuvo la cabeza llena de pájaros. Pero el ciego Belisardo no veía la necesidad del abandono; apostaba lo que fuera a que pronto se la endilgaría a alguien. Si andaba por ahí, al gaitero, que era un buen hombre, le gustaba poner fin a la conversación diciendo que algún día aquella nieta sorprendería a la abuela.

Después de comer, si hacía calor, Lucha obligaba a la cría a dormir la siesta. Cristal se quitaba el vestido y los zapatos y se encaramaba a la alta cama matrimonial de hierro. Desde la esquina, ovillada contra la pared, contemplaba cómo su *avoíña* se desnudaba. Fuera la bata de trabajo, fuera el jersey y la falda, las medias, fuera la camisa y también la dentadura y las horquillas que hacían clinc,

clinc al caer en la concha de vieira sobre la mesilla. La abuela trepaba a la cama y la niña sentía cerca el tufo de su carne añosa y el del pescado pegado a la piel. La espalda contra los almohadones, Lucha se ponía a filosofar. Decía que la perdición de los hombres, y también de las mujeres, era el deseo, desear el deseo del otro, el hecho de que nunca paraban de desear. Porque, al contrario del animal, que desea cosas, generalmente cosas para comer, el hombre lo que desea es que el otro lo reconozca como su superior, que se le someta.

La abuela señalaba la ventana. A lo lejos, entre hilachas de niebla, se alzaban las rocas con formas humanas o animales (cerdos, caballos, gallos) y, si hacía buen tiempo, hasta se distinguía la isla de Sálvora y los islotes de Vionta, Sagres y Setelinguas. Luego deslizaba la mano por la sábana, abría el cajón de la mesilla y sacaba unos trozos de piedra granítica, recubierta de liquen amarillo.

–Son trozos de muela y de lengua –decía mostrándoselos a la niña.

Esta tomaba las piedras y las acariciaba. Entonces, como ponía cara de no entender, Lucha le contaba la historia del Hombre de Sagres y le explicaba por qué todas las piedras e islotes que había alrededor de Sálvora tenían formas caprichosas.

–Pues era que en Galicia todavía vivía un pueblo muy antiguo, los... no me acuerdo ahora cómo se llamaba la tribu. –Cuando se ponía a contar, la abuela se movía entre la magia y la leche caliente, entre la leyenda y el terror sin límites–. Todo aquel que osaba amenazarlos era objeto de un encantamiento y se convertía en piedra. Pero entonces, al rey de los celtas, que los quería dominar, se le ocurrió una artimaña: casarse con su hija Forcadiña. De esa relación nació Noro.

–¿Noro la roca? –peguntaba la niña.

—Eso es —contestaba la abuela.

Cristal reía:

—¡Cómo va a nacer una roca de una mujer! No me lo creo.

Y la vieja:

—Atiende y no seas *repugnantiña,* nena.

Según Lucha el malévolo plan del rey de los celtas, que solo deseaba someter al otro pueblo, fue descubierto. No les quedaba más que la muerte, pero al otro jefe se le ocurrió algo peor: petrificarlos. Por eso, el rey celta quedó convertido en el Hombre de Sagres, una piedra con forma humana que se encuentra en la isla que lleva ese nombre, con la lengua partida en siete pedazos y la mandíbula y las muelas esparcidas por los alrededores. Al oeste de Punta Falcoeiro, están las piedras Conles Queixada, que son su mandíbula deshecha. Las piedras Moas, ¿sabes lo que son, nena? Pues son las muelas que, cuando la marea está baja, se ven frente a Setelinguas.

Cristal la escuchaba embelesada. En el silencio de la tarde, crujían las maderas del armario y una chispa de miedo asomaba por los ojos de la niña. Entonces Lucha aprovechaba para contar que, en invierno, el rey celta vivía ahí, en el ropero, y que para recuperar las muelas y los dientes que ya no tenía, salía en busca de niños. Por la noche, sin que estos se dieran cuenta, se los arrancaba de cuajo.

Cristal se estremecía.

—¿Y las rocas con formas de animales? —preguntaba para cambiar de tema.

Y entonces Lucha explicaba que la maldición también había alcanzado a los animales del poblado: por eso la isla de Sagres tiene forma de cerdo, la de Vela de caballo y la de Vionta de gallo.

En boca de Lucha todo era tan real como fascinante, pero, a los dos minutos, se escurría por las almohadas, las palabras comenzaban a espaciarse y el resollar de la respiración se hacía más lento.

—Hasta estaba por ahí... estaba el sombrero.

—¿La roca que tiene forma de sombrero?

—Estaba el sombrero del Hombre de Sagres... el... el... *Chapeu.*

Los cuentos no duraban más de diez o quince minutos. Súbitamente, la vencía el sueño.

13

Una tarde, al levantarse de la siesta, la abuela no encontró a la niña en la cama. Miró a su alrededor y la vio en un rincón, la cabeza ladeada en un raro escorzo, los ojos abiertos y petrificados; saltaba como hacen a veces los gatos sin ningún motivo.

Lucha se puso en pie y se quedó observando. Su nieta continuó haciendo lo mismo durante un buen rato: brincaba, se enfurecía, extendía el brazo hacia delante, como para atrapar algo y retrocedía de un salto.

Lucha, como muchas de las mujeres de pueblo, había aprendido remedios caseros para curar enfermedades. Cuando sacrificaba gallinas, guardaba las pezuñas y preparaba un jarabe para el dolor de garganta; cuando tenían matanza, apartaba la bilis del puerco y la metía en una botella con alcohol para hacer desinfectante. Por entonces, todavía pasaban por el pueblo algunos viajantes que vendían *samesugas*. Las compraba y las aplicaba a la piel para que chupasen la sangre infectada. Pero aquello de los brincos de gato no lo había visto en su vida; escapaba a su entendimiento. Por eso, después de más de una hora observando, le dijo a Manuel que no le quedaba más remedio que llamar a la curandera.

A Soliña se la veía a veces por el pueblo, sobre todo recomponiendo huesos o curando con su don a las gentes en las ferias. Debía de ser más vieja que Matusalén, pero seguía exactamente igual que siempre. Lucha sabía que no había olvidado el parto de Purísima de la Concepción y que no quería nada con ella. Y eso fue justo lo que pasó; hizo oídos sordos al llamado y se negó a acudir.

—Lo que hay que hacer es llamar a un médico de carrera —opinó entonces Manuel.

Pero Lucha porfiaba:

—Esos te arreglan de un sitio y te estropean de otro. Además, lo que le pasa a la nena no es cosa de médicos.

Ocurrió que a los dos días, sin que nadie la esperara, descendió Soliña del monte con su trote cochinero y llamó a la puerta; por algún motivo desconocido, debía sentir que era su responsabilidad atender a esa niña. El mal de Cristal había empeorado. Ahora no solo tenía manchas por todo el cuerpo, en especial por la cara, sino que además le daba por farfullar cosas ininteligibles, frases demasiado elaboradas y groseras para una niña de su edad. ¡Pégale, dale fuerte. Bótalo, cabrón, bótalo!, incluso a veces en un idioma que nadie conocía.

Nada más oírla, la curandera preguntó si había estado en contacto con algún muerto. Porque incluso si tienes ropa colgada y pasa un entierro, «el aire» de muerto se puede trasladar a las prendas, le explicó. Pero no; que Lucha supiera, la niña no había estado en contacto con muerto alguno.

Soliña entonó entonces uno de sus cantos para entrar en comunicación con *o Maligno*. Al cabo de un rato, abrió los ojos y dijo que eran seis y no cuatro, como había sospechado en un principio, los demonios que le había dejado su madre de recuerdo, y que ahora se paseaban por el interior de la criatura como Pedro por su casa. También explicó que había que expulsarlos uno por uno, con tiento y sin demasiada prisa. De este modo, la *enmeigada* se iría acostumbrando a su nuevo ser, pues no había duda de que Cristal había sido embrujada en las mismas entrañas de su madre. Así que lo primero que haremos es meterla dentro, añadió. Lucha sintió cómo un miedo oscuro y familiar se le enroscaba en la boca del estómago.

—¿Dentro?, ¿de dónde?

—Del horno, ¿dónde va a ser?

Manuel, que andaba por allí escuchando, se llevó las manos a la cabeza.

—¡Qué barbaridades dices ahora, por Dios, Soliña!

—¡Puaj! —le respondió la curandera—. Y luego, ¿no hacen eso en los hospitales con los que son canijos? Además, a ti qué te importa si la niña no tiene nada que ver contigo.

Manuel no quiso dar importancia a aquel último comentario (la meiga estaba chocha desde hacía tiempo), aunque le dejó mal cuerpo. En todo caso, de nada sirvieron sus recomendaciones, de nada valieron los pordiós, Lucha, sé razonable, ¿no ves que esa curandera no es más que una loca ignorante?, porque, en realidad, el celo y el empeño feroz de *curar* de Lucha no iban dirigidos a su nieta sino a su hija.

Y así fue como todas las mañanas, el panadero era obligado a sacar las empanadas y las roscas. Ante la mirada estupefacta de las dos viejas encorvadas, que se retorcían las faldas mientras esperaban, metían a la niña, que permanecía en el horno durante un rato.

En dos o tres días, a Cristal le subió la fiebre y dejó de comer. Temiéndose lo peor, Lucha sintió que tenía que avisar al padre de la criatura y comenzó a hacer averiguaciones para encontrarlo. Tenía una prima llamada Paquita que, aunque ahora vivía en Barcelona, había estado muchos años en Londres. Por algún comentario, sabía que Purísima de la Concepción y el padre de la criatura habían vivido en la capital inglesa y que la niña había nacido ahí. Lucha la llamó por teléfono; Paquita le dijo que no le prometía nada, pero que seguía teniendo contactos e intentaría dar con el padre de la niña.

Manuel, por su parte, que ya se había cansado de tanta *meiguería,* optó por hacer venir a don Braulio, el médico. Este tomó el pulso a Cristal, le hizo sacar la lengua y le examinó la garganta. Fue tajante: tenía una septicemia. Le subiría la fiebre, mucho, probablemente hasta 41 grados, empezaría a delirar y luego perdería la conciencia. Esa temperatura tan alta causaría la disfunción y, en última instancia, el fracaso de la mayoría de los órganos.

Con la boca abierta, Lucha se esforzaba por entender.

—Pero Soliña dijo que si la metíamos en el...

—¿Quieren un buen consejo? —le cortó el médico, al tanto ya de todo—. ¿Un consejo que les servirá para cualquier cosa en la vida?: ¡No sean estúpidos! ¡No sean estúpidos!

Manuel asintió. Absorta como estaba, Lucha había sumergido la mirada en el fondo pardo de los ojos del médico. Por fin dio un paso adelante.

—¿Acaso no fuimos estúpidos la última vez? —dijo con la voz temblorosa—. Porque usted, ¡sí, usted!, ¿qué hizo para curarla a ella, aparte de aconsejarnos que no le diéramos más dinero porque se lo volvería a gastar?

Escucharse a sí misma diciendo aquello le hizo callar de inmediato, como si las palabras que acababa de pronunciar le dieran miedo.

(A «ella»; la única manera en que lograba referirse a Purísima de la Concepción era de esa forma: «ella». Como si aquel pronombre huérfano de más atributos le permitiera alejarse de su hija, colocarla a una distancia prudente de su culpa, para que así no le temblara la voz ni se le hiciera un nudo en la garganta.)

Don Braulio bajó los ojos.

–Eso fue bien distinto y usted lo sabe –murmuró y se dirigió a la puerta.

A punto de salir, con la mano en el picaporte, se giró. Se aclaró la garganta.

–Sin embargo –dijo mirando a los ojos a las dos figuras encogidas–, en este caso sí hay una solución.

La vieja levantó la cabeza.

–Antibiótico.

Y como ella puso cara de no entender.

–Penicilina. Merece la pena intentarlo.

–Ustedes siempre con esa palabra en la boca, *penilina*, el Dios que hace milagros. No tenemos dinero –terció Manuel.

–Ya no es tan cara, pero... –prosiguió el médico–, no sé si llegaríamos. En fin, siento todo esto, pero me gustaría ayudarlos.

Por la noche, el cura llamó a la puerta. Sin decir nada, entró como una tromba. Sujetándose la sotana para no pisarla, trepó escalera arriba hasta la habitación de la niña. Ver a ese cuervo en su casa, sin que nadie lo hubiera avisado, negro y largo como la muerte, revolvió el estómago de Lucha. Se plantó frente a él:

–¿Piensa que le va a servir de algo andar de aquí para allá con esa ropa y esos zapatos, levantándose de noche para rezar y entrando en la casa de los pobres? ¿Le sirvió de algo hacer eso con ella? ¡Arderá usted como los demás, más rápido si cabe con esas faldas negras que deben de prender fuego que da gusto. Y ¡arderá en este mundo, que no hay otro, como arderemos todos!... Deje a mi nieta en paz, haga el favor.

Nada más marcharse el cura, subió Manuel a la habitación. Era evidente que había escuchado lo que le había dicho, y Lucha esperaba alguna palabra, si no de consuelo, al menos que corroborase su opinión.

Manuel se quedó quieto en la puerta. Los labios temblaban, como si quisiera decir algo. Tenía aquella mirada bovina, como la de las vacas que son conducidas al matadero, pero en esta ocasión estaba posada en la niña y unas chispitas la alumbraban. Durante un rato, Lucha esperó a que hablara. ¿Qué estaba pensando?, ¿por qué miraba a la nena así?

Pero él solo dejó escapar un suspiro hondo; se dio media vuelta y se fue.

Fue entonces cuando Lucha reaccionó. Se acercó a la cama, sacó a Cristal y, por primera vez en su vida, se la puso en el regazo, meciéndola, taconeando con fuerza y ritmo, calmándola con su voz. «*Son a túa avoíña* –le dijo–, tú y yo estamos solas, solas. Pero estoy aquí, no tengas miedo, no va a pasarte nada. Soy vieja, pero tendré fuerzas para cuidarte.»

El miedo, la rabia y el agotamiento habían expulsado el afecto de su vida, pero ahora, de la enfermedad de la nieta, brotaba una llamarada de áspera ternura. La miró. Tenía los ojos de «ella», de su hija. Al recordarla, le empezó a batir con fuerza el corazón. Del moño se sacó una horquilla y limpió la cera de las orejas de la niña, le frotó la cara con un paño húmedo, la peinó y le cambió el camisón.

Cuando Manuel se marchó a trabajar al día siguiente, Lucha pidió a María la Portuguesa que se quedase con Cristal. Cogió un coche de línea, fue hasta los arrabales del pueblo más próximo de la ría e hizo unas averiguaciones. Después fue a hablar con don Braulio, el médico. A las dos horas, estaba de vuelta en casa.

Tras la cena, Manuel se sentó a fumar. Ella acercó una silla y se lo quedó mirando. Estuvieron un rato en silencio.

Una brasa de triunfo encendía sus mejillas. Dijo al fin:

–Ya está todo resuelto: dos o tres meses. No debes gastar el dinero en las mujeres del club de alterne durante seis meses. Ese dinero lo tenemos que usar para comprar la *pe-*

nilina. Solo me tienes que explicar lo que haces con ellas, y yo haré todo igual.

Manuel no se movió ni respiró durante unos segundos.

–Hay algo en ti, Luchiña... –dijo al cabo de un rato–. Sé que no eres mala, nunca lo fuiste, y por eso siempre intenté quererte. Pero hay algo dentro de ti que se agita y se retuerce como un animal, y que no logras sacar a la superficie. Me das... A veces me das...

Parecía que iba a seguir, pero se levantó y fue hasta la puerta. Salió dando un portazo, a la taberna, y no volvió hasta la medianoche.

Dos días después, cuando Lucha ya había perdido toda la esperanza de reunir el dinero para la penicilina, Antón, el cartero, llamó a la puerta. Traía un sobre abultado, con un sello de lo más raro, lo que se dice de Inglaterra, y entiendo yo que será para vosotros, porque solo pone «Casa junto al cementerio, subiendo a la derecha», dijo con una mueca de burla. Al oír aquello, Lucha sintió un estremecimiento.

–¿De Inglaterra? –Inclinada hacia adelante, intentaba descifrar la grafía.

Cuando el cartero se fue, se sentó con el sobre. Durante un buen rato, le dio vueltas entre las manos, palpándolo con cuidado.

Hacía más de cincuenta años que lo esperaba. Esperaba una señal, algo que alimentara su esperanza. Ahora llegaba aquel sobre y ni siquiera sabía si quería abrirlo. Por fin lo hizo.

Dentro del paquete había un rollo compacto de billetes y una nota escueta sin firmar.

Mi querida Mujer Anfibio,
espero que este dinero sea suficiente.

14

No le faltó razón a don Braulio, porque gracias a la penicilina enseguida mejoró la niña. En menos de un mes, recuperó el apetito, ganó peso, volvió a sonreír y ya estaba echándose al camino con la abuela para vender el pescado.

Era principios de noviembre –habían pasado cinco años desde el retorno y la infeliz muerte de Purísima de la Concepción– y empezaron a llegar las primeras *marusías*. Y aunque de momento no impidieron que los barcos salieran a faenar, se levantó un viento fuerte, imprevisto, que removió los viejos rencores. El viento dio de lleno en la nuca de Lucha una tarde en que había salido a comprar café. Le golpeó, le bajó por la columna causándole tiritona e hizo que volviera a casa arrastrando los pies. Tengo los huesos enojados, dijo a la mañana siguiente, mientras cargaba con la mercancía. Seguida de Cristal, salió a la calle, como cada día. Pero a medida que caminaba, la respiración se le hacía más corta, rápida y silbosa. Pasadas tres casas, se detuvo. Le costaba mantenerse en pie, inhalaba el aire roncamente, como si tuviera una locomotora dentro, y su pecho subía y bajaba. Reanudó la marcha, pero justo cuando estaban a punto de tocar la puerta de una de las casas, se le nubló la vista y se desplomó. El pescado y la cesta fueron los primeros en caer; luego ella quedó espatarrada por el suelo.

Mirando a su abuela con el rabillo del ojo, la niña recogió las sardinas, las limpió con la manga y las volvió a meter en la cesta. Sin dejar de escucharla –farfullaba dando indicaciones como una borracha–, cogió el *mulido,* se lo colocó en la coronilla y, con gran esfuerzo, la *patela.* ¿Está bien?, le preguntó. No tenga miedo, que yo me ocupo. Ahora escóndase, *avoíña,* añadió. Y como la abuela no se movía, la cogió por las axilas y la arrastró hasta detrás de una pita. Se quitó el delantal, se lo puso a su abuela debajo de la cabeza y le plantó un beso en la frente. Flotando en el dolor (y también en la delicia de aquel beso furtivo), acalambrada y quieta, Lucha esperó.

En realidad, no era la primera vez que tenía problemas de salud. Hacía solo cinco meses, ya le había aconsejado un médico que se hiciera unas pruebas en el hospital de Santiago. Por entonces estaba tramitándose la pensión por los años trabajados en la conservera, y para ello le habían pedido un reconocimiento. Primero había visitado a don Braulio, que, después de hacerle un chequeo general, le había dicho que la Administración exigía también una revisión que no hacía él sino el ginecólogo.

–¿El *colo*-qué? –exclamó Lucha haciéndose la tonta.

Ya había oído hablar en los lavaderos de ese médico de las mujeres. El que atendía a las señoras embarazadas o a las parturientas que tenían dinero. Por lo que tenía entendido, les metían hierros y otras cosas frías por ahí. Una vez una mujer trajo una tarjeta al lavadero: «Doctor López –decía–. Amenorreas y menopausias, candidiasis, alteraciones de las trompas de Falopio, hemorroides y moluscos infecciosos». Menos esto último, que les era familiar, nadie entendió nada.

Jesusa decía que esos médicos eran unos aprovechados y que hasta sabía de una mujer que no quería tener hijos, y a quien le habían recetado píldoras para taponarle las vías. Así que Lucha dejó pasar unos días. Tenía la esperanza de que no se dieran cuenta de que no había ido al «doctor López, moluscos infecciosos», pero llegaron las primeras pensiones y ella no recibió la suya. Cuando fue a reclamar, le explicaron que le hacía falta el papel firmado por el ginecólogo, y que no tendría el visto bueno de la pensión hasta completar todas las pruebas y revisiones médicas. De modo que no le quedó más remedio que ir.

El «doctor López, moluscos infecciosos» era un tipo alto y apuesto, mucho más joven que don Braulio, pero menos amable. Lo primero que hizo Lucha después de sentarse fue depositar una bolsa de plástico sobre la mesa.

—Estos choricitos son para usted, doctor López —le dijo tímidamente. Y como el médico seguía a lo suyo, leyendo los informes, Lucha abrió la bolsa y le mostró su contenido. Un tufo a pimentón picante se propagó por la estancia—: los hice en casa con mi nieta. Son riquísimos.

El médico dirigió una mirada de desdén a la bolsa. Con una mueca de asco la alzó con dos dedos y la depositó en el suelo. No comentó nada al respecto, cosa que decepcionó un poco a Lucha.

—Pude traerle una gallina viva, pero me dijeron que no las sabe matar.

El «doctor López, moluscos infecciosos» le indicó la camilla:

—Vamos a reconocerla, señora.

Lucha se levantó con timidez mientras iba explicando que de salud estaba muy bien, tan solo a veces un poco estreñida y esos bultos, los *sapos* que decimos nosotras, que le brotaban como champiñones en la cara interna del muslo. Se tumbó en la camilla y se quedó inmóvil, los ojos redondos y fijos en el techo. Él se acercó. Tumbada con ambos brazos extendidos a lo largo del cuerpo, las piernas apretadas (rechonchas por la parte del muslo, flaquitas por la pantorrilla), esperaba el milagro de que la reconociera sin levantarle la ropa.

—Si no se descubre y abre las piernas difícilmente podré ver nada —dijo él con tono de hastío.

Lucha levantó la cabeza y prendió en él sus ojillos rodeados de arrugas. Era guapo guapo, el «doctor López, moluscos infecciosos». Pero eso no quería decir que estuviera autorizado para todo.

—¿Dónde dice que quiere mirar? —preguntó.

—De momento quiero ver si hay ganglios en las ingles —dijo él.

La sangre afluyó a la cabeza de ella, encendiéndole las mejillas.

—¿Inglés, dice? —dijo ella sorprendida.

—¡Abra las piernas, coño!

Asustada por el tono, Lucha bajó la cabeza y obedeció al instante. Se levantó las faldas y se cubrió con ellas la cara.

El médico reculó un poco.

—Una vez conocí a un inglés —dijo ella, debajo de la falda. No sabía por qué le contaba aquello a ese médico. Tal vez porque los nervios le desataban la lengua; tal vez porque sabía que él no tenía ni la menor sospecha sobre quién hablaba y, por primera vez en su vida, le apetecía explayarse—. Tuve amoríos con él. ¿Sabe que por esas tierras los hombres llevan falda y *nada* debajo?

A través de la tela, miró al médico que ahora, aunque lo disimulaba, pareció esbozar una sonrisa.

—Vine preparada y no me puse la faja... —prosiguió tímidamente—: En los lavaderos me dijeron que era mejor así. —Miró hacia el frente y vio el instrumental brillante y picudo, alineado en una vitrina.

Se aclaró la garganta y levantó un poco el cuello. Dijo señalando hacia delante:

–¿No irá usted a taponarme las vías con eso, verdad? No es que piense tener hijos a estas alturas, pero...

La respiración de Lucha era lenta y pesada, como otras veces. Observó la cara del médico que no inspeccionaba las ingles, ni las vías, ni sus partes más íntimas, sino el pecho y los resoplidos. Sus pulmones emitían un arrullo parecido al de las palomas. Pensó que el «doctor moluscos» era todo un caballero.

–¿Dice que se hizo usted el reconocimiento con don Braulio?

–Así es. Salvo que a veces se me cae el hígado y me flota por ahí, estoy como una rosa. Pero los del ministerio me dijeron que tengo que traer su papel también.

–¿No le llamó la atención a don Braulio esas sibilancias del pecho?

–¿Sibi-qué?

La mandó vestirse y sentarse.

–¿Ya está? –dijo ella.

–Bueno, no es competencia mía, pero yo creo que debería hacerse usted una radiografía de pecho en el hospital –dijo él.

Bajó la cabeza y siguió escribiendo. Le extendió un volante.

–Y para lo suyo... –dijo Lucha–, ¿qué me receta? A las otras mujeres les recetó usted cosas. Venían contentas.

–¿Para lo mío, dice?

–Sí, lo suyo. Es decir, lo de las mujeres. A eso vine, ¿no?

Por fin él levantó la vista y fijó en ella su cara enfadada.

–¡Jabón!

No. No era la primera vez, porque aquel tal doctor López, que no tardó mucho en irse del pueblo, además de jabón, le recomendó que viera al neumólogo. Lucha pidió

cita y hasta llegó a ir al hospital de Santiago con Cristaliño. Pero en la misma puerta, encorvada y pequeña, con su
pañoleta negra y la niña de la mano, viendo entrar y salir
a la gente, le sobrevino el miedo. ¿Y si, por cualquier cosa,
la dejaban allí ingresada? ¿Qué haría con la niña? Se lo
pensó dos veces y se marchó, «vámonos a casa, nena».

En el coche de línea que las llevaba al pueblo, Cristal
la miraba de reojo. De camino a la casa, se cogió de la
mano. Hacía fresco y el aire se veía sucio del humo de las
chimeneas. Las calles estaban húmedas. La abuela sentía
en la suya el calor de la mano de la niña, y el contacto era
tan suave y agradable, tan consolador, que la apretó un
poco más.

15

Ahora, mientras esperaba escondida tras la pita, no dejaba de mirar hacia la casa en la que tenían previsto vender el pescado. Ay, mi Cristaliño, se dijo mientras observaba cómo regateaba el precio con la compradora. ¡Sí que era espabilada, su nieta! Al mirarla sentía algo parecido al orgullo y daba las gracias por que se hubiera curado. Y no podía dejar de pensar en quién le habría enviado el dinero. Pero ¿cómo habrían sabido que Cristal estaba malita?

A la dueña de la casa, al ver a la niña sola con la enorme cesta en la cabeza, se le removió el corazón y compró casi la mitad de la mercancía. Lo mismo ocurrió en las siguientes casas. Durante toda esa jornada, Cristal explicó con desparpajo que venía sola porque su abuela estaba impedida. En uno de los sitios dijo que el mal azul la había dejado ciega. En otro que las fiebres esenciales la postraban en una silla de ruedas. Decía esas palabras referidas a su *avoíña*, «ciega» y «paralítica», y al ver la cara que ponían las otras mujeres, un oscuro placer trepaba por su pecho para abrirse como una venenosa flor.

Cuando Cristal regresó, se pusieron en camino, pero Lucha, enganchada del hombro de la niña, dijo que no podía seguir. Como pasaban muy cerca, la abuela preguntó si sabía cuál era la casa de Jesusa, la costurera.

—Sé —respondió la niña.

—Vete a buscarla.

—Voy.

Fue. El edificio, de nueva construcción, se alzaba a las afueras del pueblo. Una casa como un árbol plantado boca abajo, cuyas raíces imitaban las torres retorcidas de un castillo. A la niña siempre le había llamado la atención que fuera tan grande y despampanante, con aquel jardín lleno de fuentes y habitado por enanitos con sonrisas maliciosas. La abuela le había contado que, al morir la madre de la costurera, esta había vuelto al pueblo, pero que, en lugar de meterse en la casa de pescadores de Teresa, se había hecho construir esa mansión. Nadie sabía de dónde había salido el dinero y hasta se rumoreaba que podía proceder del contrabando de tabaco.

El ojo inmóvil de la costurera asomó por la reja de la ventana.

—¿Qué quieres, *filla?* —dijo al verla en la puerta.

—Es mi abuela —contestó la niña—. Se desmayó, está cansada y no puede seguir. ¿Podría usted ayudarme?

La costurera hizo un gesto de fastidio; miró el reloj.

—¿Tiene que ser ahora? —dijo—. *Los Chiripitifláuticos* están a punto de empezar.

Su jeta de pera desapareció de la ventana. Después de unos minutos, se abrió la puerta con un atronador crujido de portón de castillo. En el umbral asomó el cuerpo fofo y tembloroso de la Ollomol. Llevaba los rulos puestos (como le faltaba alguno, los suplía con carretes de hilo) y el mismo traje de luto de siempre, que nadie sabía si era por su madre, por alguna tía lejana o por su marido inexistente. Encima, el mandilón de trabajo.

—Pasa —dijo. Observaba a Cristal con una atención indiscreta.

La niña se volvió para mirar hacia el camino.

—Pero es que mi abuela está sola y...

—Ahora vamos a por tu abuela. Jesús, ¡qué prisas! ¿No ves que necesito un momento? —La volvió a recorrer lentamente con los ojos—. ¡Cómo creciste! ¿No deberías estar en la escuela?

La niña penetró en la casa. Dentro de la sala en penumbra quedó flotando el aroma rancio de aquella carne de mujer, floja por las horas de encierro y la larga castidad. La estancia enseguida tomó la temperatura del aliento de las vacas.

—Espérame ahí, tengo que quitarme los rulos. ¿Quieres un polvorón? —dijo, y desapareció haciendo bailar las nalgas y la barriga por el pasillo—. También tengo cocacola —se oyó de lejos.

Sobre una mesa camilla cubierta con un hule, un quinqué, la Singer y retales de todos los tamaños y colores. En el suelo, un orinal repleto de agujas, bobinas de hilos, imperdibles, un acerico y varias tijeras. Sobre la televisión y bajo un tapete de ganchillo, un altar con estampas de santos, velas y vírgenes. Todo estaba raído, sobraban cosas. En la penumbra, la niña distinguió un retrato del general Franco con gorro cuartelero y otro de una mujer con boina que no supo quién era.

Esperó sentada. Mientras, en la televisión, los hermanos Malasombra de *Los Chiripitifláuticos* bailaban y cantaban, «somos malos, malos... y más malos que la quina». Y la Ollomol sin aparecer. Pensó en marcharse, pero realmente necesitaba la ayuda de alguien para trasportar a la abuela hasta la casa. Se levantó y fue a buscar a la costurera.

En el pasillo oyó su voz. Jesusa parecía hablar con alguien, y la niña se acercó a una de las puertas. Ahí estaba.

Desde el umbral, la vio doblada, susurrando palabras muy tiernas. ¿A quién? Fijó la vista en la cama. Con mano temblorosa, la costurera le arreglaba los cabellos a una muñeca de mofletes duros, embutida en un traje infantil con lazos, mientras le decía que no se preocupase, que ahora mismo volvía. Luego le quitó los zapatitos, le desenrolló las medias, le levantó las piernas y le besuqueó las pantorrillas. Cristal corrió al salón y esperó.

Sentada frente al televisor, se acordó de que un día, en una de las casas en donde vendían el pescado, una criada le preguntó a Lucha si también iban por la de la Ollomol. Su abuela contestó que sí, a veces, y entonces la criada quiso saber si había entrado alguna vez en aquel cuarto en el que escondía a su hija. ¿A su hija?, preguntó Lucha, pero si la costurera es soltera y virgen. Y entonces la mujer se acercó, cogió a la abuela por el antebrazo y le susurró al oído: Dicen que se marchó del pueblo para ocultar su preñez. También dicen que a la hija, que ya es mayor y que está enfermita, la tiene recluida en la casa.

Todo eso estaba recordando Cristal cuando llegó la Ollomol con una bandeja. Sobre ella, la caja de polvorones y un vaso de coca-cola sin burbujas. Permaneció un rato tiesa frente al televisor («somos malos mala sombra, malos malos de verdad»), y entonces posó la bandeja. Abrió la caja y le ofreció un polvorón a la niña.

–Que sepas que, cuando falleció mi madre, tu abuela ni siquiera fue al entierro. Pero ya ves; no soy rencorosa y voy a ayudarte.

Al acercarse a la caja de polvorones abierta, a Cristal le llegó un tufo penetrante: era un olor a manteca y a mohosa Navidad. Ya tenía la mano extendida para coger uno, pero de súbito la retiró. Le dijo a la Ollomol que mejor otro día, que ahora quería que fueran a por su abuela.

Esbozó la costurera una mueca ante el menosprecio:

—Tú te lo pierdes.

Salieron. Lucha esperaba donde la había dejado su nieta, pero ahora cabeceaba. Intentaron levantarla pero rehusó. Farfullaba entre sueños.

—Deja de decir bobadas. ¿No ves que vine a ayudarte? —la reprendió la costurera.

Pero Lucha seguía mascullando, se dejaba caer al suelo como una marioneta de trapo y no había manera de ponerla en pie.

—Jesusa —dijo la niña—, ¿y si la llevamos en la cesta?

Por algún motivo oscuro, esto le gustó a Lucha. Así que arrojaron al suelo la última sardina que quedaba y la metieron dentro. La costurera intentó subirse la cesta a la cabeza, pero pesaba y no podía. «Póntela vacía», se oyó. La otra obedeció. Entonces Lucha, impulsada por una fuerza misteriosa, se aferró a sus espaldas y escaló como una araña por el esqueleto de la Ollomol. Al alcanzar el grueso cuello, se abrazó a él. Con un último impulso, se introdujo dentro.

Caía la tarde y la tierra exhalaba un vaho a humedad y a excremento de vaca. A lo lejos cantaba la hierba y los frutos se abrían para liberar la simiente.

Vadeaban los caminos, Lucha agarrada a las orejas de la costurera.

Había una costurera con una cesta en la cabeza. Sobre la cesta, una vieja. La vieja era una serpiente enroscada. Un pollo o unas patatas. Un kilo de berzas.

Junto a las dos mujeres, la niña.

En el cielo, suspendidas en un trapecito imaginario, maullaban las gaviotas.

—Estás a pique de casarte y un día aparece otro hombre —soltó Lucha de pronto, a santo de nada.

Jesusa se detuvo.

—¿Cómo dices? —dijo.

—Lo que oíste, Ollomol.

Pasó una lechera con un balde, también en la cabeza. Al verlas, se detuvo y miró sorprendida.

–Y luego, Lucha, ¿de paseo? –preguntó.

–Pues ya ves, aquí arriba estoy –gritó ella desde la *patela*–, ni dentro ni fuera.

La lechera se fue. El camino, más estrecho ahora y flanqueado de vegetación, corría paralelo a la carretera. Al fondo se veían las primeras casas. Un fuerte olor a bosta les salió al encuentro. Lucha prosiguió con su acertijo: Pues eso, que conoces a otro. ¿Debes hacer caso a tu corazón e irte con ese segundo hombre?

Desde abajo, Jesusa y la niña escuchaban estupefactas. Ninguna de las dos contestó.

Ahora Lucha se tambaleaba como si estuviera ebria. Su mirada era turbia y vacante. Tocó en la coronilla de la costurera.

–Eh, inglés –dijo de pronto–, ¿cree usted que soy una de esas?, ¿una cualquiera?

Jesusa se detuvo de golpe y Lucha casi se cae al suelo. Indagó en los ojos de la niña y, al no hallar una respuesta, giró el pescuezo hacia arriba.

–¿Se puede saber de qué hablas ahora? ¿A quién llamas inglés, Lucha? Soy yo, Jesusa, tu vecina costurera. La hija de Teresa.

La niña también observaba perpleja. Pero Lucha, con los dedos aferrados a los extremos de la cesta abombada por el peso, hacía girar los ojos de un lado a otro. Cogió un mechón de pelo de la costurera y tiró hacia arriba con fuerza.

–¡Me haces daño, so bruta! –gritó esta.

–¿Cree usted que soy más puta que las gallinas? ¡No me mande su dinero! ¡No lo quiero!

Repicaron las campanas de la iglesia. Jesusa dijo:

–¿Pero se puede saber de qué hablas, hija de Dios? –Y

mirando a Cristal–: ¿Se dio un golpe en la cabeza, tu abuela? ¡Se volvió loca!

Se colocó el pelo, miró a la niña de reojo y volvió a ponerse en marcha. El sol descendía, casi rojo, por detrás de los eucaliptos. La cara sudorosa de la costurera se llenó de una luz intensa y misteriosa.

–Bájeme, inglés.

–Y dale con el inglés.

–Siempre fui decente.

–...

–Bájeme.

–Sí, mujeriña, sí. Pues vas tú buena.

–Lo lleno es bueno, lo vacío, malo; lo cálido es bueno, lo frío, malo; ser abrazado es bueno, no tener a quien te quiera, malo.

Antes de despedirse, Cristal le dio las gracias a la costurera. Esta esbozó una sonrisa maliciosa.

–No me des las gracias. Un día vienes a cortarme las uñas y a lavarme los pies y arreglado.

Aunque lo dijo en broma, a Cristal le subió un asco por el estómago que le quitó las ganas de cenar.

16

Por la noche, una vez en casa, la niña contó al abuelo todo lo que había ocurrido. La idea de haber sido capaz de trabajar sola y de haber traído a la *avoíña* la henchía de orgullo. Al escuchar cómo había sido trasportada en la cesta del pescado, Manuel comenzó a reír. La carcajada sonaba como la bisagra oxidada de la puerta del gallinero hasta que Cristal añadió que Lucha había confundido a la Ollomol con un inglés.

La risa se ahogó en la garganta de Manuel. Se le helaron los ojos.

–¿Un inglés? –dijo.

Miraba a la niña sin pestañear.

–Sí –respondió esta–. También dijo que usted no tiene lo que tiene que tener un hombre. –Quedó un rato en silencio; luego añadió–: Abuelo, ¿qué es lo que tiene que tener un hombre?

Lucha empezó a subir la escalera. La carcajada irónica de su marido le había entrado por uno de los oídos sin salirle por el otro, de modo que aún navegaba en su cabeza. Pero ya, ya vería él, se dijo al entrar en el dormitorio. Con un crujido de articulaciones, se arrodilló y, de debajo de la cama, arrastró una maleta. La abrió: dentro guardaba uno de sus engendros, un conejo muerto con cinco patas que despedía un tufo a podrido que le hizo fruncir la nariz. Lo puso delicadamente sobre la almohada y volvió a la cocina. Antes de desplomarse sobre la piedra *lareira*, musitó:

—A ver quién ríe el último.

—Buenos días —le dijo Cristal al día siguiente, cuando bajó para prepararse su tazón de café con leche—. ¿Está usted mejor, *avoíña?*

No hubo respuesta. Permaneció la niña clavada, inmóvil, poseída por el presentimiento de que algo no iba bien y la mala conciencia de no haberle contado a su abuelo lo que de verdad era importante: que la *avoa* respiraba mal y que era preciso llevarla al médico. En la penumbra distinguió la falda, la combinación, la braga y el sostén tirados por el suelo. Más arriba, el relumbre del cuerpo, los pechos blancos, la telaraña gris del vello del pubis. Ver a su abuela desnuda la turbó, y desvió la vista. Tanteó la pared hasta dar con el interruptor y encendió la luz. Lucha estaba espatarrada e inmóvil, los ojos enloquecidos. De la boca colgaba un hilo de baba. La niña permaneció unos minutos quieta, escuchando en los oídos el flujo de su propia sangre, como cuando tenía calentura.

Vaciló entre vestirla o no antes de llamar a su abuelo. Sollozando, consiguió ponerle la falda y la camisa. ¿Cómo no se había dado cuenta? Últimamente, no estaba bien, apenas tenía fuerzas. A veces arrastraba una pierna; otras se movía con cuidado, como si algo muy delicado se le fuera a cascar por dentro. De tanto en tanto, la agarraba del brazo; respiraba mal. ¿Cómo había sido tan tonta de no darse cuenta? Pobre *avoíña*. Pobrecita, ¡y qué mala era ella! ¡Pero ella solo era una niña! ¡No podía saberlo todo!

Subió al cuarto. Llamó con los nudillos y entró.

—¿Qué fue? —dijo Manuel desde la cama, la voz pastosa.

Los brazos desmayados a lo largo del cuerpo, la niña adoptó una actitud de gravedad. Dijo:

—Es la *avoa*. Está mal.

Manuel se incorporó. Se frotó los párpados. Dijo:

—Ayer me dejó un conejo con cinco patas sobre la cama, la muy hija de su madre. Yo bajé y le dije: Te conozco y sé que lo haces a propósito, Lucha. Me fastidias y me metes sustos de muerte con esos engendros del demonio. Y, ¿sabes qué me contestó? Me dice: Llegará un día en que te gusten los engendros, ya verás.

Manuel salió de la cama, se calzó las zapatillas y bajó. No se asustó al ver el cuerpo de su mujer tirado como un trapo viejo. Le dio unas bofetadas en la mejilla y la llamó. La niña esperaba en el umbral, sin atreverse a entrar. En esas, Lucha abrió los ojos como platos. Levantó la cabeza, buscó los de la niña en la distancia y dijo: ¡Uhhhh!

Fue entonces cuando toda la pena, el miedo y la culpa contenidos por la niña se desataron. Se abalanzó sobre ella y comenzó a propinarle puñetazos por el cuerpo mientras sollozaba mala, es usted mala, mala, mala.

Después del forcejeo con su nieta, Lucha ya no pudo levantarse. Le costaba tanto respirar que Manuel optó por cargársela al hombro y soltarla sobre el colchón.

Durante tres días, Cristal estuvo sentada al pie de la cama en donde su abuela yacía rígida y demacrada. Esta se pasaba las horas con la mirada perdida en el mar, lejos, abriendo y cerrando la boca como si repitiera un nombre, la expresión dura. La tercera noche comenzó a toser; se sacudía en un ahogo. Cristal la tomó de la mano. Dijo:

—Todo se solucionará, *avoa*. —Lucha asintió con la cabeza. Se tranquilizó.

A la mañana siguiente, le pidió a la niña que llamase

a la meiga Soliña. Desde que vino para atender a Cristal, nadie había vuelto a hablar con ella; aunque algunos afirmaban haberla visto paseando por las alamedas de los pueblos vecinos embutida en una falda roja y blusa azul, satinada, que transparentaba sus pechos flácidos. Manojo de huesos, muy enjoyada. Se daba colorete en las mejillas y por lo visto –aunque esto es algo que casi nadie podía creer– compraba el amor de los hombres jóvenes a cambio de anillos, monedas de oro o collares, que llevaba consigo en un saco.

Día y medio tardó en asomar su jeta de simio (o de golondrina), pero nada más ver a Lucha y conocer los síntomas (cansancio, pérdida de apetito, sudores) dijo que iba a hacer unas comprobaciones. Con ayuda de Cristal, acostó a la vieja panza arriba en el suelo. Le juntó y estiró las piernas, con los pies unidos. Con los brazos extendidos por detrás hasta hacer tocar las palmas sobre la cabeza, comprobó que una de las manos sobresalía.

–Tiene la paletilla caída –dijo. Y mirando a su alrededor–: Hay que levantársela.

Y sin más explicaciones, la sentó. Apoyando sus rodillas por detrás, tiró de sus brazos con varias sacudidas hasta que sonó un crujido de huesos. *Mal raio te parta!*, se oyó por toda la casa.

Lucha quedó dolorida, pero, a partir de entonces, empezó a recuperarse. Ese mismo día Cristal lavó y cortó unos grelos. En una olla, echó un trozo de carne, unto y unas habas. Lo puso todo al fuego y, cuando estuvo listo, se acercó a su abuela con un plato de caldo caliente. Le dio una cucharada y Lucha la aceptó.

–Está rico. –La voz de la vieja había adquirido trémolos de caverna.

Cristal siguió dándole cucharadas. La abuela clavaba en ella la mirada.

–Le pusiste habas.

Confortada por las palabras, la niña se puso a soplar suavemente. Al levantar los ojos de los vapores que se elevaban de la cuchara, volvió a cruzarse con los de su abuela. Por primera vez en los últimos cinco días, le entraron ganas de sonreír.

17

Tras aquel episodio, Lucha se quedó muy débil y Cristal adquirió el hábito de ayudarla en su aseo personal. Le cortaba las uñas, la cepillaba y le trenzaba la monstruosa cabellera, le rascaba la espalda con un tenedor, iba a la botica a comprarle las píldoras para el estreñimiento y las pomadas para las almorranas. También, y esto era lo peor, cada quince días le quitaba las pelotillas y le lavaba los pies en agua tibia, con bicarbonato y una pizca de sal. Entonces la abuela se ponía muy cariñosa.

–Ay, *o meu Cristaliño,* pon una poca de agua a cocer, que ya va siendo hora de la limpieza... Coge una palangana, *miña ruliña.* Ya sabes dónde está la piedra pómez.

El día que tocaba lavar la cabeza –una vez al mes– era todavía peor, porque Lucha comenzaba con la tarabilla de los murciélagos. Como no se lo había cortado nunca, el cabello, además de un estorbo, era una fuente de suciedad y mal olor. Cuando se descuidaba y le quedaba suelto, traía a casa la porquería de la calle: pajitas, cáscaras de huevo, mondas de naranja, espinas o agallas de pescado, tripas de pollo.

Le daba por decir que tenía un nido en la nuca, y que los bichos del demonio rebullían en cuanto sentían el frío del agua. En el momento en que se soltaba la trenza, y la niña hundía el peine para desbrozar la selva, uno de ellos, «azul como el diablo», emergía hacia la luz, rozándole la frente, o eso decía ella, manoteando en el aire. Míralo, ahí abajo está, donde crece la hierba del pelo. Cristal la tranquilizaba, no hay murciélagos en su cabeza, *avoa;* pero entonces una bandada entera se desprendía del matorral, y ella los sentía palpitar, enredarse con sus dientes y sus uñitas entre las hebras; nena, Cristal, yo no hice nada malo, no tuve culpa de lo que pasó, el tiempo no cura la herida de una hija muerta. Me dan miedo, y asco. Y se enfadaba: ¡Sácamelos, son demonios! ¡Ni un lavado de cabeza sabes hacer!, ¡y eso con la de años que llevo enseñándote! ¡Sácamelos si quieres librarte de un sopapo!, ¡vamos, *parva do cú!,* ¡pon más furia, inútil!, y ellos se agarraban al cuero hasta que la niña introducía una mano en el matorral y atrapaba el bulto, que era el cepillo, y lo lanzaba contra la ventana.

Ploc.

–¡Se acabó!

El lavado y el cepillado se prolongaban más de una hora y tenían un efecto tan sedante que a veces la abuela se quedaba dormida. Después, Cristal la ayudaba a vestirse, le restregaba por todo el cuerpo una pomada de saliva de cabra que le compraba a la meiga y le daba un masaje en piernas y brazos.

–¿Por qué no se corta el pelo, abuela? Nos da mucho trabajo –preguntó un día la niña con toda la inocencia del mundo.

Lucha sacudió la cabeza.

Ese día, Manuel andaba por ahí:

–¡Sí, córtatelo! ¡Córtatelo!

Se encaminó hasta el cajón de la cocina, sacó una tijera y se acercó a ella blandiéndola en el aire. Lucha sintió su aliento en la nuca; oía el tijereteo.

–Cortar no.

—¿Y me quieres explicar por qué no?

Cristal se había acostumbrado a ese muro invisible que rodeaba a su abuela y que nadie podía atravesar. Muchas veces permanecía horas perdida en sus ensoñaciones y, en el fondo, aunque estaba en casa, siempre estaba lejos, muy lejos con el pensamiento, allí donde nadie podía alcanzarla. Pero aquello de cortarse el pelo la transfiguró. Los ojos, por un momento, se clavaron en los de su marido.

Su voz fue un grito que zanjó la cuestión:

—¡Como me cortes el pelo te mato!

Estremecido, Manuel bajó el brazo.

Don Braulio había prohibido a Lucha los trabajos duros como el marisqueo y la venta de pescado ambulante, pero ella siempre hacía lo que le daba la gana, y enseguida la niña y ella retomaron la rutina de trabajo. Ahora la abuela caminaba colgada del hombro de la nieta y así se las veía salir cada mañana. Cristal se adaptaba tan bien a los pasos demorados de su abuela que quien las miraba no podía apreciar con exactitud cuál de las dos era la que estaba enferma. La debilidad y la vejez de Lucha las unía más que nunca. Se aproximaban los cuerpos y también los espíritus —los tics, los movimientos y los gestos eran los mismos, cual espejos encontrados—, acortándose al caminar la distancia de un brazo a otro, en un mundo propio de fragancias y ruidos apagados. Al atardecer se las veía atravesar la plaza, crujiente el doble renqueo; y al pasar por delante de la taberna, siempre había alguien que gritaba:

—¡Míralas, ahí van! ¡Ni que estuvieran pegadas!

Los años fueron pasando entre achaques, pobreza y algo así como la felicidad. La salud de Lucha le dio un respiro que le permitía seguir saliendo a pescar y a vender a la lonja, siempre en compañía de Cristal. El matrimonio parecía haber entrado en una larga tregua que suponía una especie de punto muerto. Lucha y Manuel pasaban la mayor parte del día separados y se limitaban a intercambiar saludos por la mañana o por la noche. Un día, cuando Cristal estaba en la botica comprando las pastillas para su abuela, coincidió con don Valeriano, el maestro del pueblo. Extrañado de no conocer a esa niña de ojos tan azules, le preguntó que cómo se llamaba.

—Me ha dicho mi abuela que no hable con desconocidos, sobre todo si son hombres –dijo Cristal.

—Buen consejo –dijo el maestro. Ostentaba este una complexión enclenque y tenía el rostro enjuto y macilento. Al hablar, se rascaba la cabeza y la caspa se posaba sobre su traje negro–. Pero tu abuela... ¿no piensa llevarte a la escuela alguna vez? ¿Cuántos años tienes ya? ¿Ocho?

—Nueve para diez.

—Pues dile a tu abuela que te lleve por allí. Te busco una clase con niñas de tu edad.

La niña le explicó que no podía. No solo tenía que acompañar a su abuela a vender, sino que también debía ayudarla con la huerta. Y cuando terminaba con la huerta, venía el aseo personal. Y tenía que ir con ella a coger pulpos y percebes. O a los lavaderos dos veces por semana.

Pero aquello de la escuela y las otras niñas la dejó muy pensativa. Durante el almuerzo, con la cabeza metida en el plato, contó lo que le había dicho el maestro. Tenía que aprender a leer y a escribir, las cuentas, un poco de historia, porque, si no, iba a convertirse en una *alfabeta*. Había muchos *alfabetos* por allí, sobre todo entre la gente mayor, pero el maestro estaba intentando que los jóvenes no lo fueran y que valieran para algo más que para sacar sardinas y pulpos del agua. También iba a intentar que jugara con niñas de su edad. Eso les dijo que le había dicho. La abuela, que había permanecido en silencio durante todo el rato, se puso bruscamente en pie; los cubiertos se cayeron al suelo. Aulló:

—¡Pero qué historia es esa! ¿Y quién cree el maestro que va a ayudarme con las faenas? ¿Vendrá él a vender el pescado conmigo? ¿Saltará él a las rocas para cavar el percebe? *Mal raio te parta!*

Se quedó repentinamente muda y pensativa. Se levantó y comenzó a fregar en la pila, pero se le resbalaban los platos y un vaso se hizo añicos. Dos minutos después, se quedó inmóvil, mirando por la ventana. A lo lejos, junto a las bateas, las gaviotas levantaban el vuelo. Se zambullían en el mar y salían con un pez en el pico. Un carguero pasó dibujando una línea en el horizonte.

Dos días después, el maestro llamó a la puerta.

—Buenos días, señora —dijo. Ese día don Valeriano estaba más amarillo que nunca y vestía traje de chaqueta y camisa blanca—. ¿Puedo pasar?

Sin atreverse a sentarse, explicó al matrimonio que la niña, por la edad que tenía, debería acudir a la escuela. Comprendía su situación, pero la educación era gratuita y, al menos, eso estaba de su parte. Podría darle unas clases particulares para ponerla al día, porque los demás ya llevaban yendo desde los cinco años y le sacaban ventaja. Era importante, les dijo, para que el analfabetismo y la ignorancia no arraigaran en la zona. La niña parecía lista. Por cierto, ¡qué ojos tan azules! ¡Ni que fuera extranjera!

Cristal, que escuchaba muy atenta, miró a su abuela. Durante el rato en que habló el maestro, esta había permanecido rígida y muda. Pero la conocía y, por el gesto (los ojos saltones y fijos en el hombre, el leve temblor de la barbilla, la boca dura como si estuviera a punto de dar un picotazo), supo que estaba enfadada. Muy enfadada.

—*Madía leva...* —soltó de pronto

Sonrió el maestro:

—¿Cómo dice, señora Lucha?

—Templa, Lucha, templa —intervino Manuel desde el fondo.

Y entonces la abuela se despachó. Entre toses y resuellos, le preguntó al maestro si sabía lo que era levantarse todos los días a las cinco para recoger el pescado de la lonja; lo que era andar kilómetros y kilómetros cargando con la *patela* en la cabeza durante todo el día, para luego desandar el camino, la ropa siempre mojada pegada a la piel, aguantar la ola cuando se cava el percebe, el salitre corroyendo las manos y todo por tres *patacóns*. ¿Sabía él que no había domingos, ni festivos, sino que todos los días eran de esclavitud? No, no tenía ni idea. Y todo eso, además, teniendo que criar a una niña pequeña. Así que métase en sus asuntos, concluyó. Fue hasta la puerta, la abrió e invitó al maestro a salir.

Cristal no dijo nada, pero ese mismo día, horas después, ya faenando junto al roquedal en donde cogían el percebe, pidió que la dejara saltar a las rocas en lugar de esperar como solía hacer hasta entonces. Lucha rehusó. Era demasiado arriesgado para una niña.

—Pues entonces le contaré a don Braulio que sigue usted viniendo a hacer este trabajo. Y también le contaré a todo el mundo que no respeta la veda. —Hizo un silencio—: Y que no me lleva al colegio porque me explota.

Un sombrío temblor movió la boca de Lucha. Aquello fue una puñalada en el centro del corazón.

18

A partir de ese día, era la abuela la que esperaba y Cristal la que cavaba el percebe en los acantilados de Sálvora; desde la dorna, de pie y retorciéndose las manos, observaba a su nieta con los ojos húmedos y un gesto que era mitad orgullo, mitad pavor. *Sentidiño,* gritaba al verla saltar a las rocas con la *ferrada, ¿*oíste, nena? El mar es falso como el peor de los enemigos, cuando venga la ola, corres, ¿oíste?, no le des nunca la espalda. *Moito sentidiño, nena, oíches?*

Arriba, el cielo como la panza de un burro.

Enfrente el mar enfurecido.

A medida que la niña fue adquiriendo destreza, Lucha empezó a atreverse a dejarla un rato sola. Voy por allí a esas rocas, le gritaba, a hacer de vientre. Entonces bogaba hasta el muelle, atracaba la barca y caminaba hasta la playa, aquella en la que apareció el inglés en la madrugada del naufragio. Se sentaba en una roca y contemplaba el horizonte. Hacía tiempo que la botella en la que dejó su nueva dirección había desaparecido, y desde que llegó el dinero para la medicina de la niña en un sobre, alimentaba la esperanza de recibir alguna otra señal. Pero una semana daba paso a otra y nada cambiaba; se preguntaba si aquello que había vivido, y que siempre recordó de manera confusa, no era más que un engaño de la imaginación.

Los días de calma, ya de vuelta, Lucha detenía el motor de la barca junto a las mejilloneras para pescar con Cristal. Una tarde, notó un temblor en el sedal del pulpero. Tiró hacia arriba. Tiró con mucho esfuerzo, balanceando el cuerpo, contorsionándose de izquierda a derecha. Viene cargadito –gritaba–, ¿lo ves, lo ves?, pero cuanto más alzaba el aparejo, menos veía la niña. Por fin sacó un pulpo de al menos ocho kilos. Lo dejó sobre el banquillo de la dorna, pero el animal comenzó a mover las patas con intención de escapar. Lucha lo espiaba de reojo. De súbito, se dobló hacia delante, lanzó un brazo y, con una habilidad inusual en una mujer de su edad, lo atrapó. Ante la mirada estupefacta de la niña, se lo llevó a la boca y le mordió la cabeza. Succionando con fuerza, le sacó los ojos y los escupió al suelo. Se limpió la boca con el antebrazo. Luego se quedó pensativa.

–Ya habló tu abuelo con el maestro –dijo–. Mañana empiezas la escuela.

Un crucifijo junto a la misma foto enmarcada del Caudillo que aparecía en los sellos de correos, filas escolares, por la señal de la Santa Cruz, de nuestros enemigos líbranos Señor, Dios nuestro, esas horas lentas, interminables como una baba amarilla y el sopor del rosario los viernes por la tarde.

Hasta ese momento, toda la moral de la niña consistía básicamente en lo que era «bueno» o «malo» para la abuela. Así, era bueno trabajar hasta la extenuación, las veinticuatro horas del día, para sacar una miseria con la que apenas sobrevivían. Era malo hablar de su madre o preguntar cómo había muerto. La mentira era un monstruo de cien colas, feo y abominable, pero ¿no se refugiaba Lucha constantemente en ella? Estaba mal robarle a su abuela monedas de la lata de ColaCao y, sin embargo, no importaba si cobraban unas pesetas de más a las señoras. Era malo reír cuando ella lloraba, o llorar cuando ella reía. Era bueno hacer de hija las pocas veces que la abuela ejercía de madre, y hacer de madre cuando la abuela se comportaba como una niña.

También se dio cuenta Cristal de que lo que estaba prohibido en el colegio –mentir, maldecir, envidiar, robar, alegrarse del mal ajeno, tener pensamientos sucios– solía ser lo que más la atraía.

Un día, unos meses después de empezar las clases, una niña de la escuela, alta y desgarbada, con dientes de conejo y tetas como limones, le dijo que su madre «no era normal», que hasta había estado en la cárcel y que por eso sus abuelos la habían dejado morir. Es mentira, cayó enferma, pero la cuidaron, contestó Cristal sin saber muy bien lo que decía.

En realidad, tenía una idea confusa sobre la muerte de su madre. Solo había oído hablar de ella de pasada, casi siempre en los lavaderos, y mentalmente la relacionaba con un coro de carraspeos, un silencio prolongado o el zumbido de las libélulas que flotan sobre la espuma. «Tú lo que tienes que hacer es encontrar un buen hombre y casarte –concluían las mujeres cuando salía el tema–. A las mujeres solas es fácil que les ocurra lo que a tu madre.»

–Eso es lo que te han hecho creer tus abuelos –le respondió la compañera–, para que no sufrieras. Pero tú indaga por ahí y te enterarás.

Y ese fue el germen que fructificó en un montón de preguntas. Quién era ella, de dónde venía, quién era esa mujer cuyo nombre a veces pronunciaban en voz baja –«ella», solían decir– mientras creían que no escuchaba, o que suscitaba un murmullo incómodo. Como sabía que sus abuelos no hablarían del tema, empezó a sonsacar información a otros. Fue entonces cuando se dio cuenta de que mucha gente en Oguiño, sobre todo la de más edad, tenía la memoria escacharrada. De alguna manera, para explicar cualquier hecho, todos volvían al naufragio del vapor Santa Isabel. Pero, a partir de ese momento, había lagunas. Confusión.

Lejos de ayudarla, lo que le contaba la gente la embrolló aún más: para el cura, su madre había sido «una desviada»; según la meiga Soliña, «siempre tuvo el demonio dentro». Pero para los más viejos, era una «pobre mujer». Para unos había sido rara, para otros una suerte de bruja, y para los demás, no era más que una «pobre enferma». En lo que todos coincidían era en que, a pesar de haber pasado unas noches en el calabozo de Coruña, no había hecho mal a nadie.

Una tarde, Cristal llegó a casa con la nariz y los ojos enrojecidos. Lucha la interrogó y, aunque la niña no tenía muchas ganas de hablar, al final le sacó lo que pasaba. Cuando salía de la escuela, un grupo de niñas, capitaneadas por la «dientes de conejo» que le había contado aquello de su madre, la esperaba. Al pasar le daban collejas y le gritaban «endemoniada como tu madre». Cuando la abuela escuchó aquello, tuvo que sentarse. Le volvía aquella sensación de falta de aire, aquel dolor que era un alfiler bajo el pecho izquierdo y que se expandía por el brazo: ya sabía ella por experiencia que eso de la escuela acabaría mal.

Al día siguiente, preguntó a Cristal si las niñas la habían vuelto a molestar.

—Se ríen de mí todos los días —contestó ella mientras dejaba la cartera, mirando al suelo—. Dicen que mi madre estuvo en la cárcel... por lo que era. —Levantó la vista para mirar a su abuela de reojo—. ¿Qué era?

La abuela no contestó.

—También se ríen de usted. Dicen que se acostó con el diablo, y que por eso su hija nació así.

Lucha siguió sin abrir la boca. Dos horas más tarde, cuando terminó las faenas de la casa, se quitó la bata, se puso la toquilla sobre los hombros y le dijo a la niña que se iba a arreglar unos asuntos. Por el pueblo la vieron curioseando por las ventanas de las casas. Cuando le decían que qué quería, ella preguntaba si vivía allí «una» con aspecto de conejo.

Por fin, se asomó una niña a la puerta. Era larga, esquelética y seca, con dientes que le llegaban hasta el suelo.

—Dicen que me anda buscando —se oyó.

Ganas de matar. De un solo sopapo, Lucha la tiró al suelo. Quedó tumbada, con los brazos un poco alzados, los ojos abiertos y sin poder dar crédito a lo que veían. Antes de que se pusiese a gritar, Lucha se agachó y la abofeteó de nuevo.

Diez minutos después, entraba por la puerta de la casa.

Los gritos de Antón, el cartero, al otro lado de la ventana, impidieron que Cristal pudiera preguntarle nada. Lucha se asomó.

—La segunda del extranjero —gritó el cartero, agitando una carta en el aire.

Ella salió y le arrebató el sobre entre las manos temblorosas. Esta ansiedad alentó en Antón el inicio de un interrogatorio.

—¿Y luego, jefa? —dijo apuntando con la barbilla—, ¿es de dónde la anterior? ¿No recibió usted una hace ya al menos un par de años? No se me olvidaría un detalle *juapo* como ese. Parece que tiene usted ya *lo que viene siendo* una correspondencia, ¿no?

Lucha se sorbió la nariz, se limpió los ojos con la manga y se planchó la falda.

–Tiene un sello muy bonito de una reina con corona –insistió Antón.

Al rato salió el abuelo.

–¿Es otra carta del padre de la nena? –dijo acercándose un poco e intentando mirar por encima del hombro–. ¿Manda dinero como cuando estuvo mala?

Lucha se pegó la carta al pecho.

–¿Entonces es de tu prima Paquita?

–No –dijo dirigiéndose a las escaleras para subir al piso de arriba.

Una vez en su habitación, sentada al borde de la cama, pasó un buen rato mirando el sobre. Acariciándolo con un dedo retorcido y sarmentoso, intentaba no abrirlo, pero su corazón se aceleraba con latidos de emoción y expectativa. Las manos que lo sostenían comenzaron a agitarse casi por separado. Temblaron por unos instantes antes de poder controlarlas apretando los puños.

Cuando recibió la otra carta con el rollo de dinero, estaba convencida de que no sería la última. Sin manifestar ilusión para que no se le notase, había esperado que el cartero le anunciara que le traía una nueva misiva del extranjero, pero transcurrió el tiempo, y eso no ocurrió. Poco a poco se había ido haciendo a la idea (¡qué tonta eres!, se decía, ¿acaso crees que tienes un príncipe azul por ahí que cuando tengas problemas vendrá en tu rescate?), y aunque le quedaba la duda de quién los habría ayudado, hacía esfuerzos por olvidar. Pero ahora, en el momento más inesperado, cuando tenía la cabeza en otras cosas, el cartero le hacía entrega de otro sobre con un sello de la reina de Inglaterra.

Por fin lo despedazó. Con el aliento convulso, sacó una tarjeta. Era una nota escueta pero elocuente; suficiente para hacerla revivir en segundos todo lo que su corazón había estado tratando de decirle durante cincuenta años:

Londres, 1974

Mi querida Mujer Anfibio:

Espero que la presente la encuentre con buena salud. Tan solo unas líneas para decirle que sigo con vida y que me gustaría retomar nuestra relación.

Su amigo y admirador,

El náufrago inglés

19

Dos semanas después, llegó una nueva carta. Lucha se la llevó al excusado. Sentada sobre la taza del váter, la abrió. «Londres, abril de 1974. Mi querida Mujer Anfibio», comenzaba. Pero se detuvo y cerró los ojos.

Aunque la nostalgia seguía viva, su memoria era como un trozo de tela arrebujado y metido en un barreño de agua con lejía diluida: al sacarlo, había partes que quedaban intactas; otras, desvaídas. Durante todos estos años sin noticias, por fin había aprendido a vivir sin el náufrago. No era capaz de recordar su rostro, ni cómo hablaba o se movía; ya no se acordaba del perfume de su piel ni de la forma de sus hombros; su voz ya no resonaba en sus oídos. Ya no se acordaba, pero sí la envolvía aquella sensación confusa, algo que sucedía allí dentro, en la oscuridad del cuerpo, y que llegaba en oleadas intermitentes, como un dolor de muelas. A veces procedía de una frase, o de una idea que estallaba en su cabeza. Otras, de la visión de un rostro, o de una música triste y remota que escuchaba por la calle. En ocasiones, cuando sobrevenía, la rechazaba. Otras, como esta, se dejaba penetrar.

«Mi querida Mujer Anfibio.» En aquellas palabras que solo él podía haber escrito, palpitaba la esperanza. En ellas estaba el movimiento de las manos de él, y ahora lo que más deseaba era recuperar su roce y su calor. Pasó el dedo varias veces por el sobre y dirigió la mirada a la ventana. A lo lejos, el mar se agitaba con fuerza y se oía el lejano maullido de una gaviota. Volvió a posar los ojos en la carta. Ayudándose con el índice, comenzó a desgranar las palabras:

Si por fin me decido a escribirle una carta más larga es porque no quiero seguir así. Me vuelvo loco pensando en cada detalle, en cada momento que pasamos juntos. Me pregunto una y otra vez, ¿qué ocurrió en aquella playa la madrugada del dos de enero de 1921? Hace más de cincuenta años que la conocí brevemente. Aunque no la volví a ver, siento que durante todo este tiempo hemos estado caminando el uno hacia el otro. Le escribo para decirle que esos minutos junto a usted fueron los más felices de mi vida, y que nada ni nadie conseguirá que los olvide. Usted me enseñó que el placer no es algo que el hombre toma de la mujer, sino que es, por encima de todo, una forma de felicidad, de dar y de recibir.

Puntuales todos los martes en el reparto de la tarde, comenzaron a sucederse las cartas. Tanto Lucha como Manuel esperaban el momento.

Apenas el cartero sacaba la carta del zurrón, Lucha se adelantaba.

—¡Mía! —decía arrebatándosela de la mano; y corría escalera arriba. Dos segundos después, ya estaba desmenuzando las palabras:

Hoy me acerco a usted con el temblor del enamorado primerizo. Me gustaría ser capaz de decirle, mi querida Mujer Anfibio, todo lo que quedó en mi corazón. Quiero

111

pensar que se vistió para mí de novia, que fui el primero que la besó y que vio el fulgor nacarado de sus pechos. Me fascinó su libertad: cómo se atrevía a ser guapa y alegre sin pedir permiso, espontánea sin tener que justificarse y...

La prosa escueta y algo torpe de las primeras notas había evolucionado hacia párrafos elaborados y Lucha pensó que seguramente alguien se los traducía al español. A veces eran postales cuyo contenido, al quedar a la vista, el cartero ya se había permitido leer:

–Aquí tiene, Lucha –decía–. Detalle *juapo:* hoy está en la costa de Inglaterra, en un sitio que se llama, a ver..., *Briiton.*

–Ah, ¿sí? –contestaba ella arrancándole la postal de las manos–, ¿y qué tal?, ¿has podido enterarte de si le gusta aquello?

–¡Oh, sí! Dice que le recuerda mucho a esto, aunque allí las playas son de piedra. ¡Y que hay una noria gigante!

Una vez en su habitación, Lucha cerraba la puerta, se sentaba sobre la cama y se disponía a leer. Lo hacía lentamente, como degustando las palabras, a veces con una lupa, juntando las sílabas y murmurándolas a media voz. Algunas cartas eran cortas, pequeños comentarios o incluso poemas en hojas arrancadas de cuadernos, que parecían haber sido escritas en cafés; otras más largas, con tono melancólico:

Aquel día, la esperé en la playa, camuflado entre un grupo de gente, otros náufragos, que vagaban de un lado a otro, desesperados, buscando sus posesiones entre los restos del naufragio. Escuchaba las campanadas que llamaban a su boda, veía a la gente subir en grupos hacia la iglesia y una honda desesperación empezó a embargarme: me daba cuenta de que la había perdido. Es la misma nostalgia que ahora agita mi corazón. Hondo pesar de todo lo que pudo ser y no fue, del fulgor de aquel amanecer, de lo nunca dicho, de la vida desperdiciada y de ese amor que se truncó. Cuando uno llega a cierta edad, mi querida Anfibia, se da cuenta de que no va a vivir para siempre y eso es lo que hace que la vida sea fascinante. Un día usted comerá su última comida, olerá su última flor, abrazará a un amigo por última vez. Puede que no lo sepa, pero precisamente por ello tenemos que hacer lo que nos gusta con pasión. Lo más valioso que nos queda es el tiempo y a mí me gustaría compartirlo con usted.

Cuando algún comentario le agradaba, lo repetía en alto («todo lo que pudo ser y no fue», «lo más valioso que nos queda es el tiempo y a mí me gustaría compartirlo con usted»). Otras veces, daba vueltas al sobre en la mano y se agolpaban las dudas: ¿por qué después de tanto tiempo? ¿Todo esto era real o estaba en su cabeza? Y si era real, ¿qué sentido tenía que él la buscara ahora?

Lucha Amorodio seguía saliendo cada día a vender. Como Cristal ahora iba al colegio, lo hacía sola. Al atardecer volvía a casa con chorizo, panceta y un trozo de unto que compraba en el ultramarinos. En la huerta arrancaba unos grelos y cogía unas patatas. Con todo ello, hacía un caldo. Cenaban los tres casi en silencio, veían la tele un rato (salvo el martes, que llegaban las cartas, y entonces Lucha se retiraba a su habitación) y se iban a dormir. Los sábados había plaza, los domingos, misa y dos días a la semana recogía percebes.

Algunas tardes, Lucha se acercaba a la taberna a por vino. Don Valeriano, el maestro, casi siempre andaba por ahí. Era un hombre culto y solía adoctrinar a los demás con fragmentos de la historia de España, los Reyes Católicos,

Juana la Loca encerrada en Tordesillas y así, teorías filosóficas o matemáticas sin cocinar, e incluso misteriosas leyes genéticas descubiertas por un fraile y basadas en investigaciones con guisantes, que dejaban a los hombres boquiabiertos.

Un día ella se le acercó y le dijo que «ya era suficiente».

—¿Suficiente el qué? —dijo él algo perplejo, pensando que tal vez se refería a sus discursos.

—Suficiente el tiempo de escuela. Necesito que la niña vuelva a trabajar.

Don Valeriano soltó una carcajada. Le explicó que el tiempo de aprendizaje nunca era suficiente, que uno estaba siempre aprendiendo y que la niña tendría que seguir en la escuela. Para convencerla de lo que decía, le contó que su nieta iba muy por detrás de los otros niños. ¿No le había dicho Cristal nada de un examen sobre los ríos de España? Por si no lo sabía, lo había repetido ya tres veces, y todavía se equivocaba. Tiene la cabeza dura, esa niña.

—Haría usted bien en sentarse con ella para rellenar el mapa —añadió—. Le he dado la oportunidad de que lo haga hoy en casa sola. De otro modo, la suspendo. Porque... —En sus ojos brilló una chispa maliciosa—. Usted fue algo a la escuela. Conoce todos los nombres, ¿verdad?

—¿Nombres?

—De los ríos de España.

Lucha se enderezó.

—¡Pues claro! ¿Y cómo no los iba a conocer?

Se quedó pensativa y esa misma noche, mientras cortaba las patatas para el caldo, se acercó a la niña, que acababa de abrir uno de sus cuadernos sobre la mesa. La miró desde arriba.

—¿Se ríen de ti? —preguntó de pronto.

Cristal cerró el cuaderno de golpe.

—¿Qué?

–El maestro me dijo que se ríen de ti porque no sabes los ríos de España.

La niña se puso colorada. Apretó la goma de borrar y comenzó a desmenuzarla. Lucha arrimó una silla y se sentó junto a ella. Le pidió que le mostrara el mapa. Cristal volvió a abrir el cuaderno y ella lo miró atentamente: era España, sí, con las Baleares a la derecha y las otras islitas ahí abajo, que eran las Canarias, eso lo sabía ella. Pero allí no figuraba el nombre de ningún río. Solo había rayas que, como sinuosos costurones de una operación, atravesaban el país de un extremo a otro.

–¿Y los nombres? –preguntó Lucha.

La niña la miró sorprendida.

–Es un mapa mudo, abuela.

–¿Mudo?

–Tengo que poner yo los ríos. Don Valeriano me ha dicho que, si no, me suspende.

Bajó la cabeza.

La abuela se secó las manos en el delantal y se sentó. Mudo lo voy a dejar yo al *parvo* ese... ¡Miño!, añadió de pronto, orgullosa, señalando una de las rayas que cruzaba Galicia. Escribe ahí, nena, Miño. La niña obedeció y esperó a que la abuela le diera más instrucciones. Pero esta repasaba las rayas del mapa con un dedo, moviendo los labios como si quisiera hablar. De su boca no salió ningún otro nombre.

–¡Boh! –dijo levantándose diez minutos después–. Tengo que hacer el caldo.

Por la noche no pudo dormir. Pensar en que los otros niños se reirían de su nieta, tal y como había sucedido con su hija, le quitaba la respiración. Ella no podía ayudarla con ese mapa mudo, pero quieta no se iba a quedar, *arrecaray*. Al día siguiente, antes de empezar la venta, se acercó a la casa del maestro. Había reservado una docena de sardinas y una buena merluza de pincho. Cuando el maestro le abrió, ella le extendió una cesta.

–Son fresquitas. Antes de que me las quiten de las manos, suyas son –le dijo.

El maestro tomó la cesta y miró dentro. El tufo a pescado le hizo sacar la nariz.

–¿Y esto? –preguntó.

Ella chasqueó la lengua. Lo miró coqueta.

–Un regalo, don Valeriano. No me diga que no le gusta la merluza.

Le gustaba, claro que le gustaba, como también las sardinas y sobre todo los percebes, los mejillones o los pulpos, que Lucha le fue trayendo a escondidas, cada miércoles, durante los tres o cuatro años siguientes. A buen entendedor, sobraban las palabras y él no dijo, ni diría, nada más. A partir de entonces, fue rara la vez que la niña no volviera a casa con una buena nota.

Durante ese tiempo el pueblo también sufrió cambios. El alcalde se cercioró de que no quedara ni una sola casa sin electricidad; se mejoró la carretera que comunicaba Oguiño con Santiago y Coruña, se derruyeron los retretes exteriores y se construyeron cuartos de baño en todas las casas que no lo tenían aún. El lavadero no se cambió. Cuando se les ofreció a las mujeres la posibilidad de comprar lavadoras a plazos, casi todas rechazaron la oferta. ¿Para qué iban a gastarse ese dineral en un mamotreto que mugía como una vaca y que encima estropeaba la ropa? Jesusa y Lucha encabezaron la protesta en contra de esta innovación: en el fondo, lo que más miedo les daba era quedarse sin su espacio de tertulia y diversión.

Lo que más se comentaba allí, sobre todo cuando Lucha no estaba, eran las cartas que esta recibía del extranjero. Por entonces, ya todo el mundo había oído que el martes Lucha no aparecería porque se quedaba en casa esperando la correspondencia. Había hipótesis de todo tipo: que si todo aquello tenía que ver con el contrabando de tabaco con el extranjero, en el que Lucha estaba metida; que si era un novio inglés y hasta se llegó a decir que era la mismísima reina quien le escribía.

Cada vez más resignado, los brazos lánguidos a lo largo del cuerpo, Manuel observaba atento el trajín que su mujer se traía con las cartas. Cuando comían los tres juntos, había momentos en que miraba fijamente a Cristal, como si en sus ojos o en sus gestos buscara la respuesta a lo que estaba pasando. Al cabo de un rato salía de casa, se arrastraba hasta la taberna y se sentaba con los otros hombres a jugar la partida de dominó.

Don Valeriano, el maestro, casi siempre andaba por allí. Por el televisor de la taberna llegaban noticias del país. Sabían que la salud del Generalísimo era delicada, con un párkinson avanzado, y los estragos de la guerra y la juventud. Muchos días, en lugar de empezar la partida, permanecían embobados frente al telediario. ¿Qué iba a ser del país cuando Franco muriera? Don Valeriano era muy pesimista. Todo lo contrario que el tabernero, que opinaba que ya era hora de cambios. Si había alguna mujer por allí, siempre acababan enzarzados: ninguna olvidaba aquel día en que, con gran pompa, el Generalísimo fue a visitar uno de los puertos de la ría mientras varias rederas trabajaban. Todas esperaban alguna recompensa, y todo lo que hizo el Caudillo fue decirles: «Esclavas gallegas, qué bien lo hacéis; a mí me gusta que seáis así».

Un día de noviembre, mientras Lucha estaba enfrascada en la lectura de una de las cartas de su náufrago, irrumpió Manuel en la habitación.

Estaba pálido y le temblaba la voz.

–Franco ha muerto –le anunció.

Segunda parte

1

Pertrechada con la retórica, el lenguaje elíptico y los ademanes de la Sección Femenina –en donde había desempeñado labores de voluntariado durante sus años mozos, bajo la dirección de doña Pilar Primo de Rivera–, la costurera Jesusa se había ido erigiendo en consejera moral de las mujeres de Oguiño. Ya antes de que el Generalísimo falleciera, en el país se había empezado a hablar de democracia y libertad; en los lavaderos, de los nuevos males que amenazaban a la mujer, en especial, de la gran falacia de la liberación femenina, que tanto daño estaba haciendo a la sociedad. Palabras como honra, decoro, decencia, castidad salían todos los días de la boca de la Ollomol, componiendo en las cabezas de las otras mujeres un ensalmo embrujador, pero carente de significado. Humo.

–En el hombre desnudo están las rojeces de Satanás y los pelos de cabra de Luzbel. –Al hablar, la costurera se ponía en pie y, de paso, se aplastaba un tábano en el cuello–. La intimidad y los juegos amorosos son una puerta que se abre al pecado, una hoja arrancada a la flor de la pureza. ¡Virgen! ¡Hay que llegar virgen al matrimonio! Y una vez que se llega: Ma-ter-ni-dad. Porque la mujer, aunque diga lo contrario para disimular, lo que busca de-

121

trás del hombre es la maternidad. –Y siempre concluía–:
¡Viva Franco!, ¡Arriba España!

A veces, Lucha andaba por allí y, para quitar hierro a la
conversación y de paso hacerla rabiar, soltaba alguna fresca:

–La centolla también anda donde está el pulpo, Jesusita.

O:

–Tanto va el cántaro al agua...

O:

–*Polo San Xoán, a sardiña pinga o pan.*

Cuando por fin murió el Caudillo, la propia Jesusa
decretó el luto en el pueblo. Cogió el coche de línea hasta
Santiago y de allí viajó a Madrid para rendir su último
homenaje. Tres días estuvo haciendo cola para ver el rostro verde como un limón del Caudillo. Cuando volvió a
Oguiño, dijo que el cadáver de Franco era falso y que
todo era una conspiración de los rusos. Dicho lo cual, se
encerró en casa.

Había asegurado que no saldría hasta que los rojos le
devolvieran a Franco, pero a los cuatro días andaba asomando el pescuezo por la reja de la ventana. A todo el
que pasaba por delante de su jardín de enanos, le chista-
ba. De un pañuelo sacaba unas monedas sudadas y les
encargaba azúcar, leche o esos bollitos con crema que le
gustaban, ya sabían ellos. Por fin un día, salió del confi-
namiento. Embozada hasta las orejas, entró en el ultramarinos. Le gustaba empujar la puerta para que sonara la
campanilla y acercarse al mostrador, por encima del cual
flotaban olores intensos a bacalao y especias. Al reconocerla, Maruxa, la tendera, le dijo que la echaban de menos en los lavaderos. Había más mujeres y enseguida se
animó la conversación. En boca de todo aquel que aparecía en la televisión andaba una palabra que ninguna entendía: *consenso,* y querían saber si ella, que había estado
en Madrid, sabía lo que era.

Además de esas palabrejas, a todas les inquietaba el panorama político que se desplegaba por el país. Los exiliados volvían a casa y las mujeres reivindicaban libertades que ellas no entendían para qué servían. En la televisión veían que, mientras ETA ponía bombas y la gente corría manifestándose y lanzando petardos por las calles de Madrid, el rey se confabulaba con ese tal Adolfo Suárez. ¿Pero y lo guapo que es?, decían algunas. ¡Y cómo se enciende el cigarrillo!

Se comentaba que Santiago Carrillo había vuelto del exilio y que andaba suelto por ahí, disfrazado de mujer con peluca y pechos. También que el PCE iba a ser legalizado y hasta se rumoreaba que Dolores Ibárruri, la *Pasionaria*, estaba a punto de pisar el país.

—Eso del *consenso* se refiere... se refiere a lo que hacen un hombre y una mujer en la cama pero sin amor —se atrevió a decir una mujer que había ido a por lentejas al ultramarinos.

—Lo entendiste mal —susurró otra—. El *consenso* es más bien *el fruto* de esas relaciones.

Las miradas se dirigieron entonces a Jesusa, que esperaba su turno.

—Veréis, hijas...

La costurera bajó la voz. En torno a ellas se hizo un silencio solo interrumpido por el piar de unos gorriones posados en el tendido eléctrico y el lejano quejido de una sierra. Maruxa salió por detrás del mostrador para cerrar la puerta del ultramarinos.

—... esa palabra, que jamás oiréis de mí, porque me ensuciaría las encías, es un repeluzno de Luzbel. Solo produce caries, flojera de piernas y debilidad general. Y no os doy más detalles, que para eso tenéis imaginación.

Reventaban de risa, las mujeres.

—¿Y democracia, Jesusa? ¿Qué quiere decir «democracia»?

No hacía mucho, la costurera había escuchado con atención un programa de televisión en el que un periodista explicaba a la ciudadanía en qué consistía eso de la democracia. Ansiosa de vomitar los conocimientos mal digeridos, se lanzó a explicar:

—El término —dijo— viene del griego.

—¿Del griego? —preguntó Pacucha, fascinada—. ¿Tú sabes griego?

—Un poco —respondió la otra—. La palabra viene de la unión de *demos* y *kratos*. Y como su nombre indica —hizo un silencio para mirar a la concurrencia— significa «gobierno del demonio».

—¿Gobierno del demonio? —preguntó una mujer.

Jesusa se cruzó las manos por delante del vientre.

—Lo que escuchaste —confirmó.

Como era la que más horas pasaba en los lavaderos, disponía de información de primera mano acerca de todas y cada una de las personas de Oguiño, nacimientos y decesos, juicios y reyertas. Porque lavar nunca consistía solo en lavar. Consistía en frotar la pastilla de jabón y una pregunta sobre quién se había casado, o quién había fallecido esa última semana; en retorcer la sábana y una queja sobre Fulanita que había faltado a misa, y un repaso sobre quién se hallaba enfermo, y hasta a quién le había salido un grano en el culo. Cuando se moría una vaca, se arruinaba la cosecha o había algún lío de faldas, lo primero que a muchas se les pasaba por la cabeza era: tengo que ir a los lavaderos a contárselo a Jesusa.

Con el paso del tiempo, hubo algo que sí empezó a hacer la competencia a la costurera: el televisor. En el pueblo siempre había existido el de la taberna y el de la casa de Jesusa, pero poco a poco fue entrando en los otros hogares. En el de Lucha, que nunca quiso tener frigorífico —sabía de una mujer que, yendo a coger la leche, se había quedado

atrapada dentro; la encontraron tres días después con fila-
mentos de pelo blanco, congelada–, apareció con el primer
dinero que percibió del finiquito de la conservera. Todos
los domingos, después de comer, en lugar de acudir al lavadero, se sentaba con Cristal a ver *La casa de la pradera.* Si
estaba fregando; en cuanto oía la melodía, soltaba la cazuela, se secaba las manos en el mandil, gritaba, ¡nena, el se-
rial!, corría a sentarse y ya. Ya estaba ella rodando por la
pradera junto a las tres niñas rubitas con cofia y el perro; ya
estaba ella sentada a la mesa de la familia del guapo Char-
les («Char Inglés», como lo llamaba ella), saboreando los
pasteles caseros que hacía...; ya estaba ella atravesando ríos
dentro de una carreta; hablando con toda naturalidad con
los indios o metida en una discusión entre Laura y la malé-
vola Nellie de tirabuzones y lazos, que tenía un hermano
igual de asqueroso llamado Willy.

Un día, en los lavaderos, la costurera cogió a Cristal
por banda. Tras oír que la niña andaba preguntando por
su madre, decidió intervenir en el asunto. Por más que el
asunto ni le iba ni le venía, estaba convencida de que el des-
mesurado interés que mostraba por la gente no era algo
personal, sino un don divino con el que tenía que ayudar
al prójimo.

–Nena –le susurró girando la cabeza a un lado y a
otro, como hacía siempre que quería generar un aire de
confidencias con su interlocutor (esto era algo que había
copiado de doña Pilar Primo de Rivera, en sus años de
trabajo para la Sección Femenina)–, me han dicho que
andas preguntando por ahí por tu madre.

Cristal dejó de restregar la pastilla de jabón sobre la
camisa y la miró. Por entonces la niña tendría ya unos
once años y, salvo por algún encuentro esporádico como
el de aquella vez que la ayudó a cargar con su abuela, apenas conocía a la costurera.

–No sacarás nada en claro –prosiguió la otra–. Ya sabes que aquí la gente tiene la memoria averiada. Y luego están los que no la tienen tan mal, pero no quieren hablar por miedo. –Bajó el tono–. Todo tiene origen en el naufragio. Pasaron muchas cosas los días posteriores, pero solo los mayores las conocen. Ese es el nudo gordiano –añadió sin tener ni idea de lo que era aquel nudo.

La niña siguió retorciendo la camisa sin hacer comentario alguno. Del naufragio le había hablado su abuela, aunque siempre de una manera confusa y fragmentaria. El barco que se hundía en aquella gélida noche del dos de enero de 1921 y el segundo oficial, apodado el Toneladas, que se negó a subir a bordo de las dornas por miedo a hundirlas, y que nadó durante toda la noche hasta la orilla; los cuerpos que sacaron del agua, los homenajes que les hicieron a las rescatadoras. A veces también le hablaba del tesoro del Santa Isabel. De todos los objetos de valor que llevaban los emigrantes y que los habitantes de la isla habían escondido por alguna parte. Cuando le narraba estas cosas, siempre concluía sacándose de entre los pechos la medalla de heroína que le concedieron y desovando un beso sonoro y húmedo sobre ella. Pero a Cristal jamás le había interesado mucho todo aquello. Porque poco tenía que ver con su madre.

Sabía que la costurera era una chismosa y se abstuvo de preguntar.

–Pero yo te puedo contar muchas cosas de eso que tú quieres saber –prosiguió esta–. Soy joven y tengo la memoria tan intacta como mi virginidad.

Dejó de lavar y, de rodillas como una penitente, dejando al descubierto unos muslos blancos y amorcillados, avanzó hasta ella. Una vaharada a ajos quedó flotando en el aire. Al ver el ojo de vidrio tan cerca, la niña se echó instintivamente para atrás.

—Lo que pasó es que, cuando tu madre volvió a Oguiño contigo, estaba enferma —dijo Jesusa sacudiendo la cabeza—. Y poco antes de morir, no tenía ni un colchón sobre el que acostarse; tus abuelos se lo negaron. —Se detuvo y clavó en la niña su ojo de besugo—. El cura y hasta don Braulio les habían prohibido asistirla, por el estilo de vida que llevaba, ¿no sabes? —Volvió a mirar a un lado y a otro—. Ahora no te puedo contar más. Al menos aquí. Pero si vienes mañana a mi casa, te lo explico.

Ese mismo día, en la mesa, la niña repitió, con morbosa fascinación, lo que había oído decir a Jesusa sobre su madre.

—Debió de haber sufrido mucho con la enfermedad.

Lucha parecía fatigada; no contestó.

—Bueno, y vosotros también. Dice Jesusa... pues me dijo que el cura no os dejó cuidarla...

El abuelo masticaba de forma sonora. Lucha iba y venía retirando platos. Le dejó a su marido la pastilla junto a un vaso de agua. Por fin se sentó. Cristal sostuvo la cuchara en el aire antes de volver a hablar.

—También me dijo que al morir no tenía siquiera un colchón y que estaba tirada en el suelo. Pero eso no es verdad, ¿no? Se lo inventa la Ollomol...

—Ahora que la nena menciona a la cara de besugo, ¿recogiste mi camisón, Lucha? —terció de pronto Manuel, sin duda para cambiar de tema.

—Tu camisón, tu camisón... —contestó Lucha con las greñas sueltas, flotando en el caldo. Cristal vio que las aletas de su nariz se abrían y cerraban—. ¿Para qué querrás tú un camisón de mujer?

Para sorpresa de todos, en especial de Lucha, Manuel había encargado un camisón a la costurera. Un día, apareció por los lavaderos mientras las mujeres en combinación chapoteaban y se enjabonaban unas a otras. Se quedó mirando un rato el espectáculo, levantó un brazo y apuntando con un dedo, dijo:

—Yo quisiera un camisón así, pero abierto por el culo.

El caso es que, entre las risas de las otras mujeres, que le preguntaban si tenía prostatitis o algo así, Jesusa le tomó medidas y él dio todo tipo de instrucciones sobre cómo tenía que ser: largo, cómodo, con un bolsillito a la altura del pecho.

La niña seguía sosteniendo la cuchara en el aire.

—Pero eso que dice Jesusa de mi madre no es verdad, ¿no? —insistió.

El abuelo dejó de cortar el pan.

—Esa tuerta tiene miseria hasta debajo del sobaco —dijo.

Se puso en pie y se dirigió a su mujer:

—Que sea la última vez que dejas que tu nieta vaya preguntando cosas por ahí.

Lucha siguió comiendo, como si no hubiera oído.

—*Nuestra* nieta, querrás decir —dijo al rato.

—Bueno, nuestra nieta. ¿Te gusta más así?

Cristal esperó a que añadieran algo más, pero el abuelo desapareció y Lucha se dispuso a lavar la loza.

Once años eran pocos para entenderlo todo, pero le bastaban para intuir que había *algo* que entender.

2

Al día siguiente, antes de ir a la escuela, Cristal se presentó en casa de Jesusa.

Con la aldaba en la mano, dudó en entrar. Algo le decía que era mejor no hacerlo, que algún día su corazón se lo reprocharía, pero el afán de saber más cosas sobre su madre y la sañuda curiosidad de conocer qué se cocía en la penumbra húmeda de ese cuarto en el que, ya hacía unos años, había visto una muñeca (¿era una muñeca?, a lo mejor se equivocaba y era una niña, la hija enfermita de la costurera...) pudieron con ella. Por fin llamó.

—Vengo a por el camisón de mi abuelo —dijo cuando esta le abrió la puerta.

En el umbral, el ojo vivo y centelleante, Jesusa recorrió a Cristal de arriba abajo.

El ya esbelto cuerpo de la niña había adelgazado, realzando sus pechos. Los ojos se le estaban tornando vigilantes, casi indiscretos; ya no quedaba nada en ella de aquella expresión inocente e infantil de cuando entró en la casa a pedir ayuda para su abuela. Apenas sonreía, lo que no quitaba para que a veces arrancara a reír a carcajadas.

—Claro —dijo—, qué casualidad, porque solo me falta

rematarlo. Ha quedado muy bonito. Pasa, cariño. —Echó un vistazo rápido a la calle.

A punto de entrar, se oyó una música estridente. Pasó frente a ellas, como una exhalación y levantando a su paso una polvareda rojiza, una furgoneta de colores conducida por un tipo con una larga y ondulada guedeja que le caía sobre los hombros. Ambas la siguieron con la mirada; reculó unos metros y embocó, petardeando, calle arriba. Cuando la estela de polvo desapareció y la música dejó de oírse, Cristal entró en la casa.

Una vez dentro, Jesusa fue cerrando puertas y ventanas tras de sí. Cerró primero la de la calle, luego la del pasillo, las ventanas de la salita y corrió por último la cortina de colores ajados por el sol, ¡ris, rassssss!

—¿Sabe alguien que viniste aquí? —preguntó de pronto.

—No, no —se apresuró a decir la niña. Una mezcla de asco y miedo le impedía mirarla directamente a la cara, pero no pudo evitarlo; el ojo de vidrio la atraía como un imán—. Le dije a mis abuelos que iba a recoger el camisón, pero a los lavaderos.

Ya dentro de la casa, la niña seguía haciendo esfuerzos para no mirar a la costurera.

El labio superior de esta vibró y las aletas de la nariz latieron, tal como si olfatearan. De pronto le mudó el gesto. Dijo:

—Míralo sin disimulo, *filla*.

—¿El qué?

—Mi ojo. Quieres mirarlo. Te atrae como el pecado. ¡Míralo!

La historia de por qué Jesusa estaba tuerta era de todos conocida en Oguiño. A Cristal se la había contado su abuela con pelos y señales en las tardes de siesta: un día, de niña, jugando con otros críos en la playa, le saltó un anzuelo. Fue corriendo a casa y, al verla así, a su madre no se le ocurrió otra cosa que pegarle un sopapo. Un poco más tranquila, se la quedó mirando. Cogió un pañuelo empapado en alcohol y se lo presionó contra la mejilla: le quemó el ojo. Días después, un buhonero les vendió aquel aplique de cristal. Lo que también se decía, aunque no todos querían creerlo, es que, cuando le sacaron el ojo quemado para ponerle el aplique, la madre de Jesusa lo introdujo en una botella de aguardiente para que les quedara de recuerdo.

La costurera la hizo sentarse en la salita. Cristal desvió bruscamente la mirada hasta encontrarse con el regazo de la Ollomol que era aún peor que la visión del ojo. Cruzó esta las piernas: la falda de colegiala se le subió un poco, y durante unos segundos sus muslos como requesones blandos quedaron al descubierto. Entre el olor de la casa y la visión de las piernas, a la niña se le puso un peso en el estómago, una sensación parecida a la que la invadía cuando su abuela la obligaba a comer sesos de vaca.

Jesusa se levantó. Desapareció por el pasillo y volvió a aparecer con la caja de polvorones. La abrió y, mientras se la extendía a la niña, la recorrió con la mirada, desde los tobillos, pasando por los muslos y la tripa. Se detuvo en el pecho. De pronto dijo:

–¿Te nacieron ya las vergüenzas, *filla*?

Cristal, que comía un polvorón, se atragantó. Tosió y miles de miguitas salieron despedidas por el aire. Al levantar ligeramente la mirada se fijó en que el retrato de la mujer con boina que había visto la primera vez que entró en la casa estaba boca abajo.

La costurera se echó hacia adelante. Brillaba en su pupila un extraño resplandor:

–Pues ten cuidadín con lo que haces. No tomes el camino que escogió tu madre –susurró. Volvió a echarse hacia atrás con un crujido de madera. Con el dorso de la mano, barrió unas migas de polvorón que le habían saltado al regazo y se las llevó a los labios.

Asustada por las palabras, que no acababa de entender pero que le parecían feas, la niña se puso en pie. Preguntó dónde estaba el baño.

La costurera apuntó hacia la penumbra con la barbilla.

–Ahí –dijo volviendo a descansar sobre el respaldo de la silla–, pero no te entretengas, tenemos que hablar.

Cristal se levantó y desapareció por el pasillo. Al fondo, se detuvo ante la puerta de la habitación en donde la Ollomol guardaba la muñeca. No se le ocurría nada mejor para vengarse de las crueles palabras de Jesusa que entrar en ese cuarto y despeinar o escupir a la pepona aquella. Pero a punto de abrir, oyó pasos y luego sintió que una mano como una garra se posaba en su hombro.

Como si le quemara, la niña se apartó y se volvió. Respirándole en el cogote, estaba Jesusa. Su boca era ahora un trazo vertical, con una sombra de bigote en el labio; la palidez de gusano de su rostro la estremeció y el contacto, envuelto en un soplo de olor rancio, le revolvió las tripas. Se fijó en que llevaba las cejas pintadas a lápiz.

–No es esa puerta, cariño.

La cogió de la mano bruscamente y la empujó al baño.

Una vez dentro, la niña tiró el polvorón al váter. Se lavó las manos y la cara con agua fría y se miró en el espejo. Le temblaban las piernas, ¿y si era verdad que la hija seguía ahí? ¿Y si lo que le pareció una muñeca la otra vez fuera en realidad una niña? ¿Era eso lo que la hacía sentirse así, como sucia, la muñeca esa?

Se secó y echó un vistazo a su alrededor. Seguro que ahí también escondía algún secreto de esa hija enfermita o tal vez estaba el ojo que había perdido por culpa del anzuelo guardado en formol. Abrió el primer cajón de la cómoda: supositorios, una faja tamaño elefante, tijeras de uñas, píldoras para el estreñimiento, como las de su abuela, las pomadas apestosas con las que se untaba la cara. Abrió el segundo: sostenes y bragas (tenían bordado a mano el nombre *Jesusa*), estampas de santos, un Niño Jesús de escayola y un trozo de rosquilla roída. Metió la mano hasta el fondo y tocó algo duro y plano. Lo sacó; era un sobre con un rótulo a mano: «Cosas mías», decía.

La luz entraba y se filtraba haciendo bailar un haz de motitas de polvo. De la sala de estar, llegaban el zumbido de la máquina de coser y el ruido de fondo de la televisión. Cristal abrió el sobre y sacó varios objetos: una foto en blanco y negro de Jesusa de joven, recibos de la luz y del gas, una cartilla del banco, estampas de santos. Baj.

Lo volvió a meter todo y lo introdujo en el cajón. Siguió buscando. En los bolsillos de la bata colgada detrás de la puerta, encontró un ojo de cristal. Hostias, susurró. Aquello sí que le interesó.

Lo tomó, fascinada. No era, como había imaginado, una canica sólida, sino una delgada cáscara que encajaba en la cuenca vacía.

Frente al espejo, se lo probó. A continuación, volvió a sacar el fajo de estampas de santos del sobre y las fue pasando para comprobar cómo veía: santa Apolonia, santa Escolástica, san Pascasio, obispo... de pronto, el ojo se detuvo.

–¿Te pasa algo, nena? –oyó. Era la voz de Jesusa que chillaba desde la sala de estar–. ¡Mucho tardas!

–¡Me estoy comiendo el polvorón!

No. No era una estampa. Se quitó el ojo de cristal para ver mejor. Era la página de una revista doblada en cuatro. La desplegó: una mujer desnuda –excepto por unas botas largas de cuero que le llegaban hasta las rodillas, un cinturón con tachuelas y guantes negros– sonreía a la imaginaria cámara. Le pareció oír pasos, así que volvió a doblar la página y la metió entre las estampas del sobre. Salvo por la lejana voz de la televisión, en la casa reinaba el silencio. Como guiada por un extraño instinto, Cristal giró de golpe la cabeza hacia la puerta. Una ola de calor le subió hasta las mejillas: hacia la mitad de la misma, había un agujero. Se acercó con sigilo y miró.

Al otro lado, el ojo vivo de Jesusa se despegó rápidamente de la madera. Volvieron a oírse pasos apresurados por el pasillo y luego algo que caía al suelo. Cristal dejó el ojo artificial en el bolsillo de la bata y salió.

Sentada frente a la máquina de coser, el pecho de Jesusa subía y bajaba. Al ver a la niña, detuvo el pedal y levantó la aguja para liberar la tela. Sacó el camisón y lo sacudió. A continuación, lo acercó a la boca y mordió un hilo suelto. Lo escupió al suelo.

Durante un rato quedó muda. Tomó aire antes de hablar:

—Tienes que saber cómo fue tu madre para que no seas tú también *aquella cosa horrible.* —Con un mohín de asco, dejó el camisón sobre la mesa—. Tu madre no era una buena cristiana, *filla.* Yo no quiero malmeter, ni hacer que te sientas mal porque tú no tienes culpa alguna, pero hay cosas que una hija tiene que saber. Tu madre murió sola, tiritando en una cueva de la playa, cubierta de plásticos. ¿Te gustaría acabar igual?

Mientras la costurera decía esto, la niña giró su carita hacia la habitación contigua; durante unos segundos le vibró la barbilla.

—Jesusa, ¿es que tienes a alguien en casa?

—No, ¿por qué?

—Me pareció oír ruido.

—Serán los ratones.

—¿Tienes ratones?

Unos gritos procedentes de la calle excusaron a Jesusa de tener que dar más explicaciones. La puerta se abrió de golpe y un grupo de mujeres como cuervos agitados apareció en el zaguán.

Había llegado al pueblo un tipo en una furgoneta pintada de colores, con greñas y sucio, explicaron, una especie de hippie o de mesías que aseguraba que había venido a sacar a las gentes de Oguiño del olvido.

3

Al mesías aquel, o lo que fuera, lo describirían, uno por uno, los habitantes de Oguiño a la Guardia Civil tan solo un año después, cuando empezaron a investigar los hechos atroces que todavía estaban por acontecer y que cambiaron las cosas en el pueblo para siempre.

Un hombre alto y delgado, con aire de profeta, que se alimentaba de langostas y saltamontes en el desierto. Un hombre que olía a polvo, o a noche sin estrellas. Un hombre pálido y chupado, con los ojos del color del mar picado, con una sombra de añil eléctrico en los párpados. Un hombre con el pelo largo, crespo y duro por el sudor (pero muchas veces usaba peluca, sí, es verdad, usaba pelucas de colores). Los labios finos, ¿un pico? Algo de pájaro tenía, algo de urraca, vivaz. Eso es. Un hombre con el pecho esquelético como el esternón de una gallina y las orejas en forma de ala. Un hombre con un traje de chaqueta, una corbata de rayas rojas cruzadas y una camisa con franjas negras verticales. Los pantalones de campana, viejos, gastados, con remiendos de colores en el trasero. Los zapatos con suela de plataforma. Un hombre al que le faltaba un diente arriba y otro abajo, ¡qué le iban a faltar, los tenía todos! Con las manos largas, blancas, con dedos arqueados para sostener cosas: discos, auriculares, siempre tenía las manos llenas, una camisa de lentejuelas, un sombrero de copa. Manos perversas, enfermizas, con uñas amarillas, ¿sucias? Desportilladas.

Un hombre originario de la zona, aunque recién llegado de Londres, en donde había vivido durante años en una comuna hippie. ¿Raro? ¡Bueno, pues algo sí! Un hombre que, al enterarse de la muerte del dictador, decidió volver a su tierra natal para compartir con su gente todo el saber y la ciencia que había adquirido fuera. Un hombre que pronunciaba esas palabras, «saber» y «ciencia», como si de un profesor se tratara. Y algo que nadie sabía explicar: una atracción secreta y turbia, que se desprendía de su persona como un olor. Un hombre que se hacía llamar Ziggy Stardust, *¿Ziggy qué? Estar, é como estar, estar dous, non sabe?,* pero al que nadie llamaría así, entre otras cosas porque los lugareños eran incapaces de pronunciar ese nombre.

Un hombre que tenía una furgoneta. Una furgoneta pintada de colores, con flores y un arcoíris en la carrocería. Una furgoneta en cuyo lateral derecho se leía: «Haz el amor y no la guerra».

Una furgoneta que se detuvo un día de verano, en medio de la plaza de Oguiño con un chirrido de frenos. Una furgoneta cuya puerta se abrió y dejó ver un zapato con plataforma, que se plantó en el suelo.

Jesusa permaneció un rato inmóvil en el zaguán, la mano como una zarpa sobre el hombro de Cristal, que intentaba escapar. La respiración alerta y sibilante. ¿Un hombre con el pelo largo?, ¿un mesías?, preguntó. ¿Un hombre que nos quiere ayudar a recordar?

–Voy a mirar –dijo la niña, zafándose de la garra.

Salió a la calle. Las puertas vomitaban chiquillos. Se abrían algunas ventanas. Volvió a entrar.

–La gente va hacia la plaza. Dicen que es un mago o algo así. ¡Voy a buscar a mi abuela!

Una vez en su casa, la niña contó lo que había oído. Encogido, mustio, los brazos extendidos sobre la mesa, estaba el abuelo. Rebañaba la yema de un huevo frito con un mendrugo de pan, indiferente como una piedra cubierta de musgo. Por fin, alzó la mirada y al ver a la niña le preguntó si traía el camisón. No, no lo traía; Jesusa no se lo había dado aún.

Cristal preguntó que dónde estaba la *avoa*. Que estaba arriba, encerrada. La niña quiso saber si estaba leyendo. Eso es, contestó Manuel, y el tono se crispó: una de esas malditas cartas inglesas.

Poco después, cuando por fin bajó (tenía una sonrisa alelada), Cristal le ató a su abuela la pañoleta, la tomó de un brazo y la sacó a la calle.

Al volver a pasar por delante de la casa de Jesusa, que no se había atrevido a salir, esta las chistó desde la ventana. Su pescuezo de tortuga emergió lentamente del cuello.

–¡Pst, Lucha, *filla!* ¡Acudid!

Con un gesto de la mano, las instó para que se acercaran. El ojo de besugo volvía a asomar, pero ya no quedaba en su mirada nada de su impertinencia, solo algo blanco, casi una timidez de adolescente.

–Dime, Lucha, ¿se sabe ya quién es?

La vieja frunció la nariz.

–Eso mismo iba a preguntarte yo, Jesusa. ¡Si no lo sabes tú!

–Yo solo sé lo que me acaban de contar las otras mujeres.

–¿Y qué es lo que te contaron?

–Pues eso, que es raro que no haya venido a vender nada, ni a visitar a nadie. Que es raro que nadie lo conozca. Que hable de esas cosas. De la memoria y así. –Hizo un silencio y chasqueó la lengua–. ¿Tú lo has visto? Una servidora, sí. Hace un rato lo vi pasar por aquí delante en la furgoneta. –Se santiguó a toda velocidad–. Me temo que es un hombre *de esos,* Lucha...

–¿Qué quieres decir?

La costurera volvió a mirar a un lado y a otro de la calle.

–De esos..., mujer, ya sabes. –Se le dilataron las pupilas–. Un *tran.*

–¿Un tren?

–*Tran,* Lucha, se dice *tran.*

Harta de esperar, la niña tiró del brazo de la abuela. Uniéndose al gentío, que ya formaba una acelerada y silenciosa procesión en dirección a la plaza, ambas siguieron caminando muy pegadas a la pared.

Delante iba Maruxa chismorreando con el coro de viejas. Tras ellas, don Braulio, el médico, y su mujer. Un poco más allá y bajo una nube de moscardones que zumbaban a su alrededor, la *siñá* Fermina sentada en la silla de ruedas empujada por su hija, y el ciego Belisardo, que apoyaba la mano en la cabeza de un niño que le hacía de guía. Tras ellos y justo delante de Lucha y Cristal, Obdulio, el gaitero. Se había puesto el chaleco, los calzones, las polainas y los zuecos, y llevaba la gaita al hombro como si fuera un gato, porque uno nunca sabe cuándo es el momento para interpretar alguna muñeira. Detrás, por último, el enjambre bullicioso de la chiquillería.

Todo el mundo parecía haberse puesto elegante para el evento y Cristal se arrepintió de no haberse cambiado. Se olió las manos, que conservaban el tufo habitual a pescado. Para que la mugre entre las uñas no la delatara, las escondió en los bolsillos. Como el resto, abuela y nieta esperaban con ansiedad a que el tipo les desvelase a qué había venido.

Casi desde que ocurrió el hundimiento del Santa Isabel frente a las cosas de Sálvora, se habían sucedido hallazgos dispersos de su tesoro: cadenas de oro, lingotes, vasijas y gran cantidad de objetos personales. A finales de los sesenta, un equipo americano de buceadores comenzó las primeras prospecciones en serio. Al no encontrar gran cosa, procedieron a interrogar a los antiguos habitantes de la isla. Nadie recordaba nada, o a nadie *le interesaba* recordar. Comenzó a correrse la voz en los medios de comunicación de que en esa zona de la ría había un «apagón» de memoria. Desde entonces no habían dejado de venir buhoneros, gitanos y vendedores ofreciendo pócimas, potingues o elixires mágicos para comprobar que, además de estreñir, a la larga demostraban no servir para nada. Y a eso precisamente es a lo que pensaban que habría venido aquel tipo.

El cortejo avanzó con lentitud hasta la plaza, en donde ya había mucha gente congregada. Algunos se habían subido a los árboles, otros miraban desde los balcones con las rodillas recogidas entre los brazos y un grupo de niños manoseaba los objetos que el hippie había ido sacando de la furgoneta: una tarima y un biombo de tres hojas desplegables, una butaca, un baúl repleto de prendas con olor a naftalina, pelucas, alas de ave, sombreros de *cowboy* y telas metálicas con cortes llamativos o estampados extravagantes, una caja llena de maquillaje, discos de todas las épocas y estilos. La gente observaba con especial admiración el tocadiscos. Lo conocían por los premios que sorteaba coñac Fundador, e incluso sabían de varios a quienes les había tocado, pero pocos podían permitirse el lujo de comprarse uno.

Se improvisó un palco para las fuerzas vivas (el alcalde, su mujer y su hija) y se dispusieron varias hileras de sillas, que alguien sacó de la iglesia. Algo aturdido por el revuelo y la expectación generados, entre una nube de niños y perros, Ziggy Stardust hacía su entrada triunfal luciendo un traje guateado que imitaba la piel de un anfibio, en tonos anaranjados y azules, muy ajustado. Estaba tan flaco que despuntaban los huesos como las quillas de un barco. No era exactamente feo. La inquietud que producía su figura se debía más bien a la pequeñez de sus ojos, a una boca demasiado grande, en la cual había varios dientes de oro, así como al cabello seco, pajizo, que le caía a ambos lados de la cara.

Lucha miró a Jesusa, que se había soltado el pelo sobre los hombros. Esperaba hallar en ella un gesto de reproche, pero en su lugar se encontró con que la costurera, cruzadas las manos sobre su vientre magnífico, posaba en él una mirada engolosinada. Buscando su complicidad, le dio un codazo: ¡Chist, calla!, fue la respuesta de la costurera, que ni siquiera se molestó en volverse.

—¡A ver con qué nos sorprendes, Lagartijo! —dijo alguien, a horcajadas de la higuera.

Estalló un aluvión de risas y Obdulio aprovechó para empezar a tocar la gaita.

El hippie se había demorado más de una hora en colocar todo aquello que había ido sacando de la furgoneta. A pesar del calor, el polvo y la sed, la gente esperaba con impaciencia. Cuando ya tuvo todo dispuesto, enchufó el tocadiscos a la batería de la furgoneta y pidió a la muchedumbre que dejara un pasillo en torno a él. Obdulio dejó de tocar. A continuación, el tipo recorrió a todos con la mirada. Iba observándolos uno a uno, hasta que se fijó en que, en una esquina de la calle, bajo la sombra de la tapia, quieta y palpitante como una lagartija, estaba Lucha. La vieja, al ser observada, reculó; se arrebujó entre las personas.

Apuntándola con el índice, Ziggy dijo:

—Usted. Sí, sí. No se esconda. ¿Quiere que le ayude a recordar? Lo haremos a través de la música.

Una nube oscura pasó por los ojos de Lucha. Sintió un calor punzante y toda la sangre se le agolpó en las orejas.

—¿A recordar? —dijo ahogando un gemido—. ¿Qué tengo yo que recordar?

—Usted sabrá.

Se hizo un silencio estremecedor. Una flojera se apoderó de ella, como si le hubieran golpeado las rodillas con un palo. Todos se giraron para mirarla.

—Yo no tengo nada que recordar —acertó a decir.

Antes de que al gentío le diera tiempo a comentar, varios niños se acercaron y tiraron de la chaqueta de Ziggy. ¿Podían ellos?

Pero era evidente que él no tenía interés en los niños; dijo que eran demasiado jóvenes, acarició el cabello de dos de ellos, los hizo a un lado y se recolocó el traje. Volvió a pasear la miraba entre la muchedumbre cuando la *siñá* Fermina gritó que ella sí tenía mucho que recordar. Así que, entre Ziggy y la hija, la sentaron en el butacón de orejas.

—¿Cuántos años tiene, hermosa y distinguida señora?

La vieja Fermina, que era todo menos hermosa y distinguida, pues le faltaban varios dientes, tenía perfil de pájaro y los dedos de las manos como chorizos, levantó la cabeza para escrutarlo. Sus ojitos abiertos poseían la inmovilidad irreversible de las cosas apagadas, pero ante todo era feliz. Todo el mundo coincidía en que Fermina era una mujer feliz.

—¿Que cuantos años tengo? —gritó. Miró a su alrededor y se posó la palma en el abundante pecho—. ¿Yo?

—Sí, cariño. ¿Cuántos años tiene?

Hubo un momento de confusión, en el que la vieja Fermina pareció sentirse acorralada. Frunció las cejas y buscó una respuesta en el rostro de su hija. Como no la encontró, dijo:

—¡Eso lo sé! Quince. Tengo quince años.

El público prorrumpió en una sonora carcajada y, en ese momento, Lucha aprovechó para desahogarse. Abriéndose paso entre un grupo de mujeres, comenzó a decir que ya se conocía ella a esa clase de maleantes que iban por ahí diciendo que sabían mucho, pues dime de lo que presumes y te diré de lo que careces. Porque había muchas clases de caraduras, tantas como personas. ¿No habían oído hablar de tipos como ese de ahí que llegaban con muy buenas maneras, se ganaban a las gentes y luego los asesinaban a todos? ¿No habían oído hablar de esos hombres *tren* que aparecen en los pueblos en busca de los tesoros ocultos? ¿No habían oído hablar de los «consensos peludos»? Seguía hablando Lucha de caraduras, engaños, hombres *tren* y tesoros cuando Jesusa intervino por fin:

—Cállate, Lucha, que no nos dejas oír.

Alguien la apartó de un manotazo.

—Muy bien, cielo —prosiguió Ziggy dirigiéndose a Fermina—. No se preocupe, yo voy a ayudarla a recordar todo lo que olvidó. Veamos, ¿me podría nombrar cinco animales?

La mujer se concentró durante unos segundos.

—Vaca, serpiente. Puerco, vaca. Clavel —dijo levantando, uno a uno, los dedos como chorizos.

Esta vez, nadie se rió; ella pensó que estaban impresionados. El hippie hizo un silencio y el ambiente se cargó de expectación.

—Y ahora, ¿me podría nombrar cinco animales? —volvió a preguntar.

Después de una pausa, la *siñá* Fermina contestó exactamente como la primera vez: vaca, serpiente. Puerco, vaca. Clavel.

El público desconcertado miró a Ziggy y alguien comentó que qué sentido tenía hurgar en la memoria de una mujer que en todo caso era feliz. Este explicó que la felicidad de la *siñá* Fermina era falsa: Como acaban de ver ustedes, está absorta en el momento presente y no guarda memoria del pasado, ni siquiera del pasado inmediato, ya que no se dio cuenta de que le preguntaba exactamente lo mismo que hace un minuto. Este anclaje en el aquí y ahora le proporciona una suerte de felicidad, sí, pero artificial. ¡Yo estoy radicalmente en contra del aquí y ahora! Y dirigiéndose a Fermina, prosiguió:

—Cuéntenos ahora algo de su vida.

La anciana hizo un mohín y cerró los ojos. Comenzó a negar con la cabeza.

—Pues yo... Dios mío, sabía muchas cosas de eso..., de mi vida... —Abrió mucho los ojos y se inclinó para susurrarle al oído—: ¿Sabe dónde escondo las cartas que me escribe mi novio para que mi madre no las encuentre?

La hija dio un paso adelante. Explicó a modo de disculpa que el cerebro de su madre se había quedado en los quince o dieciséis años. Sabían, porque tenían en casa una de las medallas y los recortes de periódico con su foto, que era una de las rescatadoras heroínas del Santa Isabel. Pero, de ahí en adelante, su memoria estaba en blanco.

—El naufragio y todo lo que ocurrió después les afectó mucho a nuestros mayores —explicó la hija—. Algunos consiguieron escapar de ese momento, o al menos no sufrir recordando; otros, como mi madre, quedaron atrapados en la telaraña de la pesadilla.

El Lagartijo asintió condescendiente. Tomó la mano de la *siñá* Fermina y explicó bien alto, para que todo el mundo lo oyese, que no había que preocuparse:

—Si recordáramos todo, estaríamos tan enfermos como si no recordáramos nada. ¿Se imaginan? Solo que, a veces, el cerebro se va secando poco a poco y nos quedamos sin poder oler, o sin sentir la brisa de la primavera, o sin saber que a nuestro lado duerme un asesino. Todo depende de qué trozo de cerebro haya dejado de vivir.

El hippie dio entonces un paso hacia atrás y le preguntó algo al oído a la hija de Fermina. Esta le contestó, y entonces él comenzó a buscar entre el montón de discos que había sacado de la furgoneta. Revolvió hasta que seleccionó uno que le pareció apropiado.

Mientras lo sacaba de la funda, siguió hablando:

–No hay vivencia enterrada que Ziggy Stardust no pueda rescatar para transformar en recuerdo –dijo, y levantó el disco bien alto para mostrárselo a todo el mundo–: el cerebro humano es como este artefacto. En él hay grabados surcos más o menos profundos y sea cual sea el daño que el feroz paso del tiempo le haya ocasionado, Ziggy sabrá subsanarlo.

Colocó el disco en el aparato y tomó los auriculares.

–¿Me permite, cariño? –dijo dirigiéndose de nuevo a la vieja–. Ahora, cuando se los ponga, escuchará usted esta música de su juventud. No se asuste, no le pasará nada. –Señaló mostrándole el artefacto con forma de diadema antes de ponérselo en la cabeza.

Aunque un poco desconfiada, la anciana asintió y la hija también dio su permiso. La gente se apelotonó para ver mejor.

Nada más ponerle los auriculares a la *siñá* Fermina, Ziggy Stardust dejó caer la aguja en el tocadiscos. Explicó que solo tenía que escuchar y que la música haría un puente con el corazón.

La canción comenzó a sonar en la cabeza de Fermina:

Mariñeiro, mariñeiro
mariñeiriño da ría.

y sus ojos se abrieron como platos.

Fai cantar as augas verdes
pra o neniño de María.

De un zarpazo, se arrancó el aparato y, como si quisiera retener algo dentro del cerebro, se tapó los oídos con las dos manos. Recogiendo los auriculares, Ziggy la tranquilizó y volvió a explicarle que no le pasaría nada. Animada por su hija, por fin la vieja accedió a que se los volviera a poner.

Superada la desconfianza, la mujer se relajó. Al escuchar la canción entera, comenzó a mover los labios y, al cabo de un rato, a sonreír y a sacudir la cabeza. Cantaba en alto:

> *Que toleen las estrellas,*
> *é noite de troulear.*

El recuerdo también puso alas a sus piernas, porque sentada en la silla, comenzó a mover los pies.

> *Mariñeiro, mariñeiro...*

La gente la miraba estupefacta.

El hippie se acercó y le retiró los auriculares.

–Y bien, *siñá* Fermina, ¿qué ha recordado? ¡Cuéntenos!

Esta se llevó las palmas al pecho y lo miró con sus ojillos cercados de patas de gallo. Suspiró:

–Ay, Dios mío, pues recordé cosas. Del naufragio, porque esa música era la que cantábamos las muchachas por entonces cuando recogíamos las redes o íbamos al *algaso*. Recordé un mar picado. Y al farero gritando. Desde la playa de Area dos Bois salió una lancha tripulada por dos viejos que fueron a Ribeira a dar parte. También salió una dorna pulpeira en la que estábamos nosotras, las rapazas. Tuvimos que remar varias millas hasta llegar a la zona del hundimiento y entonces... –Cerró los ojos–. Ay, sí, el mar hervía de cadáveres. Braceaban como salvajes y oh...

146

—Siga, siga —la animó el hippie.

La plaza estaba en silencio; no se oía ni el vuelo de una mosca.

—Les propinábamos remazos para que no se apoyaran en la barca. —Fermina tenía los ojos velados y comenzó a sollozar—: Tuvimos que golpear a unos cuantos para no caer nosotras. A uno le di en la cabeza y ya no se movió más, se quedó flotando boca abajo y le volví a dar hasta que empezó a sangrar.

La gente escuchaba estupefacta. Alguien de entre el gentío gritó:

—¡Que se calle, que no hable más!

Fermina seguía con los ojos en blanco.

—No fuimos tan valientes ni tan buenas como se pensó... Yo... yo no soy una heroína sino que...

—¡Que no siga! —se oyó desde otro punto de la plaza—. ¡Se le fue la cabeza!

—Pero váyase —la animó Ziggy haciendo oídos sordos a los comentarios del público—, si no le importa, más adelante en el tiempo. También rescataron ustedes a gente aún viva y trajeron los cadáveres a tierra. ¿Qué más?

La mujer se limpió los ojos y se tomó la barbilla para pensar.

—Pues nos dieron una medalla, eso es, y nos convidaron a participar en homenajes. Fuimos a Vigo, ¿no sabe? Sí, ahora recuerdo que fuimos también a Coruña, Villagarcía, y nos convidaron a champán. Dormimos en un hotel y ¿sabe?, la habitación tenía hasta cuarto de baño, y del gusto que me daba, me levanté siete u ocho veces durante la noche a hacer pis... Pero entonces... —Una sombra pasó por los ojos de Fermina.

—No se detenga —le apremió Ziggy.

—Empezaron a acusarnos de robar. Decían que nos quedamos con las joyas de los náufragos. A mí una mujer me llamó asaltacadáveres... –La *siñá* Fermina miró al hippie con idea de seguir. Pero de forma repentina, sus ojos se velaron. Se rascó la cabeza despoblada con una uña afilada y añadió–: ¡Fue... fue horrible!

–¡Siga! –la espetó él, presa de la ansiedad.

Ella lo miró con una sonrisa triste; se llevó la mano al corazón:

–No puedo, duele.

Ziggy se disponía a volver a ponerle los auriculares cuando la hija de Fermina dijo que era mejor dejarlo de momento, que por hoy su madre había recordado muchas cosas.

Aquella tarde, después de sacudir los cerebros de más paisanos con muñeiras, habaneras y boleros, el hippie cerró el tenderete prometiendo que al día siguiente volvería. Sin mirar a nadie en concreto, mientras buscaba la música más apropiada para cada uno de los que habían venido a él y la hacía sonar en el tocadiscos, había aprovechado para hablar de cosas sencillas y cotidianas, importantes y al alcance de todos. ¿Qué es la memoria y hasta qué punto la entendemos? ¿Es una ficción creada por cada uno de nosotros para poder sobrevivir? ¿Todos tenemos secretos? ¿Y la música? ¿Por qué tiene el poder de zarandear nuestras emociones y de arañar nuestro corazón? ¿Por qué conecta con lo más íntimo en cada uno de nosotros?

Los pescadores y las mujeres de los pescadores, los labriegos y las mariscadoras, las rederas, los niños y los ancianos lo escucharon en silencio, conteniendo el resuello, intrigados y a la vez escépticos cuando dijo que los recuerdos no son tales hasta que no decidimos hacerlos propios de forma consciente, sangre de nuestra sangre, fluido de nuestros fluidos.

4

La mañana siguiente, antes de que su abuela ya anduviera trajinando en los fogones, Cristal salió de casa con intención de reanudar la conversación con Jesusa. La madrugada rompía y el mar era una lámina de lentejuelas. Silencio, y por el aire flotaba el olor del humo de las chimeneas. Las farolas se apagaban. Mujeres con mantones y pañuelos salían de sus casas. Dos viejas, una de ellas bizca, conversaban mirando al frente.

Soplaba una ligera brisa y varios pasquines revoloteaban haciendo círculos en el aire para luego caer blandamente al suelo. La niña estiró un brazo, alcanzó uno de ellos y lo leyó:

ZIGGY STARDUST
Viajes al pasado.
Usted elige el recuerdo.
Yo le llevo hasta allí.
Usted se queda, o bien retorna.

Al pasar por la plaza, vio que la furgoneta del hippie seguía en el mismo sitio. No eran ni las ocho de la mañana, y ya se habían congregado allí más paisanos que el día anterior: niños mocosos con los pelos revueltos, hombres sin afeitar y mujeres que se metían las horquillas en el moño. Acechaban por la ventanilla: caras voraces, deseosas de novedad; él estaba dentro hecho un guiñapo.

Cristal dejó la plaza atrás y siguió en dirección a casa de Jesusa. Desde que la costurera le había hablado de su madre, no dejaba de darle vueltas en la cabeza a sus frases enigmáticas. No le gustaba el tono zumbón y despectivo, y menos lo que decía sobre ella, era consciente de que probablemente estaría inventándoselo. Pero una atracción turbia y oscura la empujaba hacia esa mujer y su casa. Por fin golpeó la aldaba.

Jesusa no abría y, de puntillas entre los enanitos del jardín, la niña se asomó a la ventana entreabierta. Era la del cuarto aquel en el que la costurera guardaba la muñeca. Sus ojos recorrieron la habitación a toda velocidad, apoderándose de cuanto esta poseía. Sí, ahí estaba la costurera, doblada sobre la cama, conversando. En los ojos de vidrio de la pepona (¿y si era una niña de carne y hueso?) se reflejaban la lámpara, el techo y también el rostro de su dueña. Esa tonta algo sospecha de lo nuestro, oyó claramente que le decía. Pero tú no te preocupes, nada te pasará. Déjame a mí.

Cristal se escurrió hasta la puerta y permaneció un rato jadeante. Luego, cuando oyó ruidos, volvió a llamar. Por fin abrió la Ollomol. Llevaba los rulos puestos y los labios contraídos en un extraño rictus.

–¿Vienes otra vez a por el camisón de tu abuelo? –Con un movimiento seco de barbilla, la invitó a entrar.

La niña asintió y de paso le contó a Jesusa que en la plaza ya había cola para el tipo de las greñas. La costurera movió la cabeza de izquierda a derecha. Dijo que estaba claro que ese tipo venía a lo que todos.

–Jesusa –le cortó la niña para que la conversación no siguiera por esos derroteros–. Ayer me contaste que cuando mi madre volvió de no sé de qué sitio, no estaba bien, ¿por qué?

La costurera carraspeó. Durante unos segundos, dirigió la vista hacia la ventana; luego volvió a posar los ojos en los de la niña.

—Algunos dicen que tenía al demonio dentro, pero yo sé que no... —Movió los labios para sonreír un poco, aunque su sonrisa era más un bostezo—. No era eso.

No era la primera vez que Cristal oía aquello de que su madre estaba poseída por el demonio.

—¿De dónde volvió? —preguntó.

—De Londres.

—¿Londres? —Un dolor punzante le subió a la niña por el cuello hasta las orejas. Notó que la sangre le afluía hasta las mejillas—. ¿Y qué hacía mi madre en Londres?

Jesusa se volvió. Que no le gustaría oírlo, le dijo. Que lo quería oír, que se lo dijera, le contestó la niña.

—Tuvo que huir —soltó entonces la costurera—. Aquí nadie la quería.

Se sentó, se levantó un poco la falda y comenzó a rascarse un muslo. La niña se fijó en la pelusa color verde que lo cubría.

—¿Por qué no la querían?

—¿Que por qué no la querían? —La costurera se animó—: Te lo voy a decir..., pero antes... —Se subió la falda un poco más—: Escucha, nena, ya que estás, ráscame aquí, me picó un bicho y yo no tengo uñas.

Sin poder apartar los ojos de los asquerosos muslos, Cristal alargó la mano y le rascó débilmente. La otra apretó los párpados y siguió hablando:

—Las propias mujeres eran las que más la hostigaban. Un día le dieron una paliza. Se decía que *lo suyo* era un castigo, que si... Pero ráscame más fuerte, *filla*, no tengas reparo.

La niña hundió las uñas en la carne blanda y entonces la

costurera se revolvió en la silla. Los ojos cerrados, comenzó a respirar con la boca abierta, haciendo un ruido gutural. Como si le quemara, la niña apartó instintivamente la mano. Para disimular, apuntó al retrato de la mujer con boina.

–¿Por qué la has puesto boca abajo? –preguntó.

Jesusa abrió los ojos y la miró. Una sonrisa turbia cruzó sus labios:

–Porque fue mala y la tuve que castigar.

–¿Mala?

Se hizo un silencio. Al fondo, sonaba la voz de una mujer en el televisor.

–Oye –soltó de pronto la Ollomol–, ¿es verdad eso de que tu abuela recibe cartas del extranjero?

La niña no contestó. La otra se aproximó un poco.

–¿Tú sabes por casualidad si son de un hombre? –Miró a Cristal de reojo–. Lo digo porque se dice que tu abuela no era virgen cuando se casó y me pregunto si...

Se incorporó. Se tapó los muslos y se puso en pie. Se llevó ambas manos a las mejillas arreboladas. Miró a la niña con cara de susto.

–¡Se me escapó! ¡No debí decírtelo! Perdona, *filla*. Eso no lo tendrías que saber tú.

Cristal pidió permiso para ir al baño y se internó en el pasillo. Se detuvo frente al cuarto prohibido. Le dolían los oídos y las sienes; una rabia rara y brillante los hacía latir. Entró.

La habitación olía a alcanfor. Se acercó con sigilo. Sobre la cama estaba la muñeca. La niña alargó la mano y la tocó. Las mejillas eran de porcelana y el pelo estaba rasposo. En el torso sobresalía algo afilado que le pinchó las yemas. A la altura de las ingles tenía una cremallera, que descorrió lentamente. Metió la mano y sacó un puñado de...: ¿eran diamantes? Los dejó en su sitio, algo desconcertada, y cerró la cremallera.

Salió, se metió en el baño y se apoyó contra la puerta. Enseguida se dio cuenta de su desazón; no había sido el tacto de la muñeca, ni lo que había encontrado en las tripas; eso le deba igual. La ola de rabia, que hasta ahora había conseguido frenar, creció de improvisó, se hinchó en su pecho hasta convertirse en asco. Permaneció quieta y jadeante durante un rato.

Entonces se fijó en el agujero: el ojo vivo de Jesusa estaba otra vez allí. Sin inmutarse lo más mínimo, se desabrochó los botones de la blusa y se sacó un pecho palpitante del sujetador. Sin dejar de mirar hacia la puerta, comenzó a acariciarse hasta que el pezón se arrugó y se puso duro. De pronto, la negrura del agujero se convirtió en luz; el ojo de Jesusa había desaparecido.

Cristal se abotonó la camisa y se giró. Abrió el cajón de la cómoda que contenía las bragas, cogió una de ellas y se la arrebujó en un bolsillo. Al salir del baño dijo que tenía que marcharse. La Ollomol la esperaba de pie. En su ojo vivo ya no quedaba nada del descaro anterior, sino más bien algo blando, una suerte de timidez de monja.

–¿No quieres saber qué pasó entonces con tu madre?

Un aire de insolencia recorrió el rostro de Cristal. Que no, que no quería saber nada más; que su abuela la estaba esperando, y que se tenía que ir. Jesusa la detuvo sujetándola de un brazo. Su gesto volvió a endurecerse.

–Mira, solo tienes que traerme una de esas cartas que recibe tu abuela, y yo te lo cuento todo.

La niña la apartó.

–Te crees muy buenecita, ¿verdad?

Cristal sentía ganas de llorar, una cólera roja y repentina que la ahogaba, y al mismo tiempo, mostrar debilidad delante de ese fantoche era lo último que deseaba. Sacudió la cabeza.

–Ser buena es fácil –prosiguió Jesusa–, mucho más

que ser mala. ¿Sabes?, a Dios no le interesan las niñas buenas como tú...

Soltó una carcajada feroz.

–A Dios le intereso yo.

Cristal abrió la puerta y se fue.

Al volver a pasar por la plaza, vio que el hippie acababa de sacar sus bártulos y que atendía a Chencha y a Ramona, las viejas gemelas de Sálvora, que habían acudido a él para ver si las ayudaba a recordar. Se detuvo cerca y estuvo un rato mirando.

Con astucia y disimulo, el Lagartijo había ido dirigiendo los recuerdos de las gemelas hacia el momento del naufragio del Santa Isabel. Después de que Ramona escuchara a través de los auriculares la *Muiñeira de Chantada,* algunas cántigas y varios cantos de *pandeiro* –los mismos que, por lo visto, les habían tocado a las rescatadoras en uno de los homenajes que les hicieron en Vigo–, se le desató la lengua y comenzó a contar algo muy confuso y embrollado sobre «los dedos hinchados de los náufragos».

El hippie se esforzaba por entenderlas. A Ramona le cambiaba de música constantemente, y como su discurso seguía siendo enrevesado, se ponía nervioso.

Hasta que se oyó la recia voz de Jesusa, que también acababa de llegar.

–Déjela ya, Lagartijo –dijo–. ¿No ve que está cansada? ¡Es una anciana! Si quiere –dio unos pasitos adelante y se atusó el pelo– póngame a mí eso para recordar.

Él la miró.

–Señora, usted no tiene edad suficiente para... –De pronto calló.

Los ojos del hippie viajaron con rapidez desde las rodillas hasta la frente, y luego bajaron en diagonal hasta el busto embutido en aquel traje con corte de sotana. Consideró su estatura, sus amplias caderas y, por un momento, sintió ganas de que ella lo cogiera en brazos y lo acunara. Se fijó entonces en sus manos, una de las cuales apretaba contra el pecho un bolso anticuado de piel de cocodrilo. Luego la mirada trepó hasta el cuello de ave de mal agüero, subió por las mejillas, atravesó la nariz y se detuvo en el ojo muerto.

Ahora Jesusa sabía por qué se había callado.

Él estuvo así, mirándola durante un buen rato.

—Quisiera hacerle una pregunta un poco personal —dijo el hippie, al fin.

La Ollomol sintió que una repentina brasa le quemaba las orejas. Ya sé lo que me va a preguntar, pensó.

—Pues usted dirá —dijo muy digna.

—Es que, nada más verla, me he fijado y... Ese ojo que tiene usted...

La gente se agolpó. Se elevaron los comentarios y las risitas.

Jesusa dio unos pasos atrás. Una mueca de repugnancia le descompuso los rasgos fofos. Su pecho subía y bajaba, como si fuera una vaca herida.

—¿Me está usted insultando? —Impulsó el cuello en un ademán que recordaba al de la serpiente a punto de picar. Le tembló un papo.

—¡No! —exclamó él—. ¡No! ¡No me malinterprete! Ese ojo es lo más bello y misterioso que he visto en mi vida.

La costurera se esponjó un poco y todo su cuerpo adquirió volumen. Quiso saber por qué, y él contestó que era precisamente lo que acentuaba su belleza, y que, sin duda, era lo que la hacía única y distinta al resto de las mujeres.

A Jesusa, que jamás se había parado a pensar en eso, le gustó la explicación. Por primera vez en su vida, se le pasó por la cabeza que lo de tener un ojo de vidrio no era tan malo.

Me hace distinta al resto y me da magia y encanto —se dijo esa noche, mientras se desvestía frente al retrato boca abajo de Pilar Primo de Rivera–. Me hace distinta, Pili. Distinta como tú. Toda la vida he intentado destacar por algo y jamás se me había ocurrido que podría ser por...

¡Qué vas a ser distinta! –oyó que le contestaba el retrato–. Tú eres del montón. Una cotilla y mala persona. ¿Para qué tuviste que decirle nada a la niña sobre el pasado de su abuela?

No pudo dormir. Suspirando, dejaba mocos pegados en la almohada. Al girarse en la cama, emitía gemidos dulces y se palpaba las ingles y el pecho.

Durante los días siguientes, Ziggy Stardust trabajó con ahínco y dedicación, atendiendo las peticiones más dispares y sacando a la luz los recuerdos más sepultados. Solo después de una dura jornada ayudando a desempolvar el olvido a través de la música, aceptaba comer y beber algo, apenas una mínima porción de caldo o una patata cocida con un calamar. Además de eso, en las horas perdidas, cuando caía la tarde, cerraba la furgoneta. Avanzando a grandes trancos, se acercaba a las casas. Apañaba las berzas, cortaba el tojo para cubrir las cortes, se metía en la cama con los ancianos, cogiéndoles de la mano y acompasando su respiración a la suya para tranquilizarlos, iba de aquí para allá llevando recados, avisaba de las mareas vivas y velaba a los difuntos. Al ciego Belisardo le contaba cuentos frente a la *lareira* para ayudarle a pasar el tiempo. Una madrugada se sentó de cuclillas en el corral de una mujer, cuyas gallinas habían dejado de poner. Soltando quiquiriquíes y haciendo aletear las solapas de su traje, consiguió que pusieran media docena de huevos.

–Quiero preguntarle algo –le dijo un día Jesusa.

Había ido a la taberna a por un poco de vino y se lo encontró conversando animadamente con los viejos del pueblo.

–¡Adelante! –dijo él elevando el vaso.

Ella se acercó.

—Verá, si es usted ateo, como dicen, y no cree en el más allá, ni en el cielo, ni en el infierno. ¿Por qué no va por ahí violando, matando a la gente, robando y haciendo lo que le da la gana?

Las miradas se posaron en Ziggy Stardust.

—Es justo lo que hago —dijo con toda tranquilidad. Se llevó una aceituna a la boca, mordió la carne y escupió el hueso al suelo.

A la costurera le tembló la barbilla.

—¿Cómo dice?

—Digo que violar, matar, robar y hacer lo que me da la gana es justo lo que hago.

La frase desató las risas de todo el mundo, incluida Jesusa. Pero a ella le dejó en el pecho una sensación rasposa. Como si se hubiera tragado el hueso de la aceituna que el hippie acababa de escupir.

5

Risitas y bisbiseos de faldas. Apenas dos nubes en el cielo. Sol radiante. El gaitero fue el primero que las vio, pero
fue Maruxa la que, después de observar atentamente, dio la
voz de alarma. Era día de mercado y las mujeres desplega-
ban las cestas llenas de habas, berzas, guisantes y grelos. Un
poco más allá, sardinas y *xurelos*. En un cesto se apiñaban
decenas de nécoras. Intentaban escapar y la vendedora las
devolvía a su lugar. También se encontraba allí el gitano
que vendía sachos, guadañas y coladores. El día estaba apa-
cible y soplaba una brisa agradable cuando la voz de Maruxa, plantada frente a la furgoneta con el cuello estirado
hacia delante, como una tortuga, rasgó la mañana.

–Je-su-sa –leyó–. ¡Pone Jesusa! ¡Son las bragas de Jesusa!
Monstruosas y un poco amarillentas de lejía o de cosas
peores, colgadas de la puerta, ondeaban al viento.

Poco a poco, la gente se fue apelotonando. En torno a
la furgoneta hicieron un círculo y, apuntando, comenzaron
a murmurar. Se desató el rumor de que la costurera tenía
un lío con el hippie. Maruxa dijo haber visto una costra de
sangre pegada, cosa que fue objeto de risas por lo bajini y
habladurías durante días. El hippie no se pronunció.

Aquel silencio desconcertó a todo el mundo, salvo a la

Ollomol, que lo interpretó como una muestra de interés por ella. Nunca había sido la costurera objeto de tanta atención, y, sorda a los chismorreos, se apoderó de ella una expectación febril. De la noche a la mañana, la sangre comenzó a fluir de manera salvaje por su cuerpo. Los pulmones se exaltaron, los músculos se movían y los fluidos se esparcían: por primera vez en su vida descubría que estaba viva.

Los hombres, y en concreto aquel, que siempre le habían parecido despreciables, ahora le resultaban elegantes y divertidos. Empezó a ver el mundo de otra manera. Más brillante y limpio. Suspiro y no abismo. Por primera vez, reparó en las puestas de sol rosadas, en el sonido del mar, en el tintineo de los cencerros de las vacas y en el olor a hinojo que descendía de los pinares. Y la música, que nunca le había interesado, era ahora una fuente de placer y de entretenimiento. El sexo, un paisaje exuberante por desbrozar con machete.

–Ya elegí hombre. ¿Qué te parece?

Aquella noche le dio la noticia al retrato de doña Pilar Primo de Rivera. Cuando, años atrás, trabajaron juntas en la sede de la Sección Femenina, doña Pilar siempre le había insistido en que eligiera bien. «Estar enamorada –le dijo una vez– es solo un espejismo. La vida matrimonial, que de verdad es lo que importa, no tiene nada que ver con eso.»

–Mira que eres tonta, mujer. ¿Qué vas a hacer con ese melenudo en tu casa? –le contestó el retrato.

Siempre había sido muy dura con sus comentarios y ahora, desde la pared, con esa boina y la media sonrisa sarcástica en la boca, seguía igual. Por eso la había puesto boca abajo. Para que la sangre te vaya a la cabeza y no te deje pensar más, le había dicho mientras lo hacía.

–Pues, hija, no sé. Además, de momento solo nos estamos conociendo. Ya llegará el matrimonio, si es que tiene que llegar.

A la costurera le pareció que al retrato le nacían arrugas en la frente lisa.

—Sí, llegará y lo verás como un error. Un error que ronca a tu lado todas las noches.

—¡Bueno, hombre, bueno!

Pocos días después, una tarde, Jesusa llegó corriendo a los lavaderos, las tetas bamboleantes como flanes y las mejillas encendidas:

—Compañeras —dijo—. No sé de dónde me vino esa tirria y esa desconfianza hacia el Lagartijo. Es el hombre más generoso y desinteresado que he conocido; un pedazo de pan. Yo misma lo juzgué mal.

Explicó que, aunque no lo pareciera, aquel hombre era muy culto. No era verdad que procedía de una comuna hippie, ni que fuera *tran*, o ateo, sino que era un joven de muy buena familia, religiosa. Había estudiado música y psicología en una de las mejores universidades de Inglaterra, ahora no recordaba el nombre. Las compañías se lo rifaban porque sabía mucho, y pensaba empezar a trabajar en algo muy importante, ahora tampoco recordaba en qué, cuando una noche se le apareció la Virgen del Carmen. Como lo oían. La Virgen le contó lo que pasaba en este pueblín, le habló del naufragio y del terrible olvido al que estaban sometidos nuestros mayores. Y entonces, ¿a que no sabían lo que ocurrió?

—¿La Virgen le dijo que viniera hasta aquí? —dijo Lucha sin levantar los ojos de la sábana que frotaba.

—A rescatar a la gente del olvido —matizó Jesusa—. Así que vendió sus pertenencias, se compró una furgoneta y se puso en camino.

—Y ahora se enamoró de ti —atajó Lucha.

Jesusa tomó a Lucha de un brazo.

–¿Sabes lo que pienso? –le dijo dirigiéndole una mirada feroz–. Pues que lo que te pasa es que tienes envidia cochina. Ya quisieras tú... –Se quedó un rato callada, como buscando las palabras–: Dicen que esperas a que vuelva alguien... que varias veces por semana te subes en la dorna y vas hasta Sálvora, y que te sientas en una roca a mirar el mar y a esperar. Y luego lo de las cartas del extranjero... –La recorrió de arriba abajo con la mirada–. Yo no quiero inmiscuirme en tu vida, pero te voy a decir una cosa: deberías dejarte de fantasías y pensar más en quien tienes en casa.

Al acercarse, Lucha vio que Jesusa se había quitado el luto, y también que llevaba puesto un collar de perlas de dos vueltas. En el meñique, lucía un anillo engarzado en diamantes. Lucha lo señaló.

–¿Y luego, Jesusa,... de dónde sacaste eso, oh?

Escondió esta la mano en el bolsillo del mandilón.

–Son cosas que tenía por casa... de mi madre. Por cierto –añadió–, de ahora en adelante, no me llaméis Jesusa sino Jessica.

–¿Cómo has dicho? –soltó alguien.

–Jessica, con dos «eses». Me ha dicho el Lagartijo que ese es mi nombre en inglés. Él sabe mucho inglés.

Durante los días siguientes, a Jesusa se la vio exultante, siempre con el traje de salir, del brazo del Lagartijo; ya no arengaba a las otras mujeres, e incluso había días enteros en que no aparecía por los lavaderos. Corría el rumor de que los fines de semana invitaba al hippie a comer marisco en hoteles de lujo, y hubo quien dijo haberlos visto dándose masajes en el balneario de La Toja y gastando dinero a espuertas en los comercios de la calle Real de Coruña. Y aunque el chisme era difícil de creer, entre otras cosas porque, que supieran, la costurera no tenía dinero, cada vez se la veía más lozana y saludable.

No mucho después, una tarde, pasaba Cristal por la

encrucijada próxima a los lavaderos cuando la vio. Era un lugar en el que había estado con su abuela y con la meiga Soliña varias veces cuando era pequeña. Recordaba que las dos mujeres siempre la llevaban allí cuando estaba enferma. Era un tormento, porque la hacían bañarse en unas tinas de agua fría y caliente, primero en una, luego en la otra; el cielo y el infierno, según afirmaban.

Pero ahora, la que estaba allí era Jesusa. No había nadie más en el paraje y solo se oía el croar de las ranas que se zambullían en charcas ocultas.

De rodillas, al pie del crucero, la costurera escarbaba frenéticamente con las manos, lanzando tierra por detrás de su espalda. Cristal vio que en el hoyo que acababa de hacer introducía algo. Se acercó un poco más: era la muñeca. Al oír ruido, Jesusa tapó rápidamente el agujero con tierra y hojas, se puso en pie y saltó al camino.

—Ah, eres tú... —dijo, limpiándose las manos en el delantal.

Empezaba a llover y los árboles tenían un aspecto fantasmal; al verla ahí, en el cruce de caminos, sin pestañear, la niña no se atrevió a preguntar por qué enterraba a la pepona. En cambio, sí le preguntó si le pasaba algo.

—Las mujeres feas también necesitamos que nos amen —dijo Jesusa de pronto, sin reparar en la lluvia menuda que le fustigaba la cara y le desfiguraba el gesto. Bajó la cabeza y miró de reojo el hoyo que acababa de cubrir. Cristal la encontró cambiada, las mejillas hinchadas, la comisura de la boca vibrante.

La niña dejó la batea de ropa en el suelo. Venía un hombre con una aguijada en la mano *(«xó, vaca, xó!»)* y esperaron a que pasara («buenas tardes», «sí, por decir algo»). La vaca dejó una estela a estiércol en el aire.

—¿Qué quieres decir, Jesusa? —dijo la niña cuando el hombre y la vaca desaparecieron de la vista.

—Jessica —dijo la otra—. Me llamo Jessica, con dos eses.

La niña repitió que no había entendido lo que acababa de decir.

—No soy tan inocente como os creéis —prosiguió la Ollomol—. Sé algunas cosas. —Bajó el tono—. Me fijo en los animales: cabras, perros, vacas. El macho siempre doblega a la hembra, la aplasta, le arranca la delicia de las entrañas. Es un bruto. Pero un hombre y una mujer... Tiene que ser distinto, no tiene por qué acabar mal. Tú vas a la escuela; yo apenas pude ir y eran otros tiempos. Sé que el maestro os explica cosas. Y sabrás. Necesito que me cuentes cómo se hace. —Irguió el busto. Ahora, el ojo vivo relampagueaba—. Tengo entendido que la mujer también puede disfrutar sin quedarse preñada.

—Yo no sé nada de eso —le cortó la niña.

Sin saber por qué, una lenta dulzura comenzó a subirle por dentro. De pronto pensó que podía sacar provecho de la situación, vengarse por esas cosas feas que la costurera le había contado sobre su madre y sobre su abuela.

—Bueno, un poco sí..., lo que nos cuenta el maestro —dijo. Se acercó, y usando el mismo tono confidencial que usaba la otra en los lavaderos—: Hay dos. Pero júrame que no le dirás a nadie que te lo dije yo.

—¡Lo juro! ¿Dos?, ¿qué?

—Agujeros.

Jesusa emitió una risita de rata. Desvió la vista para vigilar que no viniera nadie y volvió a mirarla. Tragó saliva.

—Agujeros, ¿y qué más?

Cristal explicó entonces que el hombre era el donante y la mujer la receptora, y que por eso él se ponía encima y ella debajo. Uno de esos dos agujeros conducía a un vestíbulo. El hombre llama y entra. Así comienza el amor.

Jesusa escuchaba sin parpadear. Tenía el ojo humilde y suplicante, de un gris brumoso. Volvió a tragar saliva.

—¿Entra en el vestíbulo?

—En el vestíbulo. Y deja allí su simiente.

La costurera reflexionó unos segundos.

—¿Cuando se confunde de agujero es cuando queda una preñada? ¿Es eso?

Cristal asintió. También explicó que confundirse de agujero era un problema gordo, porque no solo la mujer se quedaría embarazada, que eso, al fin y al cabo, era mal menor, sino que podría dar a luz monstruos, niños con dos cabezas o incluso animales. En la naturaleza se producían esas mezclas, seres que confundían el agujero y acababan en otro, el maestro les había leído un libro sobre eso, y lo peor es que nadie hacía nada por detenerlo: las mariposas eran hijas de una mosca y una flor; las tortugas de un sapo y una roca; los murciélagos de una lechuza y un ratón. ¿Los hipopótamos?, de quién eran hijos los hipopótamos, pues de una yegua y de un río; ¿y los buitres?, los buitres de un gusano desnudo y de un búho.

Pero la niña ya se había cansado de tomarle el pelo. Volvió a coger la batea con la ropa, se la puso en el rodete de la cabeza y comenzó a caminar.

Atrás quedó la Ollomol inmóvil, con la vista fija en ella y el pelo pegado a la cara. Por su cabeza deambulaban todos esos seres descarriados en una nueva arca de Noé.

No mucho después, pasaba Maruxa por delante de la furgoneta del hippie cuando escuchó una conversación entre él y la costurera. Por lo visto —así lo contó ese mismo día en los lavaderos— estaban los dos sentados en los asientos traseros cuando ella le agarró un brazo y dijo:

—Tómeme ya, Lagartijo. Las cosas deben tener un comienzo. No soporto la espera. Llame, entre y deje la simiente. ¡Mi puerta está abierta, pero, por el amor de Dios, no se confunda de agujero!

164

Llegó el otoño y hacía frío, y el alcalde, azuzado por los vecinos, hizo que instalaran en la plaza la carpa que se utilizaba para el circo. Dentro metió el hippie una cama y varias alfombras persas, una mesa y un hornillo, separadas del público por una cortinilla.

6

La niña volvió a asomarse.

–¿Pero se puede saber qué le pasa, *avoa?* ¡Salga, las viejas dicen que quieren darle el pésame antes de que el muerto se quede tieso como un palo!

Lucha seguía pensando y tardó un rato en desprenderse de todos esos recuerdos.

–¡Comer es lo que quieren! Tienen la boca tan llena de hambre que no les queda sitio para las palabras.

Cristal resopló.

–No tenga usted miedo. Ya vi al abuelo arreglado, y, ¿sabe qué?, es exactamente igual que el vivo. Las mujeres le dejaron el camisón puesto. Dicen que para qué cambiarle, que ese camisón que le hizo Jesusa es mejor que un sudario. También lo peinaron y le echaron colonia.

La oyó reírse un poco y se preguntó de dónde habrían sacado el peine y la colonia las *arranxadoiras.* Sin duda, se los habría dado su nieta, que los habría encontrado rebuscando por los armarios. Cada una por su cuenta, casi a diario, niña y abuela dedicaban una buena parte de la jornada a registrar la casa. Las dos escondían cosas, ropa, comida, cartas, y el corazón. La abuela buscaba los secretos de su nieta porque esta le resultaba tan remota como lo había sido su hija, y le daba miedo. Buscando en su habitación, había encontrado, debajo de la cama, su diario. Lo había leído sin entender gran cosa, y vuelto a dejar. La niña, por otro lado, revolviendo entre las cosas de sus abuelos, vio en un arcón, debajo de una pila de ropa, el viejo vestido de novia y el velo de Lucha. Junto al arcón, había un tablón suelto del suelo. Con ayuda de las uñas, lo levantó y metió el brazo hasta el codo en un agujero que despedía un olor a frío y humedad. Extrajo una caja de hojalata que contenía objetos que no había visto nunca: dientes de leche, fotografías de una niña que se parecía a ella, recortes de periódico sobre el naufragio del Santa Isabel, o una medalla que reconocía la heroicidad de su abuela. También había un saquete negro de terciopelo cuyo contenido la dejó estupefacta: varios anillos y un amarillento fajo de billetes muy antiguos.

Cristal cifraba su propio pasado en esos objetos arrumbados: tenía la intuición de que esas cosas desbordaban de mensajes y eran dueñas de los secretos más remotos de su abuela que también la concernían a ella. Sin que nadie se lo hubiera explicado, de una manera instintiva, sabía que eso que su abuela «escogía» ocultar era justo lo que ella quería saber. No se extrañaba de que nunca le hubiera enseñado el vestido de novia, al fin y al cabo, no tenía por qué hacerlo. Lo que le extrañaba es que lo tuviera tan escondido.

Pensaba Cristal que su vida, su verdadero pasado, transcurría en la penumbra de aquellos escondrijos, y que, entre el olor a polvo y a flores marchitas de aquellas cosas huérfanas y ocultas, palpitaba la única verdad. Aunque en el fondo ignoraba qué era lo que le faltaba, sentía el vacío de su madre como un pozo seco y desolado en el estómago, y el contacto con los objetos prohibidos le ayudaba a mitigarlo.

Precisamente por eso, el mismo día en que Jesusa le hizo aquel interrogatorio sobre las cartas que recibía su abuela, subió a la habitación a buscarlas. Es verdad que Lucha se ponía muy excitada al recibirlas, y que nunca dejó que nadie las viera, pero de no ser por el interés de la Ollomol no se le habría ocurrido pensar que escondían algún secreto del pasado. Volvió a mirar en la caja de hojalata. No estaban ahí, pero hundiendo un poco más la mano en el hueco, palpó el fajo y lo sacó; una hora y media después, las había leído todas.

—Le digo que el abuelo está muy guapo. ¡Vamos!

Tiró del brazo de Lucha y por fin la obligó a salir de la habitación. En el comedor estaban las mujeres, listas para el velatorio: palpitaban en una esquina, como cuando las ranas tienen miedo. Al entrar en la sala, las miradas se posaron en Lucha.

Extendido sobre la mesa del comedor, rodeado de cirios, achicado, arrugado, con las manos cruzadas sobre el camisón de penitente y los zapatos apuntando al cielo, estaba el abuelo. Dijo la niña:

—Ve usted, igualito que el vivo.

Lucha miró al finado. Lo primero que se le vino a la cabeza es si a alguien se le habría ocurrido darle la pastilla para el corazón. Las tomaba después del desayuno y si ella no se las ponía junto al café, jamás se acordaba. Pero de inmediato pensó que menuda tontería. Justamente Manuel se había muerto de un infarto, o al menos eso dijo el médico. La pastilla no le iba a servir de nada.

Se fijó en que le habían puesto unos calcetines que no eran suyos y también que, sobre la nariz, había una mosca azul que se atusaba con la patita trasera las alas de cobre. Sacudida por una repentina sensación de soledad, se preguntó si nadie más se habría dado cuenta y pensó que debería quitarle esos calcetines y apartar la mosca, aunque no lo hizo.

Rezaron un rosario y comieron callos con garbanzos. Carmen de Angustias había traído el ataúd en la cabeza desde Rianxo, y ya andaba avisando por las puertas de la hora del entierro. A eso de las cinco de la madrugada, cuando todavía estaba oscuro, las viejas comenzaron a desfilar. La casa se quedó vacía. La niña ya se había retirado hacía un rato y Lucha se levantó para darle el último adiós a su difunto marido. Lo besó en la frente y, cuando se iba a ir, volvió a ver la mosca. Al espantarla, le rozó las manos, que dejaron el bolsillo del camisón al descubierto. De él sobresalía un papel doblado, tal vez alguna de las listas con tachaduras que su marido le daba para que fuera a comprar, pensó. Lo cogió y se lo guardó en el delantal. Luego lo leería.

Avanzó por el pasillo (¿y si era una nota de despedida?) y se detuvo ante la habitación de su nieta (¡qué tontería!, Manuel nunca escribiría algo así). Vio dormir a Cristal a través de la puerta abierta. ¡Cómo había crecido! Le daba pena ya no tener que peinarla, prepararle la leche caliente, arroparla en la cama mientras le contaba un cuento. Con la mirada barrió la estancia en penumbra. Tiempo atrás, la pequeña habitación estaba ordenada y era sencilla. La niña amaba la quietud, el silencio y el orden. Ahora era justo lo contrario: aquel horrible póster de los músicos melenudos (que, sin duda, le había dado el hippie) y, en la pared opuesta, otro con un dibujo de una boca abierta con labios gruesos, dientes y lengua. ¡Qué cosas! Por el suelo, el radiocasete y estratos compuestos de revistas, calcetines y bragas, comida y apuntes del colegio. Debajo de la cama, que jamás hacía, tenía almacenadas más revistas. Por el aire reconcentrado flotaba un olor a calcetín. Un vestido negro estaba en el suelo, tendido, como una sombra: la sombra de su nieta caída.

La invadieron unos pensamientos tristes. ¿Cómo había sido todo antes de que ese tipo, el Lagartijo, llegara al pueblo? A muchos los había seducido con su personalidad, su elocuencia y sus ideas extravagantes sobre la música, la memoria y el olvido. Había cambiado a casi todos los habitantes de Oguiño, aunque solo ella pareció darse cuenta. En algunos casos, como el de la costurera, la humillación fue sangrante.

Pobre Jesusa, ¡cómo la había utilizado!

Lucha entró en su habitación, se sentó y fijó la vista en la ventana.

7

Aquel otoño de 1976 entró con alegría. Las capturas fueron buenas, sobre todo de sardina y *xurelo,* y en la lonja, el precio del pescado se mantuvo firme. Después de un largo verano, los primeros días frescos eran una bendición. A lo largo de los caminos, crecía la flor del tojo, y el maíz estaba maduro. Después de la faena, los hombres iban a jugar al dominó a la taberna y las mujeres se congregaban para la tertulia en los lavaderos.

Lucha recordó un día que llegó más tarde de lo habitual. Era el día en que las mujeres hablaban con excitación de Santiago Carrillo. Por lo visto había vuelto de Rusia. A alguien le había parecido verlo por el pueblo vecino vestido de mujer, y se había desatado el extraño rumor de que lo tenían escondido en alguna casa de Oguiño. Incluso se hablaba de que podría haber elecciones en el país. Sobre esto la Ollomol tenía las ideas muy firmes y las animaba a no votar.

—Yo estuve en Madrid cuando murió el Caudillo y lo sé todo: nos tienen engañadas con falsas promesas —les decía tajante.

Y si Maruxa o cualquier otra replicaban que las cosas estaban cambiando y que había que agradecer los aires nuevos, ella contestaba:

–¿Qué aires nuevos ni qué *lerias?* ¡Todo es una conspiración de los rusos! Como lo de que han ido a la luna. ¿Tú te lo crees? Yo no. Que la tierra gira alrededor del sol, ¿tú sientes el movimiento?... ¡Estaríamos todo el día mareados! Nos tienen engañadas, mujeriña. Siempre fue así, y si nos descuidamos, un día nos encontraremos a Carrillo comprando cuarto y mitad de jamón york en el ultramarinos, ¡y hasta nos parecerá normal!

Esto de Santiago Carrillo comprando jamón de York en el ultramarinos no era invención suya, sino de doña Pilar Primo de Rivera. Desde el retrato, le había advertido en numerosas ocasiones del peligro de que volviera la horda comunista y le reprochaba su indolencia.

–Tanto enamorarte... Estás poniendo tus energías en cosas tontas –la recriminaba–. Los rojos volverán a quemar las iglesias y tú con tus cuentos de novios.

Cuando la costurera no estaba, las otras mujeres hablaban de sus candidatos favoritos; se debatían entre Suárez (por guapo) y Felipe González (por macho), pero en una de esas, ajena a todo, llegó Jesusa a los lavaderos y, en lugar de arrodillarse en su puesto, como solía hacer para comenzar a desgranar el rosario antes de lavar, se quedó a unos metros de las otras mujeres, como si le diera miedo acercarse o pudiera contagiar de algo.

–Tengo algo que contaros a todas –les dijo con un tono severo.

Desde el incidente de las bragas colgadas de la puerta de la furgoneta, se decía que el Lagartijo trepaba los muros de la casa de la costurera día sí, día no. Y aunque en el fondo nadie lo creía, ese día estaban muy dispuestas a escucharla: según explicó, algo le oprimía el pecho como si tuviera una vaca encima. Era algo que tenía que confesarles, por orgullo, por honra, por decencia y por coherencia consigo misma, aunque también sabía que, desde el momento en que lo revelase, iban a pensar mal de ella, y con razón. Se desplomó sobre una peña y rompió a llorar en un lamento gutural y sordo.

Las mujeres se acercaron a consolarla. Ella las detuvo con la palma de la mano.

—¡No, no os acerquéis! —gritó.

—Pero ¿qué pasó? —exclamaron todas a una. Se habían levantado y la contemplaban desde la distancia.

Se limpió los mocos con la manga. Se puso repentinamente en pie, los brazos lánguidos a lo largo del cuerpo. La barriga colgando por encima de la pelvis casi le tocaba las rodillas.

—¡Insultadme! ¡Llamadme guarra! ¡Soy toda vuestra! —gritó irguiéndose para sacar pecho.

Nadie se movió. Aquello parecía una broma macabra.

—¡Escupidme!

Ante la perplejidad de las mujeres, que ya empezaban a recular asustadas, explicó que era poco menos que una puta porque había pasado la noche con el Lagartijo y creía que había sucedido algo muy...

Maruxa dio un paso adelante y le cubrió la boca con la mano.

—¡No sigas! —le cortó. Se la quedó mirando atentamente—. ¿Crees?, ¿dices? —Y levantó la mano para dejarla hablar.

—Creo. No estoy segura, Maruxiña.

—¿*Caraino*, Jesusa?, ¿cómo no vas a estar segura, ni que fueras *parva*? De *eso*, o se está, o no se está segura —intervino una tercera. Las mujeres, que ahora la rodeaban, no ocultaban el morboso interés que se les despertaba en el pecho.

Jesusa avanzó unos pasos. Explicó que el Lagartijo volvió a su casa y que, ¿no sabían?, como le gustaba la ropa... Como era costurera y le gustaban los puntos de abeja, y las vainicas, y los festones... Él venía por eso y... .

–Sí. Te gustan. ¡Y a él tu ojo de besugo! ¡Arre caray! ¡Sigue, *ho!*

Se acercó un poco más.

–Tenía fuera la furgoneta y me invitó a subir para ver unos disfraces. Subimos y me dijo lo que nadie me había dicho jamás. Me dijo que mi ojo de besugo me daba un aire a Marilyn Monroe. Luego, sin darme cuenta, me vi tumbada en la parte trasera.

–¡Mi *madriña!*

–No era yo la que estaba sobre esos asientos. Era otra. ¡Era otra!

–¡Sí, claro! Marilyn Monro... –se oyó.

–¡O Santiago Carrillo vestido de mujer!

Se hizo un silencio eterno. Jesusa buscaba las palabras.

–¡Escupidme! ¡Pisoteadme como a una culebra si queréis! ¡Dilapidadme! ¡Me lo merezco!

Durante un rato siguió con aquello de que no era ella la que estaba allí, pero que, en todo caso, la llamaran guarra y puta. Y entonces, después de limpiarse las lágrimas con la manga, pasó a explicar cómo se había librado de él. Contó que le arreó un bolsazo. También que le había dicho algo que dejó a todas aún más desconcertadas. Y que te den por el..., dijo que le había dicho.

De pronto, se oyó el grito de una de las mujeres.

–¡Pero si le falta el ojo de vidrio!

Nunca la habían visto sin él. De cerca, la cuenca del ojo era una caverna de paredes blandas y temblorosas, recorridas de venitas rojas que se ramificaban y serpenteaban hasta la frente como ríos que van a dar a la mar, que es el morir. En lo hondo, olvidado, latía intacto el vacío, un socavón que recordaba la textura de un queso fresco o el palpitar de una libélula. El párpado y la mejilla también estaban afectados: hinchado y caído, el uno; floja y sin vida, la otra.

Sin que nadie pidiera explicaciones, ella las dio: no solo le había asaltado el Lagartijo, sino que también le había robado el ojo.

—Me lo pidió y yo se lo di como una boba.

Todo aquello provocó muchísimos comentarios entre las vecinas, risa, escándalo y, cosa rara, también nuevas simpatías encubiertas hacia la costurera. Decían que todo se lo había inventado, porque en realidad lo que deseaba era que alguien la violase y que el Lagartijo tenía otra versión de los hechos. Se discutía sobre si había dicho realmente la palabra «culo» o la había dejado flotando en el aire. En todo caso, la frase, con o sin «culo», denotaba un cambio en la actitud, la moral y el vocabulario de la costurera.

Cuando volvió a asomar Jesusa, venía con un parche de pirata, ya no parecía deshonrada y hasta había cambiado de discurso.

—Quítame las manos de encima —dijo que le había dicho—, soy una mujer decente.

Cuando la rebatieron que eso no era lo que había contado la primera vez, se puso como una furia. Ella, que por encima de todo defendía la virginidad. Ella, que dormía con el retrato del Caudillo y de doña Pilar en la cabecera de la cama, o casi porque estaban en el salón.

—Pero, Jessica... —dijo alguien queriendo complacerla con ese nombre que ella les había dicho de utilizar.

—Jesusa. Mi nombre es Jesusa.

Y concluía:

—En los lavaderos mando yo y a quien no le guste lo que oye, que se vaya.

De otra cosa estaba segura Lucha: «Jesusa en los lavaderos mando yo» no era la única. Su nieta también estaba transformada.

¿En qué momento empezó todo?, pensaba ahora, parada frente a la ventana de su habitación. ¿En qué momento dejó de ser una niña inocente y cariñosa con ella para convertirse en un ser agrio, irónico? No lo sabía, pero recordó que una mañana le había pedido dinero. Estaba a punto de dárselo cuando se enteró de que era para ir a la carpa en donde trabajaba el Lagartijo, y lo volvió a meter en la lata. Recordar no te traerá nada bueno, le dijo, ni a ti ni a nadie. La niña adujo que el dinero también era de ella, pues lo ganaba con su trabajo. Pero como en otras ocasiones que había oído ese comentario, la abuela se encogió de hombros, chasqueó la lengua, se dio media vuelta y se largó.

8

El día siguiente al que le había pedido dinero, Lucha oyó revolver a Cristal en la lata con los ahorros que escondía detrás de los platos de la alacena.

La niña se marchó y Lucha subió al piso de arriba para coger el cinturón de su marido. Cuando ya salía de la habitación, Manuel se incorporó sobre la cama.

—Lucha —dijo—. ¿Dónde vas?

Hablaba con la voz aún pastosa.

—A la carpa.

—¿A recordar con ese loco? ¿Qué es lo que quieres recordar?

Pero ella ya salía, y no contestó.

Cuando llegó a la plaza, entró en la carpa y esperó cerca de la puerta, camuflada entre el gentío. Un poco más allá, divisó a su nieta entre dos mujeres. Ziggy Stardust atendía en ese momento a Xurxo. Como muchos por esa zona, este paisano había vivido el naufragio del Santa Isabel y todo lo que pasó después. Pero su caso era especial. Él era el niño cuyo perro había encontrado la oreja humana. Durante toda su vida había querido saber qué ocurrió y por qué aquello había suscitado tanto revuelo e interés. Ni sus amigos ni sus familiares lo recordaban, y por mucho que forzaba la apolillada memoria, no conseguía ir más allá de unas imágenes confusas.

Ese día, la música seleccionada era una preciosa nana gallega. Al principio no parecía ocurrir nada; pero al irrumpir la gaita en la melodía, entremezclada con el *pandeiro,* el hombre palideció. Empezó a explicar que la carpa giraba a su alrededor y que las paredes crujían como una cáscara. Cuando volvió a abrir los ojos, estaba lívido. Contó lo que había recordado: sus manos tersas y pequeñas, el sonido de la voz de su madre y que ese día vestía un pantalón corto de pana. Estaba sentado en el pupitre de la escuela y, a su alrededor, la gente discutía mucho. También recordó que entró la meiga Soliña, que le dio mucho miedo porque era fea y del color de las olivas, y que les dio de beber un brebaje espeso y amargo. Según iban bebiendo, la gente se quedaba dormida. Todos dormían a su alrededor y a él también le entró mucho sueño, pero, antes de caer rendido, oyó que Soliña le susurraba algo a otra mujer.

Xurxo calló. Ziggy Stardust, que ese día lucía una peluca pelirroja y una gabardina con la bandera de Gran Bretaña, lo miraba expectante.

–Siga, buen hombre –le ordenó–. Y dice que las gentes discutían mucho.

El otro asintió.

–¿Sobre qué discutían?

–Ocurría algo.

–¿Algo?

–Eso es, algo. –Xurxo se puso en pie.

–¿A qué se refiere?

–¿No habló usted ya con la meiga?

–¿Con quién? Dígame, ¿con quién tengo que hablar?

Pero él ya no quiso responder y se arrancó los auriculares. Bajó precipitadamente de la tarima y huyó despavorido. Por mucho que el hippie le gritó que no tuviera miedo, que volviera, no hubo manera.

Cristal fue la siguiente en subir al estrado. Pero antes de darle voz, Ziggy, que había quedado pensativo con la vista fija en el suelo, se dirigió al público. Dijo que él no estaba ahí para contarles nanas y dormirlos. No.

–Siempre hay algo en nosotros que nos da miedo –dijo elevando el tono de voz–, algo de lo que nos resulta difícil hablar. –Hizo una pausa y miró detenidamente a todos, uno a uno–. Todos tenemos secretos y mi misión es hurgar en la memoria para sacarlos a luz, cortar de raíz esa parte podrida y envenenada, enterrada y cubierta de turba para poner al desnudo nuestro verdadero ser. Porque, queridos amigos, al contrario de lo que pensamos, los secretos son lo que nos define de verdad, y no pueden seguir en la oscuridad.

Se giró, se bajó las solapas de la gabardina y entonces se percató de la presencia de Cristal. En silencio, la midió de arriba abajo. Consideró su estatura, su pecho ya formado, sus descuidados cabellos negros, que serían bellísimos si no estuvieran enredados, y los ojos grandes, del color del hielo. Se fijó en sus manos. Eran morenas, de uñas rotas y negruzcas. Tanto se entretuvo en mirarla que, de entre el público, se elevó un cuchicheo.

A pesar de que ahora pregonaba a los cuatro vientos que el Lagartijo era un pervertido y un desvergonzado, también estaba allí Jesusa luciendo un parche de terciopelo negro. Apenas iba a los lavaderos y, con la excusa de fiscalizar lo que ocurría ahí dentro, se pasaba las mañanas en la carpa opinando y soltando chuscas descalificaciones entre el público. Al fijarse en cómo miraba el hippie a Cristal, dio un paso adelante y, con los celos centelleando en su pecho como escarcha al sol, dijo que la niña era demasiado joven para tener la necesidad de rescatar recuerdos. Ziggy Stardust sostuvo en ella el taladro de su mirada.

—A ver si te explicas, Jesusa. Pero rápido —le dijo con una familiaridad que a todos sorprendió.

—Bueno, Lagartijo... —contestó la costurera desconcertada por el tono repentinamente arisco—. Tú mismo dijiste una vez que no atendías a los jóvenes. Lo que quiero decir es que...

—No quieres decir nada porque eres un besugo y los besugos no hablan, están calladitos. Lárgate.

Pero ella no se movió.

—Lagartijo.

—¡Cállate de una vez! ¿No te bastó con decir todos esos improperios sobre mí? En ningún momento abusaría yo de una mujer. Las mujeres me merecen todo el respeto del mundo y más.

La gente comenzó a murmurar y Jesusa se puso colorada. Se defendió diciendo que bien que le había gustado a él ese besugo el otro día cuando...

—¿Cuándo qué? A ver si te atreves a decirme a la cara eso que vas contando por ahí...

Las miradas de la gente saltaban de uno a otro. Jesusa estaba verde de rabia y él parecía muy enfadado.

—¡Devuélveme mi ojo, ladrón!, ¡charlatán de feria! —exclamó ella de pronto.

El hippie dio un paso adelante. Cogiendo aire, para que todo el mundo lo oyera, dijo bien alto:

—La vida no es la que vivimos sino la que nos *interesa* recordar para luego contar. Te inventas todo, Ollomol. Yo no abusé de ti ni te saqué tu dinero. Y tu ojo lo dejaste en mi carpa porque quisiste. Porque eres una morbosa.

Al oír esto, la costurera perdió los estribos. Sacó el brazo que tenía plegado contra el pecho y le propinó a Ziggy un bofetón. Después, como si fuera ella la agredida, se llevó las dos manos a las mejillas encarnadas. Le entró aquella risa nerviosa que le achicaba el ojo vivo y le hacía bailar el vientre. Comenzó a llorar con bruscas sacudidas.

Cristal aprovechó entonces para hacerse notar. Instalada ya en la butaca, dijo bien alto, para que todo el mundo la oyera, que tenía muchas cosas que recordar porque nadie le contaba nada. Y que no era una niña.

Al oír esto último, el hippie se giró y la volvió a examinar de arriba abajo. En un instante, se había olvidado de Jesusa.

—Y qué absoluta necedad por parte de Ziggy Stardust no darse cuenta de ello —contestó de inmediato—. Claro que no eres una niña, y Ziggy rectifica ahora mismo: el método es válido para las señoritas. ¿Qué es lo que te trajo por aquí?

—Quiero que me ayude a recordar a mi madre. Nació después del naufragio y murió cuando yo era muy pequeña. Eso es todo lo que sé.

Un silencio incómodo recorrió la carpa y varias personas se marcharon. El Lagartijo arrugó la nariz. Se giró hundiendo los dedos en la peluca mientras hacía una pirueta de baile que hizo crujir la rígida gabardina. Frente a los LP apilados, se sujetó la barbilla y dijo:

—Pues a ver, a ver que tenemos para ti... —Extrajo uno de los discos y lo miró durante un rato, dubitativo.

—Mi madre me tuvo en Londres —añadió Cristal.

El hippie la miró y entonces volvió a meter el disco que acababa de sacar. En su lugar extrajo otro con una cubierta en la que aparecían cuatro hombres melenudos cruzando un paso de peatones. Estaba a punto de pincharlo cuando volvió a dirigirse a la niña. Música británica actual, dijo. Le extendió los auriculares y esta se los puso. En la carpa se hizo un silencio absoluto, casi violento, solo quebrado de vez en cuando por los sollozos de la costurera que explicaba a los que tenía a su alrededor, aunque muy bajito, que eso del ojo no era verdad y que el Lagartijo había trepado muchas muchas veces los muros de su casa con intenciones poco decentes, pero que ella siempre se había resistido.

Nadie la atendía, porque ahora todas las miradas estaban fijas en el rostro de la niña, que ya escuchaba la música que le había puesto Ziggy: al principio en su carita apareció una mezcla de indiferencia y desdén. Pero en pocos segundos, en el instante mismo en que la melodía llegó al cerebro, la frente se distendió.

Y comenzó a hablar.

Paseaba de la mano de alguien en una ciudad desconocida, o eso explicó. Un coche pasó zumbando a toda velocidad y casi los atropella. Sonó la bocina durante un buen rato. Unos autobuses rojos, de dos pisos, también zumbaban veloces, y había gente por todas partes, parada ante semáforos o elegantes escaparates. Varias veces se entrechocaron con paraguas abiertos, y un señor mayor, vestido con un traje de chaqueta de espiga, las increpó al pasar en un idioma que no entendió. De los sótanos y las alcantarillas emanaban efluvios espesos, un olor corrupto que, mezclado con el de los humos de los vehículos, parecía impregnarse en la piel. Olía a letrina, a perfume de mujer y a bollos recién horneados.

En la cabeza de Cristal, esa ciudad hervía como un guiso. Un batiburrillo de voces, sonidos y quejidos se elevaba para desaparecer y dar paso a otros. Coches, un camión, miles de bicicletas. Por todas partes había luces y centelleos. A lo lejos se oyó un claxon y luego unos insultos que no entendió. Unos gorriones sucios levantaron el vuelo.

Entonces calló. Silencio.

Un silencio como cuando cesa un dolor.

Todavía le daba vueltas la cabeza cuando una figura pequeña emergió de entre la muchedumbre, trepó a la tarima con la agilidad de un mono y se plantó delante de ella, negra y severa, con el cinturón de Manuel enrollado en el puño para manejarlo corto y fuerte.

Era Lucha.

9

−¡A casa, o te caliento las nalgas! −le ordenó arrancándole los auriculares de un zarpazo−. Ya te dije que tú no tienes nada que recordar.

La niña abrió los ojos y miró a su alrededor. Al reconocer a su abuela, se puso en pie.

−No me da la gana −le dijo−. Usted no manda en mí.

Era la primera vez en la vida que le hablaba con esa insolencia, y a Lucha le estremecieron sus palabras. Cristal sintió entonces el correazo y luego un dolor caliente en la oreja: miles de puntos brillantes bailaban frente a los ojos. A pesar de que las lágrimas estaban a flor de piel no lloró. Después de un forcejeo silencioso, bajaron del estrado. Caminaban por el pasillo en dirección a la puerta cuando Lucha se detuvo en seco. Se giró y, con un trote de ardilla que la desfondó, regresó hasta donde estaba el hippie. Parecía que algo le reconcomía el corazón. Ante la mirada de todos, extendió un brazo y luego un dedo tembloroso hacia un cajón musical que ese día también había sacado el hippie. Se acercó más, se inclinó hacia delante y observó con detalle.

−Este coso...

−Es una caja de música antigua, señora −dijo él.

184

Lucha retrocedió un poco, como si le produjera miedo o tal vez fascinación. Se retorció las manos sobre el regazo.

—¡Boh, sé perfectamente lo que es!

—¿Quiere que le ponga algún disco de su época?

La vieja sacudió la cabeza con ímpetu.

—Eso que le dijo a Jesusa usted hace un momento... —musitó—, eso que dijo usted de que la vida no es la que vivimos... no es... —Su voz se espesó y, al decir estas últimas palabras, su pecho emitió un silbido. Comenzó a toser y sus ojos mostraron el extravío de una persona enferma.

—No es la que vivimos sino *cómo* la recordamos, cómo *nos interesa* recordarla —apostilló el hippie.

—Eso —acertó a decir ella—. Bueno, pues... —La respiración seguía jadeante—. ¿Y si un día recordamos una cosa y al siguiente otra? O ¿y si no estamos seguros de que sean de verdad recuerdos? ¿Eh?, ¿qué me dice? ¿Uno se puede inventar los recuerdos?

El hippie dirigió la vista al suelo. Tenía unos zapatos de charol tan brillantes que las piedras y los hierbajos se reflejaban en ellos. Luego levantó la cabeza y, mirando al público, exclamó:

—La memoria, señoras y señores, miente. Y, cuando no miente, es caprichosa: muchas veces selecciona los recuerdos que precisamente no sirven para nada. —Volvió a mirar a Lucha a los ojos—. De todas formas... debe saber usted una cosa. Vivimos de forma paralela dos vidas. Una es la que tenemos aquí, al alcance de la mano; la otra es la que pudo haber sido y, como no fue, pervive en forma de sueños, imágenes o incluso recuerdos.

Al asimilar las palabras, Lucha palideció. El hippie cogió entonces un disco metálico y lo encajó en el rodillo de la caja de música. Por la carpa comenzó a oírse aquel tintineo antiguo y triste que Lucha reconoció al instante.

Ya volvía a girar sobre los talones cuando se detuvo unos segundos. Con los brazos en alto, jadeante, parecía dudar en regresar a donde estaba el Lagartijo. Finalmente, atrapó a su nieta de una oreja y la sacó de la carpa.

De camino a casa, cuando ya nadie las veía, la soltó. Durante unos minutos, ambas se escrutaron en silencio. Cristal no había visto nunca aquella mirada. Era una mirada de miedo e indefensión. Implorante. Su abuela seguía pálida y pestañeaba con un tic nervioso. Normalmente, olía a jabón de brea y a tierra. Cuando se enfadaba, se le humedecía la frente y despedía un olor a botica y orines secos.

Se alzó sobre la punta de los pies y levantó un brazo, pero para asombro de Cristal, que ya se había protegido la cabeza con las manos, los dedos ahuesados se posaron suavemente en sus pómulos, en sus sienes, en su pelo, como si necesitara comprobar que todo permanecía ahí, y que aquella seguía siendo la niña que había criado. No hacía mucho era Cristal la que se ponía de puntillas para ponerle la pañoleta, lavarle el pelo o peinarla; ahora era ella la que se aupaba para tocarle la mejilla. Se habían pasado la vida así, estirándose y agachándose para encontrar el punto intermedio en el camino hacia la ternura.

–Todo se solucionará –dijo entre sollozos–. Todo.

Se pusieron a caminar en dirección a la casa. A la abuela le costaba hablar:

–¿Sabes, nena? –dijo–. Nadie vivirá nuestra vida, nadie morirá nuestra muerte, nadie dirá nuestras palabras y nadie querrá al otro con nuestro corazón...

La niña la miró confundida.

–El Lagartijo tiene razón –prosiguió Lucha–. Hay vidas que no vivimos. Y la vida no vivida es una enfermedad. Yo... me resulta difícil hablar de esto, pero tengo un dolor, nena, un dolor muy profundo aquí. –Se llevó la mano al pecho–. Es un dolor muy vivo. Un dolor punzante como un ser. Un ser que lleva mucho tiempo habitando en mí. Un día entró y ahora vibra en mi interior como un espíritu maligno. A veces, cuando vuelvo a casa después de un día de trabajo, está ahí, esperando: forma parte de mi respiración.

Unos gritos la interrumpieron. Obdulio, el gaitero, venía corriendo hacia ellas.

–Lucha, apura. Tienes que venir a la tasca. ¡Tu marido se ha vuelto loco!

Entre jadeos le contó que Manuel estaba repartiendo dinero en la taberna. Acababa de cobrar la pensión y con el fajo fue directo a beber un trago. Cuando fue a pagar, sacó un billete y en lugar de entregárselo al tabernero, lo lanzó por los aires. Comprobando que el dinero no tardaba ni dos segundos en atraer a la gente, comenzó a lanzar más billetes. Uno, luego otro, todos. Cuando Lucha y Cristal entraron, la gente se arremolinaba alrededor de su marido dando saltos.

–Siempre la quise –farfullaba mientras los parroquianos se peleaban por coger los billetes–. Siempre la quise, pero nunca supe llegar a su corazón.

–Abuelo, venga. Vámonos –dijo Cristal tomándolo de un brazo.

–Ae, sí –dijo Lucha–. Haz caso a la nena. Vamos.

Manuel se detuvo. Su mirada se endureció:

–A *tu* nieta, ¿quieres decir? –Perdía el equilibrio y tuvo que agarrarse a una silla.

Lucha le dijo que no empezara otra vez, y entonces él, en un arrebato colérico, comenzó a farfullar frases inconexas, palabras indescifrables sobre leyes, frailes, guisantes y el color de los ojos. Me lo explicó el maestro bien clarito, decía, si tú y yo, si tú y yo tenemos los ojos oscuros, nuestra descendencia debería, no siempre pero debería, tenerlos oscuros, lo oscuro domina, lo dicen los guisantes, Lucha, domina, y es raro, muy raro que tanto nuestra hija como nuestra nieta tengan los ojos azules.

Tres gritos por parte de Lucha fueron suficientes para que su marido se callara.

Cristal recogió los billetes y volvieron a casa. Nieta y abuela lo llevaban en volandas. Parecía más tranquilo, pero de nuevo rompió a hablar. Ya no se refería a los guisantes, ni a las leyes, ni a los ojos azules, las palabras volvían a salir como un vómito incontenible. Esta vez parecía dirigirse a alguien que no era ninguna de ellas dos, tal vez la imaginaria audiencia de la taberna que habían dejado.

–Necesitaba que me amara –decía–. Como todo el mundo, necesitaba el cariño de una mujer. Ya no. Me acostumbré. Ahora solo busco la verdad.

–¡Cállate! –dijo Lucha. Miró de soslayo a su nieta, que se esforzaba en disimular–. ¡Cállate ya!

Pero Manuel no callaba.

Lucha se detuvo en seco. Le dijo a Cristal: está completamente borracho.

Entonces comenzó a abofetearlo. Manuel daba bandazos como un pelele, las piernitas sometidas a una gimnasia estrambótica. Cuando llegaron a casa, lo desvistió y, puesto que no lo quería en su habitación, le abrió una cama plegable en el *faiado*. Mientras se dejaba hacer, en el rostro de él empezó a asomar una mirada entre eufórica y feroz.

Una zarpa salió por debajo de la manta para agarrar el brazo de su mujer. De pronto dijo:

–Lo prefieres a él, ¿verdad? ¿Eh? Todavía piensas que volverá, ¿no es así?

Lucha no contestó. Volvió a taparlo, apagó la lámpara y se fue.

Esa misma noche comenzó el desvarío de Manuel.

10

A la mañana siguiente, Manuel seguía en el lecho que le había improvisado su mujer, los pies como resecos cocodrilos asomando a través de la colcha. Lucha pensó que estaría enfermo porque al llevarle el desayuno lo vio con los ojos fijos y redondos ante la ristra de cebollas que colgaba frente a él. Cuando le subió el almuerzo se encontró con el mismo panorama. Con la cena ocurrió otro tanto y, después de unos días, Manuel no solo se afianzó en el hábito de no hacer nada, sino que incluso había que llevarle el orinal y las medicinas. No era el *faiado* un lugar muy oscuro, pues percibía luz de una claraboya, pero sí muy bajo; al menor descuido, cualquiera que anduviera por ahí de pie se pegaba un coscorrón. Confundido entre montañas de patatas, pájaros muertos y un viejo carrito, bajo aquel techo en el que se afanaba la carcoma y correteaban las ratas, Manuel quedó en esa situación de engorro indefinido.

Decía que no le pasaba nada, que estaba bien, pero al menos una vez al día, cuando pensaba que nadie lo oía, se echaba a llorar. A veces ocurría en medio de la noche: se trataba del gemido más triste que Lucha había oído jamás, una especie de quejido ahogado que le taladraba el alma y que terminaba en espasmos entrecortados y un largo suspiro. Un llanto que conseguía hacerla sentir terriblemente culpable.

Los gustos culinarios del encamado también se vieron alterados, como si la horizontalidad reclamara nuevos sabores, más intensos y sabrosos. Cada vez le atraían más las mollejas de cordero en salsa, los callos, las criadillas, los morros y las orejas, los riñones de pollo rebozados, el hígado a la parrilla y las manitas de cerdo chamuscadas. Tengo antojo de caldo *da Riola,* le decía a Lucha; y ella tenía que pedirle a alguien que acabara de hacer matanza el corazón, los hígados y las costillas picadas. A fuerza de alimentarse de lo mismo, le había cambiado el tono de la voz y el color de la tez; su piel expelía grasa. Por las noches, después de una cena suculenta, le pedía a su mujer pistachos y cacahuetes que roía en soledad, contemplando la luna a través de la ventana.

A la manía seguiría el disparate.

Dos semanas después de haberse pasado por la carpa, una mañana Lucha salió al ultramarinos para comprar unos riñones para Manuel. A la altura de la fuente, le pareció oír una música. Al principio pensó que estaba en su cabeza. Pero, al escuchar con atención, se percató de que el sonido poseía una melodía. Contuvo la respiración y se concentró. ¿Qué instrumentos escuchaba? Sí, era una hermosa gaita. Pero ¿quién la tocaba en ese momento, a esas horas? ¿Y dónde? Miró a su alrededor. Parecía confundirse con el murmullo de la fuente. Se quedó unos instantes plantada frente a ella, sin saber qué hacer. Entonces fue cuando distinguió a aquel hombre. Irradiaba una luz tan intensa que le hizo sufrir la momentánea ceguera que produce mirar al sol.

El tipo era elegante, con botines, traje cruzado de raya diplomática y sombrero de copa. Durante un rato, lo miró sin decir nada. No alcanzaba a distinguir sus rasgos, pero la sola visión de esa figura le produjo una honda nostalgia. Por fin él se enderezó y ella vio su rostro: estaba ensangrentado y lleno de rasguños. Lucha se llevó las manos a la boca.

Amanecía y empezó a lloviznar. Había dejado de escuchar la música, pero a lo lejos, un grupo de eucaliptos se agitaba despertando susurros parecidos a los del oleaje del mar. Ahora el tipo aquel la miraba fijamente, y ella sintió que se ahogaba. El corazón se le puso duro como una piedra; le costaba respirar.

El hombre se quitó el zapato de un pie con la punta del otro e, inclinándose, se desenrolló un calcetín y luego el otro. En silencio, se los entregó a Lucha. Estaban desgastados y rotos por los talones y ella entendió que le pedía que se los remendara.

Le dijo:

—Está bien: se los zurciré.

Los sostuvo entre las manos: qué gracia, ¡tenían corazoncitos!, y se los metió en el bolsillo del mandilón. A continuación, siguió su camino. En un momento dado, se puso a correr, pero se cansaba y enseguida se dio cuenta de que la huida era inútil: la imagen de aquel hombre estaba dentro de ella; y la poseía.

Se disponía a pagar los riñones en el ultramarinos cuando entró la mujer que suministraba las gaseosas. A punto estaba de marchar cuando la oyó hablar con Maruxa. La mujer, que había pasado por la plaza, le preguntó que dónde estaba el dueño de la furgoneta de colores. Que por ahí andaría, con los viejos, le dijo la tendera. ¿Con los viejos?, quiso saber la de las gaseosas. Pues que tuvieran cuidado porque a ella, que aparte de repartir gaseosas también regentaba el camping de Couso, le debía los dos años de alquiler de la parcela y todos los gastos por los destrozos ocasionados.

—Ahora que mejor no volver a verlo —dijo—; cuando

fui a poner la denuncia, me enteré de que había estado en la cárcel.

Maruxa meneó la cabeza de un lado a otro.

—Te equivocas de persona. Ziggy acaba de volver de Londres. Estudió en la universidad y vino a ayudarnos a recordar con sus terapias. Es buena gente.

—¿Cómo lo llamaste? —dijo la mujer.

—Ziggy —contestó Maruxa—. Pero lo llamamos Lagartijo.

La de las gaseosas se acercó al mostrador.

—Hasta hace unos meses, el dueño de esa cochambrosa furgoneta se llamaba Paco, y es un estafador. Cuando yo le alquilé la parcela, acababa de cumplir condena por engañar a una vieja y quedarse con sus ahorros.

Las mujeres que esperaban para pagar o que cogían cosas por las estanterías se acercaron a escuchar.

—¿No te confundirás de furgoneta? —dijo una—. Yo lo vi tratando a los viejos y es imposible que alguien tan cariñoso y amable sea un delincuente. Y no me digáis que la lección de dignidad que le dio a la Ollomol el otro día no estuvo bien. Ya era hora de que alguien la pusiera en su sitio. Todo el día inventando chismes para desacreditar a la gente.

—Se lo merecía —dijo otra—. Y él, saber sabe mucho.

—Y habla muy bien —comentó una tercera.

Tras comprar los riñones y un cuarto de queso de cabra, Lucha volvió a casa. Al entrar, le sorprendió oír voces. Vio entonces que Antón, el cartero, y Valeriano, el maestro, bajaban las escaleras.

—Llamamos, y como no abrió nadie... —se excusaron nada más verla.

Al llegar al rellano, Antón abrió el zurrón, sacó una carta y se la extendió.

Lucha los miraba atentamente.

—¿Qué hacían ustedes arriba? —dijo, arrebatándosela de las manos.

—Visitar a nuestro amigo Manuel. ¿Acaso está prohibido?

Los despidió con mala cara y se dirigió a la cocina. Tenía caldo limpio del día anterior en la fresquera, así que lo echó en una sartén junto a un sofrito de ajo, cebolla y perejil. Mientras esperaba a que todo aquello se ablandara, sacó la carta del bolsillo y leyó las primeras líneas:

Mi querida Mujer Anfibio:

Hoy tomé la pluma y me decidí a hablar. Porque hay palabras...

Oyó ruidos y la metió en el bolsillo. Se volvió: no, no era nadie. Echó los riñones en la sartén y, cuando estuvieron rehogados, los vertió en un plato. Antes de subir, volvió a sacar la carta:

... hay palabras que uno lleva consigo como heridas, que se le pudren por dentro hasta que una noche siente que debe escribirlas.

Me hubiera gustado ser más cariñoso y comunicativo durante todos estos años, pero no encontré la manera (tal vez me faltaran las palabras), o simplemente sentí que era poco para usted. Quiero que sepa que la quise con locura. Oscura e inexplicablemente, como se quiere a los que...

Dobló el papel, se lo introdujo en el pecho, tomó la bandeja con la cena y se dirigió al *faiado*. ¡Arre caray! ¡Qué raro era aquello que decía hoy!, pensó mientras subía, ¿le gustaba?: ¡boh!, no lo sabía. Solo al llegar arriba se dio cuenta de que la había decepcionado un poco. Encontró a Manuel sentado sobre la cama, los ojos fijos y febriles en unos folios que sujetaba en un cojín sobre las piernas. Hacía una lista.

O vete tú a saber qué escribe, *Memorias de un encamado,* rió Lucha para sí.

—Aquí tienes el almuerzo —le dijo.

Pero él seguía enfrascado en su escritura y no se enteró. Por fin, cuando su mujer le apartó las hojas y le puso la bandeja sobre el regazo, levantó la vista.

—¡Ah!, ¡eres tú! —dijo.

—No, si te parece... soy el señor obispo.

La miró sin verla; le dijo que necesitaba más papel y también un rotulador rojo. «Me nacen las palabras como plantas.»

Apartó los papeles y comenzó a comer; Lucha se sentó a su lado. La barba muy larga y espesa, entretejida de telarañas, dejaba al descubierto un rostro demacrado, excesivamente delgado. Pero al verlo comer con ansia, pensó que el encierro tampoco le sentaba tan mal. En el chisporroteo de sus ojos había una vitalidad que jamás había conocido en él, y cuando sonreía lo hacía con la boca de medio lado, como los fanfarrones.

—Sabrosos —dijo masticando con las muelas de atrás—, muy sabrosos. Los riñones.

Pero Lucha se había ido a las palabras de la carta que guardaba en el bolsillo y no lo oyó.

Terminó los riñones y atacó el queso con la navaja. Cortaba trocitos con la punta y los amontonaba antes de metérselos en la boca. Se limpió las manos en la manta y se lanzó a comer la cebolla frita. A continuación, de un sorbo, bebió un vaso entero de vino. Cuando terminó, se limpió el bozo con la manga, eructó como un camello y retomó la escritura.

—¿Qué es eso que escribes?

Él levantó los ojos y los fijó en ella.

—Quiero pedirte una cosa, Luchiña —dijo haciendo caso omiso de la pregunta, la grasa de los riñones prendida en la barba–. Quiero que el hippie me visite aquí, en la cama. El maestro y Antón me hablaron muy bien de él. Dicen que sabe mucho. Dile que lo quiero ver, que tengo cosas que preguntarle.

–¿Al Lagartijo? ¿Y qué le vas a preguntar tú a ese charlatán de feria? ¿No tienes bastante con el maestro y con Antón?

Las palabras de Lucha fueron ahogadas por un ruido seco. Porque de alguna parte, de manera inesperada, emergió un murciélago que se estrelló contra el suelo. Tras aletear durante unos segundos, emprendió un vuelo alocado, chocando contra todo lo que encontró a su paso: una cuna, un paraguas con las varillas rotas, un remo, cestos de patatas con gruesos brotes malvas, nasas, sedales y anzuelos. Ella tomó la escopeta y comenzó a blandirla en el aire. Al primer topetazo, el bicho cayó sobre la cama, a los pies de Manuel. Ambos lo miraron en silencio. El murciélago tenía el rostro sellado y remoto, carita de niño viejo con dientes de gato y enormes orejas desplegadas como un fuelle.

Manuel dijo, perplejo:

–Te salió... yo vi que te brotó de la cabeza.

–Boh.

Lucha lo cogió con asco y, cuando se disponía a tirarlo a la basura, él le ordenó que se lo diera.

Se hizo un silencio.

–¿Qué dijiste?

–Lo quiero.

–Estás loco.

–Salió de ti. Es como un hijo nuestro. ¡Dámelo!

Manuel llegó incluso a ponerse en pie sobre sus piernecitas de alambre para arrebatárselo de las manos.

Entonces ordenó algo a Lucha que la dejó aún más confusa.

–Mételo en un frasco con formol y me lo pones ahí

delante, en la estantería. Y me traes también más monstruos de esos, ya sabes, pollos con dos picos, ranas con dos cabezas y tortugas sin caparazón. ¡Ah! Y no te olvides de decirle al hippie que se pase por aquí.

11

Como era de suponer, lo primero que hizo Cristal en cuanto su abuela bajó la guardia, fue volver a la carpa. Todo había ocurrido muy rápido, pero esa música británica de Ziggy Stardust la había hecho vivir (o revivir, no lo sabía) escenas que no eran de allí, de la ría. Acudían desde entonces a su memoria imágenes fulgurantes y también creía recordar algunos rasgos de su madre, el color de sus ojos, su voz y el tacto de su piel, la manera de inclinarse cuando la besaba. A veces, en un relámpago fugaz, hasta se le aparecía. Pero cuando creía haber apresado el recuerdo, tornaba a desvanecerse.

Tampoco había dejado de pensar en las palabras de su abuela cuando la sacó de la carpa. Ese anhelo que decía habitar dentro de ella, *en su respiración.* Desde el primer minuto de empezar a convivir con ella —aunque de manera confusa, recordaba la primera vez que la vio en la playa, con aquel pulpo colgándole de la mano— la vieja se había mostrado seca y arisca. Pero leyendo su humor en el rictus, en los carraspeos, incluso en la manera de colocar las sardinas en la cesta, un extraño cariño había hecho un surco en el corazón de la niña. La aspereza era algo habitual en aquella casa: incómoda pero llevadera, como una sordera o una jaqueca recurrente. Nunca, jamás en esos años, le dio por pensar que podía deberse a algo que le había ocurrido a su abuela en el pasado. Que sintiera nostalgia, mal de amores o que simplemente no fuera feliz. Solo sabía que a veces tenía que llevar cuidado.

Ahora, desde esa conversación, oía la respiración de Lucha a todas horas: a ella también le arañaba por dentro, como si tuviera alas o uñas. Por la mañana y por la tarde, ahí estaba, rasguñando el aire y las paredes. Así que más que nunca necesitaba salir de la casa.

El primer día en que volvió a la carpa estuvo de observadora. Como otras veces, la gente lloraba y se emocionaba al escuchar la música que les ponía el hippie. Alguno se tapaba los oídos y cerraba los ojos asustado, pero la mayoría movía la cabeza o el pie al ritmo del sonido que despertaba recuerdos de fiestas, juventud y amores.

Se producían escenas dramáticas, pero en general salían felices, dejando propinas astronómicas. Muchos hechos sepultados por el paso del tiempo en la ría empezaban a ver la luz: filias políticas, quién había sido represaliado y quién había ejercido la violencia durante la guerra, escándalos e infidelidades de todo tipo.

Pero, en esa ocasión, hubo un cambio. El hippie anunció que tenía demasiadas visitas (demasiados recuerdos inútiles, musitó entre dientes) y que, de ahora en adelante, solo atendería, en sus propias casas, a la gente mayor que había vivido en la isla de Sálvora. Estaba precisamente diciendo esto cuando levantó la vista y vio a la niña. Le sonrió. Al terminar la sesión, se acercó a ella y le preguntó si no quería seguir escuchando la música que le había puesto unos días atrás.

Cristal le contó que su abuela había escondido el dinero —su dinero— y que no podría pagarle. Entonces Ziggy le propuso un trato: trabajar para él. Había estado pensando y le hacía falta una ayudante para desempolvar los discos, guardar el material y tomar nota de lo que decía la gente. A cambio, él la ayudaría a recordar.

Así fue como empezó Cristal a trabajar para el hippie Stardust. Antes tuvo que decirle a su abuela que no la acompañaría más a vender pescado de casa en casa. Le explicó que quería utilizar su tiempo para estudiar y para salir con los amigos. ¿No hacían eso las otras niñas de su edad?, ¿no le había dicho una vez que era bueno que fuera haciéndose independiente? Además, iba a trabajar unas horas con el Lagartijo.

Esto último lo dijo de manera concisa y tajante, sin dejar traslucir emoción alguna. Sin requiebros de la voz. Lucha le contestó que no le importaba, que seguiría trabajando sola. Pero, en realidad, fue un golpe duro. Tragó saliva, pero ardía por dentro. A partir de ese día, después del colegio, Cristal comenzó a ir a la carpa. Desempolvaba el tocadiscos y los LP, le ayudaba a cargar el material y tomaba notas cuando iban de visita. En los recorridos a pie o en la furgoneta, el hippie y ella conversaban. Su educación, o aquello que, con intención o sin ella, le había transmitido su abuela, le prohibía hablar de lo que le dolía, nunca lo había hecho: su corazón herido de niña era duro y áspero como el hueso de un melocotón. Pero con Ziggy era distinto; enseguida encontró la manera de convertir los pensamientos en palabras. Le hablaba de su madre muerta, de las mentiras, los susurros y los silencios en torno a ella, y de lo poco que la dejaban conocerla. Él la escuchaba en silencio y para la niña era suficiente.

Cada vez más a menudo, iban a visitar a los «desmemoriados» (así los llamaba él) que no podían salir de casa. Se había corrido la voz y, aunque ahora solo atendía a los antiguos pobladores de Sálvora, tenían mucho trabajo. En la furgoneta cargaban la tarima con el falso escenario de luna y torreón, el tocadiscos y los discos, y entraban con todo ello en las casas.

Una de las personas a quien Ziggy visitaba a menudo era a Manuel. Desde que decidió encamarse, apenas se había movido del *faiado*. Tal como le había pedido, Lucha comenzó a traerle engendros que metía en frascos y colocaba en los estantes polvorientos, junto a las mermeladas y las compotas. Con una mezcla de fascinación, respeto y miedo, Manuel se quedaba mirando los monstruos hasta que el sol descendía y caían las tinieblas.

Los engendros y la escritura eran sus únicos intereses, además de la insistencia en que el hippie lo visitara; y cuando este pasaba días sin venir, le exigía a su nieta que lo avisara. Como a los demás en el pueblo, le fascinaba su aspecto siempre atrevido y cambiante, esas prendas eléctricas, de texturas chillonas que no había visto en su vida.

El Lagartijo, por su parte, había conseguido ganarse su confianza trayéndole comida y engendros para su colección.

–Buenas tardes, don Manuel, le traigo unos caracoles en salsa –decía nada más entrar, con un plato humeante entre las manos.

O:

–¿Cómo se encuentra usted hoy? ¿A que no sabe qué animalito tengo por aquí?

Se encerraba con él y, respirando por la boca para no percibir el tufo a tigre enjaulado, le sacaba un murciélago con nariz o un búho sin orejas que había recogido en sus paseos por el campo. Cuando se iba, Manuel pedía que lo metieran en formol y lo colocaba en la exposición de la estantería.

Encorvado para que la cabeza no tropezase con el techo del *faiado*, Ziggy giraba sobre sí mismo para mostrarle a Manuel su traje a rayas verticales con la cremallera bajada hasta el ombligo (tres o cuatro pelillos trepaban hasta el pescuezo), o las botas de color rojo chillón de tacón. Luego se sentaba en la orilla de la cama, cruzaba las piernas y conversaba con el viejo. Le contaba este que la colección de engendros, nacida entre las burlas irritadas y el recelo de su mujer, era el mejor alivio de su soledad y vejez, lo único por lo que merecía la pena seguir viviendo.

Ante todas estas rarezas, Lucha se quejaba. La oía rezongar cada vez que tocaba la campanilla para pedirle el orinal, la bolsa de agua caliente o la cena, la oía llamarlo *lacazán* o murmurar entre dientes que la dejara en paz, que *cada can se lamba o seu carallo*.

Pero Manuel no se lamía su propio carajo; de hecho, ya no se lamía nada. Un día, cuando Lucha abrió la puerta de la calle, vio que el Lagartijo venía acompañado de Antón y el maestro. A la tertulia, le dijeron abriéndose paso. ¿Tertulia? ¿Qué tertulia?

Y se hizo habitual que una o dos veces por semana llamaran a la puerta. Vengo a ver al acostado, decían, o le traigo una cosita al tumbado, y se escurrían escalera arriba para encerrarse en el *faiado*. La postración de Manuel no parecía un descanso ni una enfermedad, sino todo lo contrario: nunca había estado más laborioso, ni tenido tantos amigos. Desde abajo, llegaba el rumor de conversaciones trufadas de risotadas, y a veces Lucha y Cristal, comidas por la curiosidad, posaban la oreja en la puerta para escuchar: jamás consiguieron averiguar qué demonios se cocía en el fondo de aquella atmósfera enrarecida de hombres y bichos.

En una de sus visitas el hippie se encontró a Manuel llorando. Sin decir palabra, sacó el tocadiscos de la bolsa y pinchó el disco que ese día había seleccionado para él: la canción popular de romería del día de su boda. La música comenzó a sonar por toda la casa. En instantes bajó por la escalera. La cuchara que Lucha removía en la cocina quedó clavada en la bechamel y sus ojos se inundaron de lágrimas.

Y ocurrió algo inesperado: Manuel y ella comenzaron a silbarse el uno al otro desde el hueco de la escalera. Lucha silbaba su frase; Manuel lo intentaba con la suya, y luego la tarareaba. Mientras el disco gruñía, la canción iba y venía entre ambos, subía y bajaba las escaleras: quizá fue aquel el único momento de fusión y entendimiento entre aquellos dos ancianos, que, aunque habían estado toda la vida juntos, nunca se habían entendido.

Cuando por fin el disco se acabó, arriba, en el *faiado*, Manuel se puso en pie y empezó a hablar. Las frases cayeron concisas, arrojando sobre la cara del Lagartijo el recuerdo de todo lo sucedido la madrugada del naufragio del Santa Isabel, la culpa atroz con la que había convivido durante todos esos años y que ahora, por fin, sacaba.

12

Madrugada del 2 enero de 1921. Además de celebrar el fin de año en tierra firme, Manuel había aprovechado para comprarse el traje y los zapatos de boda; también cervezas, vino, fiambres y dulces para el convite. Alertados del naufragio, bogaron con dirección a Sálvora. Al aproximarse, se percataron de que la catástrofe era mucho mayor de lo que habían imaginado. Barcos grandes, gamelas, lanchas y dornas se concentraban en la playa de Arena dos Bois, en la que, desde hacía horas, se efectuaban los rescates. El lugar era un hervidero. Sobre la arena yacían centenares de náufragos, algunos vivos, otros muertos, y por el mar flotaban los restos del barco, maletas abiertas, ropa, mesas y sillas rotas, cajas de plátanos, plátanos. Los primeros médicos que llegaron se afanaban en atender a la gente. Nada más desembarcar, Manuel y los tres hermanos de Lucha se dirigieron a la casa de esta. Por lo visto, la joven acababa de volver de la playa. El viento le había arrebatado el velo, había ido a buscarlo y ahora descansaba. Eso le dijeron, que en ese momento no podía verla porque descansaba en su habitación.

Sin embargo, Manuel entró en la casa y lo primero que vio fueron los ojos de su futura suegra al fondo. Hoscos, helados. No los olvidaría jamás; no eran los ojos de una mujer ilusionada con la boda de su hija: eran los de alguien que tiene un problema y que busca cómo solucionarlo. Le explicó esta que necesitaba su ayuda y la de sus tres hijos. Le dijo que Lucha le acababa de contar que se había encontrado con un hombre y que –aquí la voz de la madre se quebró– este hombre la había seducido. Había... Había...

–¿Seducido? –le preguntó Manuel.

Pero no preguntaba: afirmaba. Porque ya lo sabía; siempre supo que ella era un espíritu libre. Acompañado de los otros, con hoces y azadones, salió al encuentro del náufrago.

Una hora después, cuando volvieron al poblado, las campanas repicaban con fuerza. Todo resuelto. Eso fue lo que le dijo Manuel a la madre de Lucha, eso y que ya no tenía por qué preocuparse de nada. Luego fue a lavarse las manos y a adecentarse un poco.

Traía la corbata torcida y el traje cubierto de sangre y polvo.

Nadie preguntó nada más y el cura los casó. No hubo culpa ese día en los ojos del novio, aunque sí miedo y deseo. Vino, fiambre de puerco, cervezas, dulces, puros y miedo.

13

Lucha estaba convencida de que Cristal enseguida se cansaría del trabajo con el Lagartijo. No era lo suyo y, además, una abuela era una abuela, ¡bueno, *carallo*, bueno! Pasaba la jornada sola, alternando la venta de pescado por la mañana y el trabajo en la huerta por la tarde. Uno-dos, uno-dos. Arriba dos jerséis y una chaqueta. Abajo falda y refajo. Primero hacía un surco en la tierra y luego, abierta de piernas y encorvada como una penitente, iba lanzando las patatas que sacaba del delantal. Frío en las manos. Hay que trabajar, *mal raio te parta!* Pensando que Cristal aparecería en cualquier momento y se le echaría en los brazos como cuando era pequeña, y que la inundaría con el olor a higo dulce que despedía su cuello, de vez en cuando se detenía, se incorporaba y con la mano haciendo visera echaba un vistazo al camino.

Una tarde estalló la tormenta justo cuando estaba a punto de recoger las berzas. Tomó el cubo y las herramientas esparcidas por el suelo y corrió. De camino a la casa podía sentir la lluvia refrescándole la cara. Entró con los zuecos cubiertos de barro, se echó la toquilla sobre los hombros y se dirigió a la cocina. Cerró los postigos, tal y como solía decirle a la niña que hiciera para que la lluvia no inundara la encimera. Sobre el alféizar de la ventana estaba el ramo de rosas que ella había cogido hacía unos días. Los pétalos ya secos empezaban a enroscarse y algunos se habían caído. Se lo quedó mirando; se dio cuenta de que le temblaba la barbilla. En la cocina, la quietud y el silencio eran totales.

Sacó una silla, se sentó y se puso a llorar.

Después de un rato, alzó la cabeza y se limpió la cara con el delantal. Leería de nuevo la última carta de su náufrago, sí. Eso es lo que haría. Así que fue hasta su habitación, levantó la tabla del suelo en donde las escondía y sacó el fajo.

En las últimas misivas, al inglés le había dado por decir que creía que, en su encuentro de la playa, hubo algo en ella que le impidió su entrega total, algo oscuro y hondo que no logró sacar a la luz. A veces utilizaba metáforas para describirla: «una cueva», «un río por la noche», o «como entrar en una habitación oscura a tientas». Y lo cierto es que Lucha estaba un poco confusa: ¿por qué le decía todo eso si apenas la conocía? Aquellas palabras no solo le parecían un poco impertinentes, sino que le recordaron a Manuel cuando le hizo aquel comentario una vez sobre que había un monstruo dentro de ella que se retorcía y que no conseguía sacar. ¡Hombres!

Menos mal que las cartas alternaban esas comparaciones con preciosas explicaciones sobre la vida y las costumbres de Londres. Una bocanada de aire. Gracias a eso, durante varios días, mientras esperaba a que su nieta volviera a ella, había encontrado el consuelo de pasear por esas calles húmedas y lluviosas, con cabinas de teléfono rojas y autobuses de dos pisos.

En ese Londres que palpitaba en el interior de los sobres, y que ella recorría con la imaginación, Lucha se veía joven y atractiva. Del brazo del inglés, paseaba con un vestido de seda, medias y sombrero. Participaba de suculentos desayunos de hotel de cuatro estrellas con *bacon* y huevos fritos, té, tostadas y papas de avena, o de almuerzos en un banco del parque con *fish and chips* (lo leyó en alto varias veces, ¿qué demonios sería aquello?) y gorriones picoteando por el suelo. Desde el banco de la cocina de su casa de Oguiño, se imaginaba que Londres sería como Santiago, la ciudad más grande que conocía, con catedral, alameda y cafés. Después de un rato, la lectura (o los paseos) la dejaban agotada.

Estuvo repasando las cartas hasta que oyó la cancela. Pensó que sería la niña, pero cuando se volvió para mirar, vio sentado a la mesa de la cocina a aquel hombre elegante –aquel con botines, traje cruzado de raya diplomática y sombrero, aquel que le había dado los calcetines para remendar en la fuente– calentándose las manos en el puchero. Con la cara limpia, sin restos de sangre, se distinguían sus rasgos extranjeros.

Se escrutaron entre sí durante unos minutos, dudando entre hablar o no.

–¿Quién es usted? –dijo Lucha al fin.

–¿Es una broma? –dijo él–. ¿Quién voy a ser? ¡Tu marido!

Sin decir nada más, ella le sirvió el plato de caldo que tenía preparado para Cristal y le puso un trozo de pan de centeno. Se fijó en que seguía sin calcetines y le confirmó que ya los tenía zurcidos. El hombre devoró el caldo con un hambre de cincuenta años. Lucha le fue a servir más pero, cuando se volvió con el tazón lleno, había desaparecido. ¡Qué cosas!

Al rato oyó pasos y entró la niña.

–Tendría que ver usted cómo cuenta Ziggy las historias –le dijo, casi a modo de saludo–. ¡Es tan entretenido y sabe tanto!

Algo frío se apoderó del corazón de Lucha. No se había quitado de la cabeza la imagen del hombre aquel, y ahora esto. Las palabras de su nieta traslucían admiración hacia aquel tipo, la admiración que ella ya no conseguía ejercer. Ahora ni siquiera tenía la oportunidad de contarle que había vendido sola todo el pescado (cosa que no era así; en realidad, lo había ido tirando por las cunetas para no volver con la humillación de la cesta llena). No pudo evitar preguntar a su nieta qué tenía aquel hippie con peluca que no tuviera ella.

—Ya le dije —contestó Cristal—, me cuenta cosas de Londres, que es de donde yo soy. Allí hay música por todas partes, locales nocturnos con bandas en directo, y ¿sabe, *avoa?*, allí los autobuses tienen...

—Dos pisos —le cortó Lucha.

—Sí... —Cristal la miró extrañada—, ¿y sabía usted que conducen...?

—Por la derecha —se adelantó la abuela.

La niña siguió explicando que Ziggy Stardust le había dicho que los ingleses le arrebataron a España el Peñón de Gibraltar.

—¿Usted sabe por qué, abuela?

Las aletas de la nariz de Lucha se esponjaron: latían como si olfatearan una flor. Dijo:

—Naturalmente.

—Naturalmente, ¿qué?

—Naturalmente que sé lo de ese Peñón... Lo sé, pero no lo puedo decir porque siempre olvido lo que iba a decir. —Cerró los ojos y volvió a abrirlos de golpe—: Solo recuerdo una cosa. En Londres, los curas tienen hijos. —Miró a la niña con cara desafiante—. Tú no has visto a ningún cura con hijos —añadió.

—¿Y cómo sabe usted que no? Probablemente, vi muchos cuando estaba con mi madre en Londres.

–Si viste a alguno, que lo dudo, no sabías que lo era. Una niña de tres años no reconoce si un cura tiene o no hijos. Ni siquiera reconoce si es un cura.

Quedaron calladas. El fuego crepitaba en el hogar. Arriba, comenzó a oírse el parloteo estúpido de Manuel. Lucha cabeceaba.

–También hay hombres negros de la cabeza a los pies.

No le dio tiempo a decir más porque acto seguido, casi sin tránsito en la respiración, comenzó a roncar. Su nieta la sacudió, le apartó la mata de pelo que le envolvía el cuello como un chal y la vieja tragó una flema espesa que le atoraba la garganta. Algo se le atravesó en el pecho y se agitó. Suspiró pesadamente y volvió a roncar.

–¿Es pecado que los curas tengan hijos? –gritó la niña de pronto.

Pero Lucha no la oyó. La niña se levantó y comenzó a hacer ruido con los cacharros de la cocina.

La abuela se sobresaltó y abrió los ojos. La respuesta le traía sin cuidado a Cristal. En realidad, solo había querido despertarla para que dejara de roncar.

–¿Sabe qué, abuela? Conmigo no ha de disimular cuando no sabe la respuesta a algo. Está claro que usted no tiene ni idea de lo que es el Peñón de Gibraltar. Pero no es su culpa porque apenas fue a la escuela.

Cristal se marchó a su cuarto y la dejó durmiendo en el banco de la cocina. Pero al cabo, la vieja oyó unos ruidos.

Fue un instante, o a Lucha, en su duermevela, se lo pareció. La despertó el golpe seco del cajón al cerrarse bruscamente, un alarido inarticulado, el aliento a guiso de conejo, unos ojos desorbitados y la silueta de su marido encorvado sobre ella. Tenía puesto el camisón y se le transparentaban los colgajos del sexo. En la mano derecha portaba una tijera y con la izquierda tenía atrapado un mechón de pelo de ella. Lucha trató de detenerlo agarrando su muñeca. Lo empujó hacia atrás. Mezclado con el tijereteo, irrumpió la voz de él:

—¡Este nido de murciélagos es lo que te impide amarme! ¡Voy a dejarte calva!

Se abalanzó de nuevo sobre ella. Pero estaba débil, daba manotazos en el aire, se tambaleaba y no conseguía atrapar el cabello. Lucha esquivaba su figura, escucha, le decía, escúchame, Manuel, perdiste la *cabeciña,* ae, vuelve a la cama; pero él persistía en su empeño. En uno de los movimientos, la hirió en el hombro. Al ver la sangre, se envalentonó y comenzó a insultarla blandiendo la tijera. Ella le dejó desfogarse hasta que por fin bajó el brazo y rompió a llorar. Rodaban las lágrimas por sus mejillas, hipaba y sollozaba cuando Lucha se acercó a consolarlo.

No amaba a aquel hombre, pero lo compadecía. En ese momento, él se enderezó. Tomó un mechón y se lo cortó. Dejó caer la tijera al suelo y, con una agilidad inusitada, enfiló el piso de arriba. En dirección al *faiado* volaban las nalgas flácidas, la espina dorsal culebreando por las escaleras, el bucle de pelo entre las manos como un trofeo.

14

Cada vez era mayor el ansia de Lucha por tener a su nieta cerca: no perdía la esperanza de que acabara discutiendo con el Lagartijo y volviera a casa en cualquier momento. Cada vez sentía más ansiedad por tenerla cerca. En cuanto veía que él no andaba por la carpa, aparecía con una cesta llena de *filloas*. Le daba a la niña besos con olor a ajos y le preguntaba qué había hecho, tú andas en algo, nena, no estás en paz contigo, cuéntamelo todo. Y como ella no le contestaba, le decía que ese hombre la iba a pervertir, que no era lo que parecía y que anduviera con cuidado porque tenía a todos engañados. Aunque la niña hallaba un oscuro regocijo en que su abuela estuviera tan pendiente de ella, no le hacía ningún caso. Entonces Lucha se sentaba en un rincón y se quedaba viéndola ordenar los discos o disponer las sillas: al observarla, surgía en su corazón esa antigua ternura matizada de cansancio. Hacía tiempo, cuando la niña era pequeña y estaba enferma, había pensado que no sobreviviría. Incluso había deseado su muerte. Siempre se mezclaba una dosis de dolor y maldad en su amor hacia ella.

Pero el tiempo transcurría sin que nada cambiara. Tan consternaba estaba que hasta se le olvidó que era martes y que, por lo tanto, de un momento a otro recibiría la carta del inglés. Sin saber qué hacer, fue a consultar con Soliña que también tenía remedios para la tristeza del corazón. Se echó al monte y subió zigzagueando hasta desembocar en la cabaña de la curandera. Empujó la puerta y entró. Era aquel un lugar lóbrego, con un olor denso a humedad. Por las paredes colgaban amuletos, hierbas, pellejos de animales y estrellas de mar, mirra y toda clase de inciensos y sahumerios.

Al fondo, vislumbró el bulto de la meiga envuelto en una manta, con oro que relucía en los pendientes, en los prendedores del pelo y en los anillos, moviendo lentamente los brazos en la penumbra.

Lucha le dijo que venía a que le leyeran las cartas y Soliña le dio un precio. Sacó una baraja y le preguntó si quería saber sobre trabajo: No. ¿Sobre dinero? No. ¿Amor? Tampoco. *¡Cago no demo,* vienes complicada, Lucha! La bruja la miró como si fuera una gaviota y Lucha un pez que salta a la superficie. Entonces le dijo la verdad: que no sabía por qué, pero que, a veces, le palpitaban las entrañas y que, cuando veía salir a su nieta a la carpa del Lagartijo, le brotaba aquel sarpullido en el cuello que se le ponía al rojo vivo, y que a lo mejor ella podía decirle por qué. La vieja meiga la miró de arriba abajo. Aguzó el oído, posó el dedo en los labios y pidió silencio.

—¿Oyes?

—¿El qué?

—La sangre.

—¿Qué sangre?

—La sangre que hierve dentro de ti. Cuando la sangre se oye, es porque los celos trabajan. Alguien te está jodiendo, Lucha.

Le explicó que la solución era sencilla: solo tenía que traerle una prenda íntima de la persona que le estaba provocando esos celos.

—¿Es el hippie ese, verdad?

Lucha asintió. Confesó que tenía miedo de que su nieta se fugara con él. Soliña quiso saber qué hacía por el pueblo y ella le contestó que lo del primer día: hurgar en la memoria de la gente, sacar los trapos sucios sobre el naufragio, ya sabes.

Del pecho de la meiga brotó un gemido.

—¿Alguien contó algo?

—Han contado ya mucho. Esto va a estallar, Soliña.

Al descender el monte, de vuelta a casa, Lucha no dejaba de pensar que había tirado el dinero. ¿Cómo iba a conseguir una prenda íntima del Lagartijo? ¡Iban a pensar todos que se había enamorado de él como Jesusa! Y sobre todo, por mucho que quería creer en las artes de Soliña: ¿cómo iba a solucionar eso su problema?

Cuando pasó por la plaza, aprovechó para entrar en la taberna a por una garrafa de vino. Se encontró allí con el maestro. Acodado en la barra y revolviendo con la punta del pie los huesos de aceituna, las servilletas de papel usadas y las mondas de gamba arrojadas al suelo, conversaba con otros hombres, entre ellos el cartero. También estaba allí Jesusa. A los lavaderos había llegado el rumor de que a Manuel le había dado por dejarse crecer el pelo, pintarse los labios y vestirse con un camisón; y al oír que hablaban de él, la costurera no pudo reprimir las ganas de preguntar.

—¿Y dices que parece una mujer?

Entre risas y chascarrillos, explicó el maestro que no solo no se quitaba el camisón, sino que se le había aflautado la voz y que tenía aspecto de mujer barbuda. Comentaban y reían todos, pero cuando Lucha se acercó, se quedaron en silencio.

Apenas divisó esta a don Valeriano, fue hasta él para preguntarle por los estudios de su nieta. A pesar de que lo veía de tanto en tanto, cuando venía a las tertulias en la habitación de Manuel, siempre pasaba por delante como una exhalación, y no había encontrado el momento de comentar con él. El maestro se quedó mirándola sorprendido. Alzando la taza de vino, le hizo una confidencia reveladora.

–Hace más de un mes que no va al colegio. ¿Está enferma?

Fue la gota que colmó el vaso. En el camino de vuelta, la ola de indignación que hasta ahora había conseguido sofocar creció de improviso y se hinchó hasta convertirse en cólera. Al tacto, volvió a notar aquel sarpullido que le brotaba por el cuello y la mejilla.

En casa cogió la escopeta y salió en busca del Lagartijo. Al pasar por delante, se abrían las ventanas. La jeta de su vecina, María la Portuguesa, asomó por una de ellas. Echó un vistazo a la figura derrengada de la vieja con el arma al hombro.

–¿Y luego, Lucha?, ¿vas a cazar liebres? –preguntó.

Y ella, casi sin aliento:

–Lagartijas.

–Se te encendió el sarpullido del cuello. Parece que tienes lepra, mujer.

–Parecerá.

Subía y bajaba Lucha por las calles estrechas y llenas de niños como moscas y mujeres bulliciosas que descamaban el pescado o que charlaban con otras en el *patín*. A cada rato, se detenía y de puntillas espiaba por las ventanas para ver si estaba allí su nieta con el Lagartijo. Pregunta, pregunta por las casas, musitaba para sí. Ya verás como la encuentras, *tralará*. Tiene que estar en alguna parte. Y si ese *trolán* que no es ni hombre ni mujer no me deja llevármela, lo mato. Pum, pum. Tra. Morir es fácil; matar es lo importante. Después volveremos juntas y tan contentas las dos, ya verás. Se detuvo. Se asomó a una puerta entreabierta y gritó: nena, ¿estás ahí, neniña?

—Váyase de aquí, mujer. Váyase, que aquí no está su nieta.

—Tiene que estar.

—Vuelva a casa y no sea terca. La rapaza ya volverá por su propio pie.

Y Lucha seguía. No se dio cuenta de que los hombres se asomaban a las puertas de las tascas con la taza de vino en la mano para verla pasar mientras reían, comentaban y la señalaban. Tampoco, que una hilera de niños la seguía imitando su andar encorvado de bruja. Se le había soltado la trenza y ahora arrastraba la monstruosa cabellera por las calles. Sintió un tirón, y al girarse se dio cuenta de que los niños le pisaban el pelo.

—*¡Nai que lles pariou!*

Cogió por el brazo a uno de ellos. Le faltaba el aliento y tuvo que apoyarse contra una pared.

—¿Tú sabes dónde está mi nieta? ¡Dímelo!

Pero los niños no sabían nada.

—Venga para acá —le gritó al fin una mujer.

La hizo pasar al interior oscuro de una casa en donde el Lagartijo trabajaba en compañía de la niña, tratando, una vez más, de recuperar la memoria de las gemelas Chencha y Ramona. Estaba especialmente insistente y nervioso, y ya ni siquiera se molestaba en ponerles la música. Desde fuera se le oía repetir la misma pregunta, una y otra vez, cada vez más alto y con más impaciencia.

—Se lo preguntaré una vez más, señoras. Los cuerpos de los muertos, sus maletas, sus pertenencias valiosas, las cajas fuertes del barco, ¿dónde pusieron todo eso? ¡Bien saben ustedes que eso no está en el fondo del mar!

—Ya le dijimos que no lo recordamos —dijo Ramona.

—¿Están seguras?

–¿Y luego?

–Entonces tengo que pensar que el otro día me mintieron y que hoy lo vuelven a hacer. Sé que alguien escondió todo eso y que sigue escondido en alguna parte.

Las gemelas se miraron entre sí.

–¿Quién se lo ha contado? –dijo una de ellas.

–¿Es cierto?

Ramona dijo que todo ocurrió hace mucho tiempo y que no se acordaban de nada. Ziggy insistió en que era importante que recordaran.

–¿De qué tienen miedo? –preguntó–. ¿Qué ocurrió esa madrugada que no puedan contar?

Se inclinó sobre la que acababa de hablar. Apoyándose en los reposabrazos pegó su cara a la de la vieja:

–¿Quiere que sea yo, y no la música, quien la ayude a recordar?

Los ojos redondos como tajos, la vieja negó lentamente con la cabeza.

Entonces ocurrió algo que dejó a todos los que observaban estupefactos. Se disponían a recoger, y Cristal ayudaba a guardar el tocadiscos, cuando una de las hermanas hizo un comentario sin importancia, algo como ¿volverá usted mañana para charlar con nosotras, señor Lagartijo?

Ziggy llevaba con ellas dos horas, estaba exhausto y de muy mal humor cuando el dique de su falsa elegancia, mezclada con simpatía, se rompió expulsando las aguas emponzoñadas de la codicia. ¡Cállese ya, zorra mentirosa!, dijo. Levantó un brazo y golpeó a la mujer.

El puñetazo alcanzó a la gemela justo en la nariz. Se oyó un sonido hueco y luego se vio el chorro de sangre cayendo por el pecho. En ese momento, Lucha dio un paso adelante, tiró de su nieta y apuntó con la escopeta. Vengo a por mi nieta, dijo.

El Lagartijo se la quedó mirando. Le recriminó entonces que la niña le había contado cómo la explotaba desde los cuatro años, y que no había ido a la escuela hasta los nueve, y que si no se iba y los dejaba trabajar en paz, daría parte a las autoridades. Al oír aquello, Lucha bajó un poco la escopeta.

—Usted... —comenzó a decir. Pero le temblaba la barbilla y le costaba hablar—. ¿Qué sabrá usted de cómo vivimos aquí? ¡Boh!

Apartó el arma y se dio media vuelta. Se marchó refunfuñando.

Al llegar a casa, casi se muere del susto al ver un guardia civil en su puerta. Sin que nadie le preguntara, corrió hacia él y comenzó a explicar que ella no explotaba a la niña sino que la niña venía con ella a trabajar porque no tenía con quien dejarla, que se levantaba a las cinco de la mañana y vendía el pescado de puerta en puerta porque necesitaba sacar unos cuartos, y que la vida era esclava, y que si...

—Señora —le interrumpió el guardia civil—. ¿Me puede decir quién es usted?

Solo entonces miró Lucha hacia la puerta abierta. Al oír un rumor de voces en el piso de arriba, se dio cuenta de que alguien había entrado y subido hasta el *faiado* en el que vivía Manuel.

—Soy la dueña de esta casa —dijo con un hilo de voz—. ¿Ocurre algo?

El guardia civil explicó que tenían una denuncia. Se sospechaba que un dirigente del partido comunista estaba ahí escondido, en su casa.

Lucha contestó que en su casa solo estaba su marido y que ahora mismo iba a ver qué pasaba. Se disponía a entrar cuando el otro la interceptó.

—Precisamente eso es lo que nos dijo la denunciante. Que usted le decía a todo el mundo que era su marido.

—¿Denunciante?

–Doña Jesusa López Pose. Ella fue la que nos dijo que escondía usted a Santiago Carrillo en algún cuarto de su casa.

De un empujón, Lucha apartó al guardia y subió. Cuando entró en el *faiado,* Jesusa tiraba de la barba de Manuel con ímpetu y le decía al otro guardia civil que era postiza. Entre los dos, su marido braceaba de manos y piernas gritando que no era Santiago Carillo, que lo dejaran en paz.

La voz de Lucha, que ahora sostenía la escopeta en alto, los detuvo a todos:

–¡O dejan a mi marido o les vuelo a todos la cabeza!

Los bultos rosáceos del sarpullido, ávidos como hongos, refulgieron como nunca antes en la penumbra de la habitación.

–¿Su marido?

15

En el seno de las oscuras tinieblas del matorral, cuerpos de mujer, brazos, piernas, ojos brillantes. Los tojos hervían de cuerpos. Las ramas se estremecían, se inclinaban, crujían; de vez en cuando, brotaba un gemido.

Ya era tradición. Se había corrido la voz y ninguna faltaba a la cita. Martes y jueves a las ocho y media de la mañana, lloviera o tronase, hiciera frío o calor, el hippie Stardust descendía el sendero que llevaba hasta la playa embutido en un batín de raso, greñas alborotadas, piernas peludas al aire. Era una cala pequeña de la playa del Castro, de aguas verdeazuladas, el lugar ideal para ser observado desde muchos ángulos. Una vez en la arena, y tras unos ejercicios vigorosos de piernas y brazos, dejaba resbalar el batín para quedarse en tanga de leopardo.

Aunque se hacía el despistado, era consciente de que había al menos ocho pares de ojos puestos en él –los de Maruxa, los de Jesusa, los de Lucha, los de Cristal, los de las viejas gemelas, los de María la Portuguesa y a veces hasta los del gaitero– y por eso, antes de iniciar las abluciones, se extendía la crema de sol (desde los muslos y el sexo, pasando por el esmirriado estómago, hasta el pecho, y dos golpecitos de gracia en las mejillas). Sacaba un peine y se lo pasaba por las greñas, varón dandy, y a correr. A continuación, emprendía su paseo mostrando al mundo su poderío, la mano libre apoyada en el elástico del tanga, el índice a la altura del ombligo. Ombligo cóncavo, paraíso del tamaño de una oliva, carne y hueso de madre y madre del mundo, guarida y solaz, musitaba él aquella mañana fresca, y se rascó las partes blandas aprisionadas. Ventana de los entresijos, y Ombligo del Reino de los Cielos, celosía del poder, porque el poder y el dinero, bien administrados, cabían en un ombligo como Dios manda, y ese ombligo mandaba Dios que fuera el suyo. Avanzó hasta la orilla e introdujo la punta del dedo gordo en el agua. Desde los matorrales o las rocas, se elevaron los primeros gemidos cuando el Lagartijo emprendió un trote ligero. Luchando contra las olas, que a esa hora de la mañana eran altas y fuertes, gritando *CagoenDios, cagoenlaputaquefría,* se bajó el tanga y se lavó el pito (palpitante desnudez) y los huevos.

Desde el escondite, se asomaron entonces los rostros para ver mejor. La mano de Ziggy se introdujo en el agua, rebuscó durante unos segundos y volvió a emerger enarbolando el tanga, al que dio vueltas en el aire y lanzó con fuerza a la arena. Todos los ojos se posaron en la prenda. Solo pasaron unos minutos y de uno de los escondites, ese día, un bulto gris surgió de entre la maleza. Con paso vacilante, la cabeza cubierta con un capuchón, atravesó el roquedal, salió a la playa, cogió el tanga y se lo guardó en el bolsillo. Al volver tropezando por el matorral, parecía un espantapájaros con sus andrajos negros.

Estaba a punto de terminar la primavera y aún se comentaba por el pueblo y sus alrededores, entre risas y alegres chismorreos, el incidente de Santiago Carrillo. Por entonces, Ziggy Stardust se había granjeado la confianza de casi todo el mundo. Aunque circularan rumores sobre su verdadera identidad, alimentados en su mayor parte por Lucha y a veces por Jesusa, lo que nadie ponía en duda era que todo aquel que lo escuchaba se sentía arrastrado por la fuerza de su convicción y por la vehemencia de sus palabras. Había algo en sus ademanes y en sus costumbres que atraía a la gente, y los consejos y el consuelo que proporcionaba compensaban con creces cualquier exceso de su carácter o las dudas sobre su pasado, porque, además, que tirase la primera piedra quien estuviese libre de pecado. A veces, cuando la gente salía de la carpa, aparecía bañada en llanto y no cesaba de repetir: «Dios nos lo ha enviado». Otras, era él el que lloraba y entonces sus ojos destellaban una luz que muchos empezaron a considerar divina.

La confianza procedía, sobre todo, de los antiguos habitantes de la isla de Sálvora, que era a los únicos a quienes visitaba ahora. Que hubieran vivido en la isla quedaban con vida el ciego Belisario, Obdulio, el gaitero, la curandera Soliña, las dos hermanas gemelas, Chencha y Ramona y, por supuesto, Lucha y Manuel.

Iba casi todos los días a verlos a cada uno por separado, les ponía melodías alegres como *Fuches tu* o *Arrastrache lo cu polas pallas* con el objeto de revivir, una y otra vez, escenas del pasado. Pero estos viejos llevaban tanto tiempo desmemoriados que apenas acudían imágenes a sus cerebros. Y lo que era peor: por algún motivo, les daba miedo recordar. Por orden del hippie, Cristal esperaba fuera y, aunque no conseguía oír lo que decían, siempre sospechó que esta gente ni tenía ni ganas, ni necesidad de escarbar entre los despojos de un pasado tan lejano.

La nueva vida de Cristal trabajando con él era mil veces más sugerente que la que había tenido con su abuela.

En los ratos libres, o cuando terminaba la jornada laboral, se sentaban al sol. Él le ponía música y le contaba cosas sobre las bandas que habían ido surgiendo en el Reino Unido como setas en un bosque húmedo: le hablaba de un tipo que era como un camaleón y que tenía un ojo de cada color, de una música azul de tubos y campanas, del Lado Oscuro de la Luna, de un artista extravagante que hacía falsetes y óperas mezcladas con rock, de otro que era ciego y que cantaba como los dioses y de aquellos otros que brincaban y no paraban de moverse en el escenario. Pero no solo charlaban de música. Ziggy le habló a la niña de la guerra de Vietnam, y de las manifestaciones en contra. Le hablaba del movimiento flower-power y de cómo con las flores los jóvenes de toda Europa protestaban contra las diferencias de clases sociales, la intolerancia, el racismo.

Y así, entre música y enjundiosas conversaciones, transcurrían los días. Unos días de los que la niña volvería a acordarse tiempo después, cuando ya nada sería lo mismo.

16

Cierto día Cristal llegó a la carpa antes de la hora habitual. Llamó varias veces, pero como nadie le abrió apartó la cortinilla y entró. El catre en el que dormía el hippie estaba sin hacer y había ropa tirada por el suelo. Amasado en sudores, el aire olía a hombre y a colonia barata. Sobre la mesa plegable, había una taza de café todavía humeante y la niña dedujo que habría salido a darse un baño al mar o simplemente a orinar.

Mientras lo esperaba, comenzó a ordenar las pelucas, los trajes y los discos tirados por el suelo. Los desempolvó, los metió en las fundas y, cuando fue a dejarlos en el cofre, se percató de que en el interior había una carpeta. Miró hacia la puerta: nadie. La sacó y comenzó a husmear en su interior. Como siempre que cotilleaba en los objetos de los demás, un placer oscuro le trepaba por el pecho. Pasaba recortes de periódico, todos antiguos, sobre el naufragio de 1921, o sobre el tesoro oculto en la isla de Sálvora, cuando dio con uno distinto. Lo sacó. Por el papel se veía que era más reciente y tenía una foto de alguien parecido al Lagartijo. Se acercó a la luz y la contempló durante un rato: aunque se le asemejaba mucho, no estaba segura de que fuera él, porque tenía el pelo corto y vestía un pantalón largo de pinzas y una camisa demasiado convencionales. «Desaparecido Francisco Comesaña, alias *el David Bowie de la ría*», decía. Y un poco más abajo: «Su madre pide ayuda a la ciudadanía, dice que sufre una enfermedad mental y que, sin la medicación, puede llegar a ser muy violento».

Un sudor frío le subió a Cristal por la espalda.

—¿Ya estás aquí? —oyó entonces.

Sobresaltada, Cristal devolvió todo a la carpeta y disimuló pasando el plumero por el cofre. Se giró. El hippie la miraba desde la puerta, los pelos mojados y pegados a la cara. ¿Se habría dado cuenta? La niña saludó y siguió desempolvando discos mientras el Lagartijo se sentaba y se secaba la cabeza con una toalla. Pero ahora Cristal sentía vértigo. No era el miedo a ser traicionada o mentida lo que la inquietaba, sino la certidumbre de que aquel tipo podía hacer algo mucho más perverso de lo que nadie había imaginado. Por su cabeza pasó la idea de salir corriendo, pero eso sí que levantaría sospechas.

Cuando se hubo serenado un poco, le preguntó que por qué teniendo música y todas esas cosas buenas en Londres que le había contado, estaba ahora viviendo en una carpa, en un pueblo pequeño y aislado como Oguiño, en donde no había más que atraso, pobreza y viejos desmemoriados.

Mientras sacaba un cazo de entre un montón de utensilios de cocina para poner la leche a hervir, el hippie contestó que él solo había venido a ayudar a las gentes de Oguiño a recordar.

—Tú siempre dices lo mismo. ¿A recordar el qué? —dijo ella—, ¿qué es lo que tenemos que recordar todos nosotros? Por ejemplo, sé que mi abuelo te ha contado cosas. ¿Qué te contó?

El Lagartijo se sentó. Dijo que eso era personal y que no podía desvelarlo.

—¿A qué has venido a este pueblo? —preguntó entonces la niña.

Él se puso en pie con tranquilidad y caminó por la carpa rascándose el trasero. Mientras retiraba la leche hirviendo y la vertía en el café, le dijo que antes de llegar alguien le había hablado del lugar. ¿Alguien?, dijo Cristal, ¿quién, si has estado todos estos años fuera?, ¿es que algún habitante de Oguiño fue por allí?

El Lagartijo la miró pensativo.

—¿Quieres que te cuente una cosa?

Y ahí fue cómo buscando descifrar un secreto, se encontró Cristal con otros dos. Ziggy le confesó que, aunque no había llegado a intimar, había conocido en una ocasión a su madre, Purísima de la Concepción, en una comuna hippie de Londres. No se lo había dicho antes porque él mismo había caído en la cuenta hacía poco. Ella era la que le había hablado de la isla, del naufragio y del olvido de la gente. Ella era la que le había dado la idea de venir.

Conocer. El pecho de Cristal era una rata royendo pan en las alcantarillas. De repente, al escuchar eso, se olvidó del asunto turbio del recorte de periódico y quiso que le contase todo sobre su madre, cómo era, dónde había vivido; y su padre, quién era su padre, ¿eh? ¿Estaba él allí, en esa comuna hippie también?, lo que comía, lo que decía, lo que pensaba. Pero el Lagartijo insistió en que solo la había visto un par de veces y que además, cuando la vio, Purísima de la Concepción ya no estaba bien.

Cristal quiso saber si era verdad que estaba enferma, tal y como todos en el pueblo le habían hecho creer. Porque ella no pensaba que fuera verdad.

—¿Enferma? No exactamente —dijo Ziggy.

La niña puso cara de no entender.

—Tu madre estaba mal. Cuando decidió volver, ya no

era capaz de cuidarte. Estaba muy delgada y... pero es mejor que no sea yo quien te cuente esto.

Como era de esperar, aquello espoleó aún más la curiosidad de la niña.

—Estaba endemoniada, ¿no es así? Por eso no podía cuidarme. Por eso nadie quería cuidarla a ella... —dijo.

El Lagartijo sacudió la cabeza.

—Ella me dijo que eso es lo que el cura hizo creer a todos aquí, pero realmente no fue así —dijo.

Y llegó la segunda confesión: Purísima de la Concepción le había contado a Ziggy que había tenido que huir de la ría por no ser como las otras mujeres, por no querer casarse y tener hijos, por no querer llevar una vida convencional. Al principio tu abuela la defendía, pedía a todo el mundo que la respetasen y que la dejasen en paz. Pero los demás, en especial las mujeres, se escandalizaban y decían que su obligación era enderezarla, hacer de ella una mujer de provecho. El cura se empeñó en casarla y hasta le buscaron un hombre de Carreira. Ella lo repudió y los enfrentamientos se hicieron progresivamente más violentos con todo el mundo.

—¿Pero por qué? —preguntó la niña.

—A nadie le cabía en la cabeza que a ella no le interesara esa vida. Decían que si no tenía novio era porque debía de ser machorra. Llegó un momento en que ya no pudo más. Y huyó. Se marchó a Londres. Entonces entró en aquella comuna. —El hippy levantó lentamente los ojos y miró a la niña—. Aquella no era una vida saludable, ¿sabes? Pero te tuvo a ti. —El Lagartijo escupió a un lado—. Regresó a la ría para que tu abuela se hiciera cargo de ti. Supongo que ahí volvió a entrar en escena el cura, que, al verla tan demacrada y encima madre soltera, aprovecharía para meter cizaña y decir eso de que estaba endemoniada. Realmente, el aspecto era de tener no uno, sino varios diablos dentro.

Ziggy Stardust se levantó y se sirvió más café. Le ofreció una taza a Cristal, pero esta dijo que se le hacía tarde y que tenía que irse.

–El de la foto de ese artículo que guardo en la carpeta soy yo –dijo él de pronto.

A la niña le subió la sangre a la cara. Explicó que estaba limpiando y que... se había..., el recorte se había caído.

Él dijo que no tenía que excusarse, que nadie tenía por qué pedir disculpas por cómo es. Comenzó a contarle entonces que llevaba toda la vida excusándose por ser distinto y que por fin había aprendido que nada lo obligaba a hacerlo. En el momento en que uno no es como todos, cuando te sales del rebaño, la gente a tu alrededor se inquieta y te juzga. Dijo que él era un poco como Purísima de la Concepción, y que por eso no acababa de encajar en ningún lugar. La gente busca dónde encasillarte y, cuando no pueden, te expulsan del grupo: te ponen motes, te critican o simplemente te convierten en un malhechor.

Cristal escuchaba perpleja.

–Pero en el artículo dice que eres violento... que estás enfermo y que eres peligroso cuando no tomas la medicación.

El Lagartijo asintió:

–Eso es lo que tuvo que decir mi madre para que nos dejaran en paz. Solo con la excusa de que estaba enfermo, consiguió que la guardia civil no viniera más a preguntar a casa. La enfermedad es una casilla, como lo puede ser cualquier otra cosa. Pero ni estoy enfermo ni soy violento. Solo quiero ayudar, me gusta hacerlo. La música es el mejor instrumento para conectar con el corazón, y creo que a través de ella puedo conseguir que este pueblo recupere su esencia.

Cristal asimilaba las palabras.

–Pero yo te vi pegar a Choncha el otro día. Le diste un puñetazo y le sangraba la nariz... La llamaste zorra.

227

–Cierto, y estuvo muy mal porque es una anciana. Pero dime, ¿no has perdido tú nunca los nervios? Al día siguiente fui a pedirle perdón.

De camino a casa, Cristal era un torbellino de pensamientos. Al llegar, se encontró con Lucha en la puerta. No había ido a los lavaderos sino a entregar el tanga del Lagartijo a Soliña, tal y como había quedado. Venía contenta, pues después de darle vueltas en la mano y de aspirarlo profundamente, la muy asquerosa de la meiga le había dicho que con esa prenda podía hacer su conjuro. Cuando Cristal le contó que venía de la carpa, Lucha renegó con la cabeza.

–¿Por qué dejas que te haga eso? –le preguntó.

Era martes. Antes de salir a ver a Soliña, Lucha había recibido una nueva carta, o más bien una carta dentro de un paquete. La leyó a toda velocidad, pero dos horas después seguía bajo su influjo. En esta ocasión, el náufrago le había contado, con gran entusiasmo, que Londres se preparaba para el jubileo de la reina Isabel II. Se estaba organizando una gran fiesta, con fuegos artificiales, meriendas callejeras y juegos, y no se hablaba de otra cosa en el Reino Unido. Vendrían invitados de todo el mundo, gente de la realeza, cámaras de televisión. ¡Si pudiera usted venir, sería una oportunidad bonita para reencontrarnos!, acababa diciendo. Aparte de la invitación, que le produjo gran confusión, junto a la carta, el náufrago le había hecho llegar un regalo: un viejo disco metálico que escondió al momento.

–¿El qué? –contestó Cristal.

–¿Te manosea?

Cristal levantó lentamente los ojos y los fijó en los de su abuela. Le dijo que a ella nadie la manoseaba, que si alguien lo hiciera ya pondría ella remedio, y Ziggy Stardust era totalmente de fiar.

La abuela respondió que si la había manoseado ya un poco no importaba si nadie lo sabía. Ante todo, lo importante era no perder la reputación.

–¿Perder el qué?

Lucha tragó saliva.

–La reputación.

–¿Qué es eso?

–Algo que se posee y que se puede perder.

Una sombría sonrisa movió la boca de Cristal. De pronto dijo:

–¿Se refiere a lo que usted perdió hace muchos años, en la madrugada del naufragio del Santa Isabel?

Esta salida dejó a la abuela sin palabras. Buscaba con qué mentira argumentar cuando la niña le dijo que con ella no tenía que excusarse de nada. Ya se conocían de sobra.

A principios de junio, casi un año después de que Ziggy Stardust hiciera su entrada triunfal en el pueblo, llegaron las fiestas. El pregón, la coronación de las reinas y las damas, la *sardiñada* del sábado, seguida de la misa. El domingo era el día más grande; dornas y barcos de todos los tamaños y colores salían al mar en procesión con la Virgen, haciendo sonar las bocinas hasta la altura de A Meixida. A la vuelta, esperaban los gaiteros, y las mozas giraban al son de las muñeiras. Una vez hecha la ofrenda floral, volvían de nuevo al muelle del pueblo y tomaban pulpo, pimientos de Padrón, tazas de vino y sardinas asadas. Al oscurecer, venía la verbena.

Días antes, Ziggy Stardust había pedido al alcalde permiso para sacar su baúl de prendas y ofrecerlas para las fiestas. Si bien este no tuvo inconveniente, al principio, la gente reaccionó con despecho. ¿Cómo iban a utilizar esas ropas extravagantes en lugar de los trajes tradicionales gallegos para bailar las muñeiras?, se comentaba en los lavaderos. ¿Cómo iban las mujeres a desprenderse del luto? ¿Cómo iba a dejar Obdulio de ponerse las polainas y el chaleco para tocar la gaita?

Hasta que una mañana, de manera totalmente inesperada, se presentó el Lagartijo en los lavaderos. Como en aquel instante Jesusa tendía la ropa sobre los arbustos, esperó sentado a que llegara. Cuando ella lo vio, casi se cae del susto. En lugar de sus habituales prendas metálicas con cortes llamativos, Ziggy ostentaba un traje sastre que le hacía altísimo y delgado, camisa abierta que dejaba asomar los pelos del pecho y un sombrero. Un gentleman inglés.

La Ollomol se secó las manos en el delantal, se recolocó el parche de pirata y se pellizcó las mejillas.

—¡Lagartijo! —exclamó mirando de reojo a las otras mujeres—. ¿Cómo usted por aquí? Este no es lugar apropiado para hombres...

Explicó él que, como autoridad en el pueblo, porque no cabía duda de que ella, y no el alcalde, era la que mandaba allí, le venía a pedir permiso para cambiar un poco las fiestas. Y echando un vistazo a su falda de colegiala, a su toquilla de vieja de visillo, a su camisa abrochada hasta la nuez y a sus zapatos de hebilla, dijo que no sería nada importante, pero que ya era hora de modernizarse un poco, ¿no le parecía, a ella, que tanto sabía de moda?

Jesusa frunció la nariz. Su ojo redondo, grande y bobo lo miraba fijamente.

—¿A qué se refiere, Lagartijo?

—A la ropa. —Y aquí Ziggy alzó los ojos y miró al resto de las mujeres.

¿Sabían ellas que para votar en las elecciones del día 15 de junio tenían que vestir moderno? ¿Sabían que si iban a las urnas de luto, con los pañuelos anudados a la barbilla y las toquillas, se reirían de ellas y hasta les impedirían votar?

—Ninguna de las aquí presentes pensamos votar —le cortó Jesusa—. Esas votaciones solo provocarán la vuelta de la quema de las iglesias, la profanación de conventos y los asesinatos de las monjas.

Pero una inquietud bullía entre las mujeres. Se elevó un murmullo y luego una voz débil:

—Bueno, yo igual sí voto... a lo que quiera mi marido.

—¿Estás loca? ¿Y nuestro Caudillo?

—¡El Caudillo está criando malvas! ¡Yo también voy a votar!

—¡Yo al tipo ese de la rosa! —opinó Lucha.

Después de un periodo largo metida en casa, ese día también andaba por allí. Últimamente apenas comía y se fatigaba más allá de lo propio de la edad. Consultó con Soliña y regresó con un jarabe de saliva de salamandra. Era, según la meiga, mano de santo para abrir el apetito y aportar energías, pero solo le dejó los huesos destemplados y un sabor acre en el paladar. Y es que a la muerte le gusta el sabor amargo y no existe en el mundo jarabe capaz de engañarla cuando se ha propuesto hacer su trabajo. Siguió encontrándose mal y, a principios de junio, los síntomas se agolparon en su rostro. A la fatiga, la inapetencia y el resuello de perro, se sumó un dolor en la espalda y una tos de esputos verdosos que la encamaron un tiempo.

Pero ese día, la enfermedad le había dado una tregua y se decidió a salir. Cuando pasaba por la plaza antes de llegar a los lavaderos, se encontró con un tipo que, además de pegar carteles de propaganda electoral, y de repartir pegatinas y octavillas, les explicaba a un grupo con la bruza y el bidón de cola en mano qué era la democracia y en qué consistía el sufragio universal.

—El *sufra* ¿qué? —preguntó alguien.

Y entonces él, a la vez que mostraba la foto del candidato al que tenían que votar, pues traería orden y justicia, sacaba el premio: una caja con seis botellas de albariño para los hombres y una olla exprés Magefesa para las mujeres.

—¿A Felipe González? —la increpó Jesusa—. ¿Te ha dicho Manuel que votes a ese rojo?

Lucha explicó entonces que Manuel no le había dicho nada. Votaría al tipo de la rosa por tres motivos: porque había oído que con él el precio del pescado se duplicaría, porque era muy guapo y, sobre todo, por la olla exprés. Alguien gritó que el que regalaba la Magefesa no lo hacía por votar a Felipe, pero ella no lo oyó. Levantó los brazos y comenzó a menear las caderas.

> Habla pueblo habla,
> este es el momeeeeento...

La tos y la fatiga la detuvieron.

–Pues al igual que deberán tener ustedes veintiún años y estar inscritas en el censo electoral, tendrían que ir a votar vistiendo ropa moderna –aprovechó para explicar Ziggy. Su voz se había tornado cavernosa y algo intimidante–. ¿Es que no se han dado cuenta aún? –Bajó el tono–: Háganme caso. Hay que disimular. Los que vienen ahora solo buscan aprovecharse de los paletos. Si no se dejan aconsejar, nos quitarán todo lo que nos es propio. De la noche a la mañana, borrarán del mapa las playas y las carballeiras y se llevarán la música de nuestras gaitas. Sin que nos demos cuenta, nos cambiarán la lengua, nos dejarán sin las fiestas y las verbenas, sin nuestras vacas y cerdos, sin nuestro pulpo *a feira,* sin las empanadas, sin los churrascos, sin las *filloas*...

–¡Sin el caldo! –gritó alguien.

–Sin el caldo y sin el cariño de los abuelos y las abuelas –prosiguió el hippie–. Sin la morriña que es cosa nuestra, y solo nuestra. El agua del mar dejará de estar fría y un día la catedral de Santiago se la llevarán a Frankfurt.

Un murmullo de enfado coreó sus palabras. Alguna se quitó ya la pañoleta y las medias negras y se las guardó en el bolsillo. «¡Hay que disimular!»

Jesusa dio un paso adelante.

—¡Quietas todas, no os pongáis afanosas! —dijo con los brazos en alto, las carnes flojas colgándole del antebrazo.

El caso es que ella y el Lagartijo conversaron en un aparte de todo aquello durante casi una hora, dirimiendo también viejas rencillas —alguien comentó que el hippie le retiró a Jesusa un mechón que le caía por la frente—, y luego él se llevó a la costurera a la carpa para mostrarle las prendas que quería sacar en las fiestas, más que nada para que la gente empezara a usarlas y se fuera acostumbrando. Dos horas después, salió la costurera con las mejillas arreboladas. Las mujeres del lavadero, entre ellas Lucha, esperaban sentadas en la plaza. Querían que les contase la conversación con pelos y señales, pero la visión de Jesusa las enmudeció: se había puesto el traje de hombre y el sombrero de Ziggy y volvía a lucir su ojo de vidrio. Dos minutos después de salir ella, apareció él vestido de colegiala, con los zapatos de hebilla de la costurera. Nadie dijo nada (¿qué iban a decir?), pero todos comprendieron que había habido entendimiento.

De modo que, al día siguiente, ya de mañana, cuando las *polbeiras* hervían el agua y las churreras preparaban sus puestos, algunos vieron pasar a dos mujeres luciendo camiseta estampada de flores. Aleteos de blancas faldas y rumores textiles: eran la costurera Jesusa y Cristal, a quienes Ziggy había invitado a desfilar por la plaza con alguno de los atuendos de su baúl para ver si los demás también se animaban.

Los planes del Lagartijo se comentaron durante toda la mañana. Solo él se había dado cuenta de que todos esos politicuchos vendrían a robarles su vida y todo lo que les era bueno y conocido. Solo él acababa de abrirles los ojos a la realidad. Era un visionario, sí: había visto la zarza ardiente en el desierto, igual que Moisés, y estaba iluminado por Dios. Minuto a minuto, hora a hora, se fueron convenciendo de que había que hacer lo que él decía. ¿Disimular que no eran paletos de pueblo vistiéndose de hippies? ¡Pues se vestirían! ¿Escuchar la música que traía en la furgoneta? ¡Pues la escucharían! ¿Contarle todo eso del naufragio que tanto le interesaba? ¡Pues se lo contarían, por algo necesitaba saberlo!

Entonces fue cuando vieron aparecer a la costurera con la Singer en la cabeza. Bajo la axila cargaba también con una mesa plegable que colocó en medio de la plaza y sobre la que puso la máquina de coser. Mientras ensanchaba el bajo de unos pantalones, se ofreció a hacer cualquier tipo de arreglo con las telas cedidas.

Aunque al principio con timidez o disimulo, la gente fue acercándose a revolver en el baúl de ropa que, una vez abierto, despedía un intenso olor a humedad y un tufo acre a ratones. La Singer sonaba al son de *We all live in a yellow submarine* que salía de dos grandes altavoces colocados en el balcón del ayuntamiento. Además de pedirle a Jesusa que le acortara la falda que traía puesta, Cristal fue la primera en sacar algo del arcón: unos zapatos con suela de plataforma. Después de ella, vinieron más jóvenes a quienes la costurera desflecó chalecos y los bajos de los pantalones. Dentro del baúl se disponían, en anárquico revoltijo, plumas rotas, piezas de seda, terciopelo y alhajas de escaso valor. El ciego Belisardo se acercó y, palpando, encontró una cazadora de piel de serpiente cuarteada. Obdulio, el gaitero, unos pantalones de pata de elefante que, puesto que le marcaban sus partes, fueron objeto de risas y envidias por parte de los viejos que se reunían en la taberna.

18

Los dedos de Jesusa trabajaban con frenesí, y en poco más de dos horas, habían cambiado la hechura, acortado o ensanchado más de veinte prendas. Con el fin de que el trabajo se hiciera más llevadero, tenía una jarra de vino del país a su lado e iba bebiendo tazas como si de limonada se tratara. Los incómodos zapatos de tacón que las mujeres solían llevar a la verbena fueron sustituidos por sandalias de cordones, las viudas dejaron los paños de luto en casa y la gente optó por vestidos sueltos hasta los tobillos. En lugar de los apretados moños, los peinados fueron decorados con flores naturales y las boinas reemplazadas por cintas de colores.

Cuando ya todos bailaban en la plaza, hizo su aparición el Lagartijo. Lo vieron llegar porque Cristal detuvo la música. Siguiendo sus instrucciones, cambió de disco. Algo así como «*So where were the spiders while the fly tried to break our balls*» comenzó a sonar y, abriéndose paso entre el gentío, vieron a un hombre (¿era un hombre o una mujer?).

—¡Yeeeeahhh! —gritó cuando llegó al centro de la plaza.

—¡Eieeeeee! —coreó un grupo de mujeres agitando los brazos en alto.

–¡Boh! –dijo Lucha.

El Lagartijo tenía los labios pintados de fucsia, un rayo le cruzaba una mejilla e iba vestido con un bodi de manga corta, abotonado y en color rojo, las piernas peludas al aire y un frufrú sobre los hombros que dejaba a su paso un reguero de plumas. La prenda le quedaba tan ceñida y él estaba tan escuchimizado que todas las miradas se concentraron en el mismo sitio.

–¿Y los cojones? –gritó alguien de entre el público–, ¿dónde te has dejado los cojones, Lagartijo?

–¡Va a tener que escuchar su propia música para recordar donde se los dejó! –Se rió otro.

En un aparte, Jesusa, colorada por el vino, volvió a las andadas. Aprovechando que Cristal pasaba por allí, detuvo la máquina de coser. Se acercó y le susurró algo al oído. La niña no le hizo caso; intentó escapar, pero la Ollomol la atrapó de un brazo. Se la llevó detrás de unos árboles.

–Vamos a tener que hablar sobre lo que hiciste, no te creas que me olvidé –le dijo.

La niña se la sacudió de encima como si fuera un bicho.

–Sé que fuiste tú la que colgaste mis bragas en la furgoneta del hippie, a la vista de todo el mundo. –A Jesusa le salió un gallito–. Con el único fin de mancillar mi nombre.

Cristal la miró impertérrita. Se giró y estaba a punto de escapar cuando oyó algo que la repugnó y estremeció por partes iguales.

–Bésame.

Se giró. Vio a Jesusa inclinada hacia delante, los labios apretados. El ojo falso la miraba; el otro lo tenía cerrado pero enseguida lo abrió.

–Dije que me besaras. –Y como la otra puso cara de asco–: ¿No te importó, verdad? ¡Bésame!

Cristal comenzó a caminar en dirección opuesta.

–Pues ahora me toca a mí humillarte –oyó–. Ahí va: tu madre era *torcida*.

Dio un paso adelante. Por si no quedaba claro, añadió:
–Machorra.

Fue soltar aquello y se puso colorada. En dos segundos, a Cristal se le nublaron los ojos. Le costaba respirar y sus pechos pequeños comenzaron a subir y a bajar. Se volvió para mirarla.

–¿Qué dijiste?

–Lo que oíste: tu madre era machorra.

–¿Como tú?

–¿Yo?

Alarmados por los gritos, algunos comenzaron a acercarse.

–¡Tú! ¡Sí!

Una reconfortante sensación de triunfo invadió a Jesusa:

–Ya te gustaría a ti. Tu madre...

No pudo terminar. En ese momento, Cristal se abalanzó sobre ella y la tumbó. Como si fuera un enorme escarabajo, la otra quedó tirada en el suelo, meneando las piernas en el aire, los muslos estrangulados por las medias. Acaballada sobre su pecho, la niña la cogió del cuello y ella se defendió rugiendo como una bestia herida, la baba asomando por la boca. Dieron tres vueltas en el suelo. La gente se acercaba, pero, en lugar de separarlas, aprovechaban para desquitarse. Coreaban las mujeres con el puño en alto: ¡déjala sin el otro ojo!, ¡muerte a la Besuga! Se rasgaron la ropa, se tiraron de los pelos; Cristal le mordió una oreja. La otra se defendía con uñas y dientes. Por fin quedaron exhaustas.

Mientras esto ocurría, al otro lado de la plaza, Lucha no había parado de beber. Sentada en una silla junto al puesto de pulpo, la cabellera suelta como un mar revuelto a su alrededor, le explicaba a todo el mundo lo bonito que era

Londres y cómo pronto lo visitaría porque tenía un amigo allí. Enfrente, Ziggy Stardust se había rodeado de un grupo de viejos disfrazados de hippies, a los que, como era habitual, interrogaba sobre los detalles del naufragio del Santa Isabel con una insistencia que ya rayaba la grosería.

Justo cuando la *polbeira* sacaba el pulpo y lo trinchaba en la madera con una tijera para prepararlo con pimentón, apareció la meiga Soliña. Hacía mucho que no se la veía por el pueblo y a todos les extrañó –o les inquietó– su presencia.

Interrumpiendo la conversación del Lagartijo con los viejos, dijo que había venido a echarlo del pueblo y que tenía magia suficiente para hacerlo.

Se produjo un silencio. Todo el mundo observaba la reacción de Ziggy.

–¿Y por qué quieres que me vaya, Soliña? –dijo este. Su voz era calmada, pero una mano temblorosa delataba su intranquilidad. Detrás de la meiga estaban Obdulio y el alcalde, y les hizo gestos para que se acercaran.

–¡Porque nos estás envenenando! –dijo la meiga.

–¡Cogedla! –ordenó el hippie a los dos hombres.

La curandera comenzó a vociferar. Forcejeaba, agitaba la cabeza. Con los ojos fijos en el Lagartijo, empezó a insultarlo. Lo llamó saco de mierda, verruga, ladrón de recuerdos. Se abría de piernas y se levantaba las faldas dejando a la vista su sexo apolillado. Tirándose de los pelos y de la piel, pedía que la soltaran. Entonces el hippie la obligó a sentarse. Le ató las manos detrás de la silla y le puso los auriculares.

–¡Habla, cuéntalo todo! –le gritó.

Pero la vieja estaba muy agitada y era imposible que dijera nada. El Lagartijo optó entonces por otra cosa. Explicó a la concurrencia que la meiga estaba resabiada y que, por lo tanto, había que inducirle el trance.

Se limpió el sudor de las manos en los muslos y se enroscó las greñas en un moño para despejarse los ojos. La desató, cogió uno de sus brazos y lo elevó sobre su cabeza. Le pidió que mirara el centro de la palma, mira fijamente, Soliña, relaja la cabeza. La voz la sedujo, y la meiga comenzó a bizquear.

—Los párpados se van cerrando —dijo el hippie—, diez, nueve, empieza a parpadear, la cabeza floja, cinco, cuatro, ¡uno!: la cabeza pesada, los párpados pesados como el plomo.

Ante una veintena de personas estupefactas, la zarandeó mientras seguía explicando que el cuerpo estaba pesado, muy pesado, uno, dos, tres: ¡abre los ojos, Soliña!

La meiga los abrió y entonces sí, comenzó a hablar. Al principio farfullaba cosas inconexas, pero su voz se fue haciendo cada vez más nítida, y enseguida fue al grano. Contó que el tesoro del Santa Isabel lo había escondido en la isla Teresa, la madre de Jesusa. Ella fue la que cortó las manos y las orejas de los náufragos a los que no conseguía quitar los anillos, los relojes o los pendientes. Repartió joyas entre las gentes para hacerlos callar y se quedó con lo demás: oro, diademas, cadenas, vasijas, varios arcones con dinero y las cajas fuertes de primera clase. Eso lo escondió en algún paraje de Sálvora. ¡Los diamantes y las joyas pequeñas más valiosas las guardó en su casa!

Todas las miradas se dirigieron entonces a la Ollomol. La pelea con Cristal había terminado hacía un rato, se había acercado a curiosear y ahora escuchaba estupefacta.

—Tesoro, ¿joyas?... —aulló palpándose la oreja aún dolorida por el mordisco de la niña—, mi madre jamás tuvo nada. Era una humilde pescadora.

Lucha se puso repentinamente en pie.

—¿Y las joyas esas con las que te vemos de vez en cuando?

La gente cercaba a la costurera, que parecía achicarse.

240

–¿Y el pazo que te compraste cuando murió tu madre? –chilló otro.

El Lagartijo la cogió de un brazo bruscamente y se la llevó aparte. Pero tuvieron que interrumpir la conversación –Jesusa aprovechó para escurrirse como una rata y se marchó cojeando en dirección a su casa–, porque en ese momento, Soliña se giró y se arrojó como una alimaña sobre Ziggy, arañándole en una mejilla.

–¡Nunca debiste traer toda esta mierda de vuelta! –gritaba–, vivíamos muy bien con nuestro olvido.

Él la cogió por la muñeca y la lanzó al gentío. La meiga salió huyendo como una cucaracha.

La fiesta siguió hasta la madrugada y el ribeiro ocasionó más de una confusión de cuerpos al amparo de la oscuridad.

En el tocadiscos sonó casi toda la música que el Lagartijo llevaba en la furgoneta, rock and roll, punk, heavy metal, y, en un momento en que ya este no sabía qué pinchar, Lucha se acercó a él. De entre las faldas sacó el viejo disco que había recibido por correo.

–¿Me lo pondría? –le preguntó tímidamente.

De un brinco, él subió a la furgoneta y volvió a bajar con la vieja caja de música. Colocó el disco, posó la aguja en el metal y aquel tintineo dulce comenzó a sonar.

Totalmente borracha, Lucha se disponía a girar sobre sí misma. Pero aquello la dejó petrificada. Los ojos inmóviles, llenos de luz, el cuerpo rígido (la espalda un poco inclinada hacia delante), sorda, lejana, concentrada. Se sentó en el suelo.

Se vio frente a él, el náufrago inglés. Ambos eran jóvenes, muy jóvenes, ella no tendría más de dieciséis o diecisiete. Durante muchos años, en muchas ocasiones, su mente había viajado allí, a ese día en la playa, después de que recorrieran un trecho, ella subida a sus espaldas. Pero siempre que llegaba ahí, al momento en que ella le arrancaba el velo y su sexo quedaba al descubierto, el recuerdo se detenía.

Pero ahora la melodía la hacía volar; penetraba por su mirada –que no por sus oídos–, caracoleaba y la llevaba por los vericuetos de su cerebro hasta un misterioso mundo interior.

19

–No fue mi intención ofenderla.

A Lucha un golpe de sangre hirviendo le sube hasta la cara. Están en esa playa; ella acaba de saltar de su grupa (todavía tiene en los labios el salitre de su piel). De lejos, mezcladas con el sonido del viento, llegan las voces del naufragio, las sirenas, el rugido del mar. Se quita las medias, hace una pelota y las lanza a la cara de él. Se arranca el vestido. Tres o cuatro botones caen al suelo. Entonces se acerca a él, alarga la mano y tira del velo que cubre el sexo de este.

Al verlo de nuevo en cueros, los pendejos rubios centelleando al sol, una ondulación espasmódica le llega de la tripa hasta los muslos. De un empellón, lo tumba sobre la arena y se acaballa sobre su cintura: crepitación y chapoteo de fluidos. Jadeos. Otro movimiento brusco y, sin darse cuenta, está bajo su aliento. Empapados de espuma, ruedan por la arena hasta detenerse junto a una roca. Después, nada más; mientras su sexo está dentro de ella, él se mantiene quieto. Los ojos cerrados, dice: Creo que ya nunca voy a desear nada que no conozca.

Justo cuando el hippie se dirigía hacia otro grupo de viejos, Cristal lo interceptó. Se lo llevó aparte y le dijo que tenía una información que le iba a interesar sobre parte del tesoro de Jesusa. Él quiso saber qué era y entonces la niña le pidió algo a cambio: la versión de su abuelo sobre la madrugada del naufragio.

Así fue como Cristal se enteró de que su abuelo y sus cuñados habían ido a por el náufrago inglés que había conocido Lucha el mismo día de su boda, que le habían dado una paliza y que habían arrojado el cuerpo a una fosa. Supo que, después de eso, Lucha jamás lo volvió a ver.

–Ahora, cuéntame tú –dijo el hippie–. ¿Qué me decías del tesoro?

Cristal creyó ver en el brillo de sus ojos un fulgor que la asustó.

–¿Me prometes que si te lo digo me llevarás a Londres?

El Lagartijo contestó que por supuesto; podía fiarse de su palabra. ¿Acaso le había mentido alguna vez?

–Las mejores joyas no están en casa de Jesusa como ha contado Soliña –dijo entonces la niña, sin dejar de mirarlo–. Hay diamantes, pero los escondió en un paraje.

No le vio la expresión. El Lagartijo le había dado la espalda y abría la puerta de la furgoneta. Se acercó, la agarró de un brazo y la empujó al interior. Sube, le ordenó.

A eso de las tres o las cuatro de la mañana, cuando ya todos rodaban por el suelo, los unos dormidos, los otros borrachos, alguien detuvo la música y comenzó a decir que la cambiaran, que esa se oía muy mal y estaba anticuada.

Pero el Lagartijo llevaba un rato desaparecido.

20

Al día siguiente, cuando el pueblo entero dormía la mona, Lucha se levantó temprano. El recuerdo de lo que sucedió en la madrugada del naufragio seguía vívido en la cabeza, y ahora, por primera vez desde que empezó a recibir la correspondencia de Londres, le urgía contestar a la última carta que había recibido. Así que tomó papel y lápiz y, arrastrando el dorso de la mano por el folio, comenzó a escribir.

El inglés le hablaba en la carta de algo que ella siempre había eludido. Quería conocer más detalles de Purísima de la Concepción. Quería saber cuándo exactamente había nacido, de qué color tenía los ojos, cómo era, por qué había huido y también por qué había muerto tan joven. No era, empero, mera curiosidad de amigo. Porque en sus minuciosas preguntas había una sañuda indagación que iba más allá de la fecha de nacimiento y de la descripción física. *Ya sabía ella lo que él quería saber.* Y como ella no era mujer de mentiras (aunque sí de secretos), esa mañana en la que el recuerdo por fin la acompañaba, lo confesó todo.

Terminó la carta, la metió en un sobre y la dejó lista para enviar sobre la mesa de la cocina. Dirigió la vista a la ventana y suspiró; mientras pensaba que esa confesión lo cambiaría todo, vio pasar al hippie por delante de la ventana. Caminaba a grandes zancadas, en dirección a la playa, despeinado, la ropa hecha trizas y el detector de metales al hombro. No era la primera vez que lo veía a esas horas con el aparato. Salió y se escondió tras unas rocas para espiarlo. Introducía los remos dentro de una dorna y la empujaba hasta la orilla. Lo vio meterse dentro de un salto y comenzar a remar.

Volvió a casa jadeando, con intención de despertar a Cristal. Pero cuando entró en su habitación, no la encontró: la cama estaba intacta. Bajaba ya hacia la plaza para buscarla cuando la vio llegar. La niña corrió hacia ella y se precipitó en sus brazos.

Lucha le acarició las mejillas y el cabello con los dedos huesudos. A continuación, le apartó un poco la cara y la miró a los ojos. Le preguntó qué había pasado.

La niña comenzó a hipar.

La abuela la abrazó y, al ver que era incapaz de hablar, le dijo: ea, no lo pienses más, ya me lo contarás cuando puedas, vamos. Ahora era la niña la que cojeaba un poco y, por un momento, la fusión de cuerpos y el doble renqueo al caminar recordaba a aquel momento de sus vidas en que todavía estaban juntas y eran una.

A pocos metros de la casa estaba la barca de Manuel. Seguida de Lucha, que avanzaba a saltitos por la arena, Cristal la arrastró hasta la orilla. Tirando de la cuerda de arranque, a la segunda, puso en marcha el motor. Ambas se metieron dentro y, a una distancia prudente, siguieron al hippie que ya iba un buen trecho por delante.

Abría el día y el sonido del motor, mezclado con el chapoteo del agua y el viento frío en las mejillas, incitaba al silencio; al pasar entre los criaderos de mejillones, una punzada de añoranza se mezcló con la rabia que ahora atenazaba el corazón de Lucha. El plancton invadía las maderas y el olor de las algas muertas se mezclaba con el olor a vida del mar. Decían que más o menos por ahí, en el fondo, estaba el Santa Isabel sumergido, y que por las cuerdas de las bateas trepaban las voces y los llantos de los ahogados. Lucha giró para mirar a su nieta: rígida, los ojos duros como el vidrio.

–Estaba oscuro... –dijo de pronto–. Estaba oscuro y yo..., estábamos en donde el crucero, *avoa*, donde... Llevé al Lagartijo allí porque Jesusa había enterrado sus joyas y... ella apareció, apareció de pronto y cuando él la vio...

–¿Quién apareció?

–Soliña. Soliña apareció como un fantasma por detrás de nosotros y entonces él... él sacó esa navaja que tiene y... se la hundió en el estómago, *avoa*. Se llama Paco –añadió después de un silencio– y nunca estuvo en Londres.

Amanecía cuando, entre la niebla, la silueta del faro –bello e imponente– se les vino encima. Al fondo, recortándose en el horizonte, el perfil melancólico de la isla de Sálvora entre los otros islotes. Apagaron el motor. Unas remadas más y ahí estaba la estatua de la sirena, el pazo, el torreón y la nube gris de murciélagos. En el aire brumoso, Lucha sintió que doblaba una campana fantasma.

Ziggy Stardust también había llegado. Después de empujar la dorna hasta la orilla de la playa, comenzó a caminar con un saco vacío y el detector de metales. La luz era plácida, suave. Unos metros por detrás, avanzaban Lucha y su nieta. El mundo del amanecer, que tan bien conocían, se revelaba ante ellas: el piar de las gaviotas, el eco de sus pisadas y el murmullo estremecido de los animales. Los sentidos, saturados por las emociones, no sabían a lo que atender: el azul cegador del cielo, el verde oscuro y prieto del pinar, el ocre de las ruinas.

Pasada la taberna, el sendero continuaba monte arriba, en dirección al poblado, serpenteando y perdiéndose entre alhelíes de mar, perejil y brezos. Ziggy caminaba con la vista fija en el horizonte, el resuello agitado. En cinco o diez minutos, llegó a la higuera mágica. Adentrándose en los brezos, dando saltitos y despotricando en alto porque se pinchaba los tobillos, se aproximó a ella. El tronco del árbol, enano y nudoso, estaba oculto entre las hojas y tuvo que dar varias patadas para encontrarlo. Arrancó con ansiedad la vegetación y pasó el detector de metales entre las hojas. Después de un rato, resopló decepcionado.

Volvió al sendero y continuó caminando. Las ramas más rizadas de los helechos que crecían al borde del camino se le enredaban entre las piernas. Al rato, siempre seguido de Lucha y Cristal, se oyó el murmullo de la fuente. Cuando llegó al lavadero, había suficiente luz para distinguir que el agua, estanca y sucia, no se había renovado en años. Escondida detrás de una mata, Lucha recordó los días en que lavaba con las mujeres del poblado. Como en los lavaderos de Oguiño, era el punto de encuentro y allí habían nacido miles de historias.

Ziggy Stardust dejó el saco en el suelo, cogió una rama y la introdujo en el lavadero. Durante un rato removió aquel caldo compuesto de hierbas, agua sucia e insectos muertos. Las libélulas zumbaban en el aire mientras la bruma se deshilachaba en el horizonte, contorneando las casas del poblado, ascendiendo en jirones hasta perderse. Mientras esperaba a que el hippie terminara, Lucha entornó los ojos para ver si reconocía su antigua casa en la distancia: esa es, le susurró a la niña. Allí estaba, ya casi en ruinas, la hiedra agrietando los muros, la cubierta destejada, sin hojas ni marcos en las ventanas. Lucha le fue señalando dónde vivía cada familia, el horno comunal, la escuela, la taberna, en donde también organizaban las verbenas, los hórreos.

El hippie no parecía encontrar lo que buscaba; tiró el palo y siguió en dirección al poblado. Allí cerca, encima de los arbustos y entre los pinos, la penumbra entibiaba el ambiente. Pasó por delante de un par de casas y se dirigió a la zona en la que se encontraban los hórreos. Haciendo pulso con los brazos, se encaramó, entró en el más grande y forzó la puerta. Durante un rato, desde fuera, Lucha lo oyó revolver, lanzar desde la entrada una lata vacía, una botella, una mesa con tres patas y unas mazorcas secas. Un cuervo salió aleteando y emitió un grito ronco que las asustó. El Lagartijo despotricaba dentro, aunque no se entendía lo que decía. Por fin saltó al suelo.

Antes de que este las descubriera, Lucha y Cristal decidieron volver a la playa para tomar la barca. Caminaban en silencio. Sin que la abuela le hubiera dicho nada, la niña pensaba en lo tonta e inocente que había sido creyendo que aquel tipejo venía a ayudar a la gente; la amargura fermentaba en su pecho y un feroz deseo de venganza hervía en su corazón. La dorna del Lagartijo seguía allí, junto a la de ellas: solo tuvieron que intercambiar una mirada y ya lo habían decidido. Cada una embarcó en una distinta: el hippie quedó atrapado en la isla.

Una vez en tierra firme, Lucha y su nieta se encontraron con que el pueblo estaba tomado por la guardia civil. Pronto les llegó la noticia de la muerte de varias personas durante la noche de verbena. En primer lugar, una de las gemelas, Ramona, había aparecido estrangulada; la otra tiritaba de miedo en el sillón de su casa: había perdido el habla. La silla de ruedas de la *siñá* Fermina se halló en un descampado; ella, un poco más allá, con la garganta seccionada. La meiga Soliña yacía muerta de una cuchillada junto al crucero. No mucho después, cuando todavía se recuperaban de este hallazgo, de uno de los establos, se elevó un grito: el pobre Xurxo colgaba de una viga.

Jesusa no apareció por los lavaderos. Cuando un grupo de mujeres guió a dos agentes hasta su casa, se encontraron la puerta abierta.

Dentro nada estaba en su sitio. Muebles, figuritas y el televisor tirados. Los ojos bobalicones de los retratos de Franco y Pilar Primo de Rivera miraban desde el suelo. La tapicería de las sillas había sido desgarrada. En el cuarto de la Ollomol, los muelles del colchón acuchillado se mezclaban con el contenido de varios frascos derramados. En el baño, el espejo descolgado estaba roto; no quedaba ni una sola cosa en su sitio. Los cajones habían sido arrancados de cuajo y miles de objetos, las píldoras para el estreñimiento, las bragas, las medallas, los polvorones se mezclaban en el enlosado.

La guardia civil precintó la carpa y la furgoneta del Lagartijo, aparcada de mala manera junto a la iglesia.

Reunieron a la gente frente al ayuntamiento y uno a uno, los fueron interrogando sobre lo ocurrido. Pero los soñolientos habitantes de Oguiño, embutidos aún en las faldas y pantalones de hippies, no sabían nada. Cuando les llegó el turno a Lucha y a Cristal, la niña se adelantó. Dijo que tampoco podía, *podían,* ayudarlos. Explicó que la noche anterior, a eso de las nueve, su abuela estaba cansada, que la llevó a reposar y que ella también se acostó.

Tras el interrogatorio, nada más entrar en casa, la niña oyó ruido en el piso de arriba. Se había adelantado a su abuela, que se quedó comentando en la plaza con las otras mujeres, y al llegar le extrañó que su abuelo estuviera levantado.

21

Subió con sigilo. La puerta del *faiado* estaba entreabierta, y oyó que Manuel farfullaba parrafadas inconexas. Apoyado en una silla, encorvado, uno a uno tomaba los frascos alineados en la estantería y los estrellaba contra la pared. Por el suelo comenzó a extenderse el formol y los engendros exhibían su pudibunda desnudez.

Ahí estaban. La rana con dos cabezas, el pollo con triple pico, la cáscara de la centolla, la masa negra y repugnante de la tortuga sin caparazón avanzando por el suelo. Las dos colas de la salamandra asomaban por debajo del catre.

Espantada por el olor, que se mezclaba con el del *faiado*, la niña reculó. Desde el vano de la puerta trató de indagar en los ojos de su abuelo, de buscar en ellos el significado de todo aquello, pero su mirada turbia y desquiciada poco desvelaba.

Las piernas arqueadas, con aquel camisón que le dejaba las nalgas al aire, el abuelo volvió al catre y se sentó en una esquina, en donde yacía un sobre abierto y dos folios escritos. Al percatarse de que la niña estaba en la puerta, clavó en ella su mirada. Era la mirada de un ser que acaba de ser abatido en el bosque por el zarpazo o el mordisco de una bestia.

Alzó un folio y lo agitó en el aire con una mano temblorosa.

—¿Tú lo sabías? —le preguntó.

La niña lo miró estupefacta.

—¿El qué?

Manuel volvió a levantarse. Con pasos cortos y temblorosos, se dirigió a la pared contra la que estaba apoyada la escopeta. La tomó. Su mandíbula se tensó.

—¿Tú sabías que no soy... que no soy tu abuelo? ¿Dónde está ella? ¡Es una...!

Las palabras le salían como aguijones: lo pone aquí... Agitó el folio en el aire. ¿Sabías que tu abuela tuvo un amante, un pobre náufrago del Santa Isabel y que fornicó con él el mismo día de su boda? ¿De *nuestra* boda?

Una risa maligna le torció el gesto. No había acabado de reír cuando arrancó a llorar.

Cristal se dio media vuelta y se fue. Estaba harta de todos, de los silencios, de las decepciones y las mentiras; y ahora aquella sorpresa. Necesitaba estar sola y reflexionar.

Desde hacía tiempo, en su cabeza crecía la imagen de una cremallera que se abría sin hacer ruido y que le mostraba a una mujer —su abuela— que había aprendido a vivir ocultando todo lo que era y todo lo que sentía. No le dio tiempo a pensar nada más, porque al llegar abajo, oyó un golpe seco. El abuelo se cayó, pensó. Y se detuvo.

Entraba en ese momento Lucha en la casa. La vio subir y al cabo de dos minutos, oyó que le preguntaba a Manuel si se había levantado. Oyó el rumor de una conversación que era más bien un monólogo de lamento. Una suerte de intuición le decía que tenía que subir, que algo iba a ocurrir, pero se resistía. Hasta que, por fin, enfiló la escalera.

Tirado en el suelo, flotando entre los engendros, el abuelo apuntaba a Lucha con la escopeta. Todo ocurrió muy rápido: la niña se precipitó sobre él para desviar el cañón. La bala rebotó contra la pared y cayó al suelo.

Empezaba a soplar el viento y había algo de mar de fondo, pero eso no impidió que, tan pronto se hubieron marchado don Braulio y el cura de la casa —el primero certificó la muerte de Manuel por infarto de miocardio y el segundo rezó unos padrenuestros—, Cristal recorriera, una por una, las casas de Oguiño. A todos les pidió lo mismo: a las cuatro de la tarde, antes de que empezara la *marusía,* deberían estar listos para zarpar en sus lanchas, dornas o gamelas con dirección a la isla de Sálvora.

Había llegado el momento de ir a por él.

22

El vendaval que soplaba desde tierra firme también azotó la isla de Sálvora. Había mar grande y *trancallada,* con olas de varios metros que rompían contra las rocas. En el Alto de Gralleiros, camino del faro, los cúmulos de piedras redondas, en equilibrio, parecían vibrar. Entre esas rocas había un pozo que los primeros pobladores de Sálvora habían construido para el riego, y junto a él se encontraba ahora el Lagartijo. Siguiendo una de las muchas y confusas indicaciones de las gemelas, seguía buscando el tesoro cuando oyó un ruido, confundido con el rugido del viento y del mar. Se giró. Como no vio a nadie, siguió atando el cabo de una cuerda a un gancho del brocal. Una vez tuvo el nudo bien prieto, se agarró de la cuerda, cogió el pico y se dejó caer al interior.

Las gemelas le habían dicho que allí podía estar el tesoro expoliado del Santa Isabel, aunque habían dado tantas y tan distintas versiones que ya no estaba seguro de nada. Lo que sí creía era que ahí podía haber algo de su interés. Cavaba las paredes, jadeante, cuando el pico golpeó algo blando. Pensando que podría ser un alga, la arrancó de cuajo: despidiendo un fuerte olor acre, una especie de trapo verduzco se desintegró entre sus manos. Reculó asustado y en la penumbra observó el suelo durante un rato. Al no percibir ningún movimiento, prosiguió con la tarea. Esta vez, el pico chocó contra algo más duro.

Era una calavera. En torno a la misma, más huesos y harapos. Se trataba del esqueleto de un hombre. Un poco más allá, un ajado sombrero de copa alta que, al caer en un recodo al resguardo de la humedad, se había conservado más o menos reconocible. También vio lo que parecía un cofre.

Una luz codiciosa iluminó los ojos de Ziggy. Haciendo palanca para forzar la apertura, lo abrió. En la oscuridad del pozo, tragó saliva y comenzó a investigar lo que había dentro: baj, era una caja de música.

–Eh, tú, Lagartijo.

Oyó. Y el eco:

–Garti.

–Titijo.

Un guijarro cayó al agua, plof.

Miró hacia arriba asustado: nadie. La luz lo cegaba. Se mareaba y tuvo que sentarse en el suelo.

De fuera le llegó un leve rumor, un movimiento furtivo, el roce de un pie sobre la tierra o el susurro casi inaudible de una respiración.

–Eso que usted hace está muy feo.

Y el eco:

–Eo, eo.

Acuclillado ante la caja abierta, se irguió lentamente. Dirigió hacia arriba una mirada negra de odio. Su mano buscó en el bolsillo y sacó el estilete. Comenzó a trepar pero entonces sintió un golpe en la cabeza que le hizo soltar la cuerda. Cayó al fondo del pozo.

Se tocó la frente y comprobó que le sangraba. Volvió a mirar hacia arriba. Con los ojos luminosos, cual animal acechado, distinguió un grupo de gente conocida; eran los habitantes de Oguiño.

Nada más desembarcar y según subían por la playa de Area dos Bois, se habían ido llenando los bolsillos de piedras. Maruxa y su marido las cargaban en un saco al hombro. Antón, el cartero, había metido varias en una bolsa. El ciego las llevaba en la mano.

El viento del atardecer rizaba las aguas y el sol se escondía. Todo el mundo estaba inmóvil. Cristal ocultaba su mano detrás de la espalda. El alcalde parecía de cera, su mujer se volvía del color del agua. Antón fruncía la frente. Al ver todas esas caras hoscas y expectantes, el Lagartijo levantó las manos en actitud conciliadora.

–No pasa nada –dijo. Y añadió–: ¡Amigos! Este tesoro que acabo de encontrar aquí es tan vuestro como mío. Lo repartiremos a partes iguales. Sabéis que podéis confiar en mí. Solo os pido una cosa: calma y discreción.

La gente se empinó para vez mejor: un alarido de entusiasmo se elevó entre ellos. Hombres y mujeres se estrujaban. El alcalde dejó caer en el aire que algo de ese tesoro vendría bien para adecentar el ayuntamiento y el cura dijo que mejor arreglaban el campanario de la iglesia. La tabernera opinó que no le vendría mal una ayuda para ampliar el negocio.

En ese momento, alguien se abrió paso a empellones. Dijo:

–Ahí dentro no hay nada.

Era Cristal.

El Lagartijo se agarró a la cuerda e hizo otro intento de subir.

Estaba casi arriba cuando una segunda piedra le golpeó la sien: se tambaleó un poco y se tocó la frente. Sus ojos agrandados por el terror no podían creer lo que veía.

Siguió otra, y muchas más, hasta que se desplomó. En

torno a él, el agua se enrojecía y las greñas flotaban como un alga oscura. El Lagartijo se esforzaba por aferrar sus dedos crispados al esqueleto del otro hombre muerto, cuando sintió que sobre su cabeza se cernía la oscuridad.

Cristal acababa de cubrir el pozo con una losa.

23

Eran ya casi las once del día siguiente.

Acababan de volver del entierro de Manuel –el ataúd a hombros de cuatro hombres, la sotana del cura arrastrándose por el barro, la fosa, las viejas, el olor fresco de la tierra y la tierra sobre el muerto–, que, para alivio de Lucha y Cristal, había sido rápido. Todos tenían el convencimiento de que Jesusa, desaparecida desde la verbena, llegaría en ese momento, porque jamás se perdía un acontecimiento así. Al no verla en el cementerio, empezaron a preocuparse.

¿Y si el Lagartijo la había encontrado en casa, la había matado y se había deshecho de su cuerpo antes de seguir con su pesquisa del tesoro? Aunque la costurera siempre había despertado sentimientos encontrados entre los habitantes de Oguiño, en el fondo todos deseaban volver a verla por los lavaderos. Y se aproximaban las elecciones.

Una vez en casa, sentada en la cocina, la abuela se esforzaba en desayunar algo, pero ya desde el entierro estaba intranquila y sentía aquel picor en el cuello que ahora le subía hasta la raíz de la cabeza. Se metía los dedos entre el pelo, deshaciendo la costra de sudor y mugre que lo mantenía rígido. Por fin se incorporó; la luz que entraba de la puerta entreabierta le iluminó los ojos. Se inclinó hacia la niña y con el dedo tembloroso en la coronilla, dijo: mira a ver, nena, ¿están ahí?, dime si los ves. Tú que estás cerca, ¿ves los bichos del demonio aquí dentro? Los siento revolverse, chillar para escapar. Sacudió la cabeza y la trenza se soltó: diez, doce murciélagos surcaron el aire emitiendo quejidos. Se golpearon contra su rostro y cayeron al suelo. Volvieron a subir, negros como pecados, y salieron por la ventana hasta perderse en el cielo.

El nudo de remordimiento que durante tanto tiempo había atenazado el cuerpo de Lucha por fin se liberó.

La niña tomó a su abuela de un brazo y la trasladó a la cama. Mientras la tapaba, le decía que no se preocupara, que los murciélagos ya se habían ido y que nunca, nunca más volverían. Cuando la vio más tranquila, para cambiar de tema, le preguntó por Londres y por esas fiestas de la reina que le había comentado que se celebraban allí durante esos días.

Lucha levantó la cabeza.

—*El jaleo* —dijo—. El *jaleo* de la reina Isabel II.

—Jubileo. ¿Le gustaría ir?

Una luz alumbró los ojos de la vieja. ¿Ir a Londres? Dirigió lentamente la vista a la ventana y tragó saliva.

Toda la vida había esperado ese momento, el momento en que nada la atara para salir a buscar a su amor y *empezar* a vivir. Pero la espera —ahora empezaba a vislumbrarlo— no había sido solo un tiempo que había que atravesar. En algún lugar de su cuerpo, en un sitio anterior al pensamiento, tal vez fuera en las tripas, sentía que con la muerte de Manuel también había muerto una parte de ella, como si la nostalgia que la movía hubiera dejado de latir.

—¿Eh, *avoa?* ¿Le gustaría ir a Londres? Estuve pensando, ¡yo la acompaño! Creo que podemos... podemos ir al festival de la reina, y también ver los autobuses de dos pisos. Se va en avión. Puedo vender esas joyas que tiene escondidas y comprar los billetes. –Hizo una pausa–. Podemos buscarlo..., a él...

Tratando de penetrar en el abismo de aquellas palabras, Lucha clavó la vista en ella. Durante un rato se miraron sin parpadear.

–¿A él? –Las pupilas de Lucha se desplazaban con lentitud de un lado a otro por el lechoso iris, presa de una especie de delirio–. Yo...

Cristal permaneció unos segundos en silencio.

–Dígame, *avoa*, ¿cómo era? ¿Cómo era su náufrago?

Lucha sintió las orejas calientes. Durante más de cincuenta años, la vida del inglés, de la que ella apenas sabía nada, habría transcurrido en ese otro lugar (una isla gris y melancólica, le había dicho). Durante aquel tiempo, ella había vivido con su juvenil recuerdo de él; pero estaba convencida de que aquel hombre había tenido otras mujeres, quién sabe si ahora estaba casado, seguramente, y si tendría hijos.

–Me gustó de arriba abajo –dijo.

Porque ahora recordaba, sí. Por su cabeza desfilaban las imágenes con una nitidez inusual. Y se lo contó todo. Le habló del naufragio del Santa Isabel y de cómo las mujeres de Sálvora se habían echado al mar para rescatar a la gente. Le dijo que a ella la habían incluido entre las heroínas, que le hicieron homenajes y hasta le dieron aquella medalla, pero que, en realidad, no había salvado a nadie. Ella estuvo con el inglés en la playa. Me pidió en matrimonio, ¿sabes? Debí de decirle que sí, pero en aquel momento sentí ganas de llorar. De gritar. ¡De darle una bofetada! ¿Matrimonio?, le dije. ¿En medio de todo esto me habla usted de matrimonio? Entre la arena y las algas, tiritando de frío con el vestido hecho trizas. Míreme. ¡Mire cómo estoy!

Cristal escuchó embelesada. Quedaron en hablar sobre el viaje a Londres. Pero al despertarse al día siguiente,

Lucha apenas podía respirar. Había pasado la noche dando vueltas en la cama y, cuando Cristal vino a traerle el desayuno, había empeorado. El pecho le subía y le bajaba. Se tocó el corazón y tropezó con la nota que había encontrado en el camisón de Manuel. La abrió con dedos temblorosos. Era uno de esos pasquines que había repartido el Lagartijo. Se fijó en que su marido había tachado las dos últimas frases.

> ZIGGY STARDUST
> Viajes al pasado.
> Usted elige el recuerdo.
> ~~Yo le llevo hasta allí.~~
> ~~Usted se queda, o bien retorna.~~

—¿Cómo está, *avoa?* Voy a salir a la farmacia a comprarle un jarabe.

Lucha seguía mirando el pasquín, pensativa. Luego agarró el brazo de su nieta.

—Tráeme las tijeras —le ordenó con un hilo de voz.

24

Aunque no del todo convencida, la niña obedeció. Le dejó las tijeras en la mesilla de noche y salió a la farmacia. Era el día de las elecciones y, aunque los últimos acontecimientos habían trastocado el ánimo de la gente, todo en el pueblo estaba preparado para votar. Las paredes de las casas y del ayuntamiento, de las tabernas y hasta los muros del frontón estaban cubiertas de carteles con las fotos de los candidatos, y millares de octavillas multicolores yacían desparramadas por el suelo. Desde primera hora de la mañana, todo era un ir y venir de gente. Tenían previsto vestirse de domingo, pero en vista de todo lo ocurrido se habían decantado por el luto. En la peluquería cinco mujeres con revistas parloteaban bajo el secador. Sacaban a la luz escabrosos detalles sobre las muertes, mientras otras tantas esperaban fuera a ser atendidas. En el colegio electoral había cola, pero la gente iba pasando a votar sin incidentes.

Hasta que apareció aquel hombre mayor y arrugado, con gafas y chaqueta. Era un rostro que a todos les resultaba familiar y, durante un buen rato, desde la fila del colegio, desde el interior de la peluquería abierta, desde la puerta del ultramarinos o desde los bancos de la plaza lo escrutaron. Hasta que un grito rasgó el silencio.

—¡Por Dios santo, pero si es Santiago Carrillo!
Ajeno a todo, portando un bidón y una tea, aquella figura se dirigió hacia la iglesia en cuya puerta se detuvo. Entró y caminó a gran velocidad por el pasillo. Cuando llegó al altar, gritó:

—¡Viva el comunismo! ¡Viva la revolución bolchevique! Acto seguido, roció a la Virgen del Carmen con petróleo, sacó un mechero del bolsillo y prendió la tea. La arrojó al altar y salió corriendo.

Todo el mundo dejó sus ocupaciones para perseguirlo. Lo atraparon cuando estaba junto a la fuente. Pero al cogerlo de los pelos, se le desprendió la peluca y vieron que era una mujer. Le arrancaron el traje de hombre y las gafas. De entre las lágrimas, emergió una gimoteante Jesusa que hablaba de manera embrollada de las turbas comunistas, de los rusos y de las monjas quemadas en hogueras.

Cristal observó todo esto junto a un grupo de gentes entre las que también estaba Antón, el cartero. Al ver a la niña, se acercó, se quitó la gorra y le preguntó por su abuela. Cristal le contó que tenía algo de tos y fiebre y que por eso estaba en cama y no vendría a votar. Él sacudió la cabeza: no se refería a eso; le preguntaba por cómo se sentía tras la muerte de Manuel.

—Hay una cosa que tengo que decirte, no quise hacerlo en el entierro porque estaba tu abuela delante, pero si no lo hago reviento. —En los ojos de Antón asomaba una tristeza lenta mezclada con vergüenza. Sin el zurrón de cartero, vestido para votar, parecía otro, más pequeño y encogido.

La niña lo miró con extrañeza.

—Las cartas... Las cartas que recibía tu abuela de Londres... Bueno, pues... No venían de Londres.

Le contó entonces el cartero algo que la dejó perpleja. Habían empezado gastándole una broma a Lucha. Manuel le dio una nota que él mismo había escrito y le pidió que la metiera en un sobre y simulara que Lucha recibía una carta. Era aquella nota con el dinero para la penicilina, tú no te acordarás porque eras pequeña. Pero el caso es que obedeció y le puso un sello inglés que encontró por la oficina postal. Ninguno de los dos esperaba que causara tanta excitación en Lucha; y el juego empezó a divertirles. Desde entonces, le enviaban cartas todas las semanas. Al principio las escribía Manuel, pero a medida que la correspondencia se iba haciendo más íntima e intensa, empezaron a faltarle las palabras. Decía que estaba conociendo a su mujer a través de todo eso, a abrir las puertas de su corazón, y por ello tenía mucho interés en seguir con el juego. Entonces fue cuando al cartero se le ocurrió que podían pedirle ayuda a don Valeriano, el maestro. Más adelante, también se unió el Lagartijo, que era el que aportaba los datos sobre Londres. Nos lo pasábamos en grande, nos reíamos inventando situaciones y luego nos quedábamos de tertulia.

–Pero cuando vi a tu abuela en el entierro, me di cuenta de que no estuvo bien engañarla. Sobre todo, no puedo seguir alimentando esa mentira. Y se lo tenía que decir.

De camino a casa, con el jarabe en la mano, una nueva realidad se desplegaba ante los ojos de Cristal. Si esas cartas no eran reales, entonces, era posible que el náufrago tampoco existiera. Y si no existía, ¿qué sentido había en ir a buscarlo a Londres?

Miró el reloj; no se había dado cuenta de que había estado más de una hora fuera, así que el último trecho lo hizo corriendo. A lo lejos, le extrañó la quietud de la casa. Lo primero que vio al entrar fue un mechón junto a la mesa de la cocina. Avanzó, y un poco más allá, había otro, y otro más. La mata de pelo de su abuela, nunca antes cortada, yacía ahora por el suelo, encrespada como un mar revuelto.

En la habitación, sobre la almohada, vio la cabeza rapada de Lucha. Un poco más allá, el arcón abierto. Tos y respiración agitada. Roncos suspiros. Cuando se acercó a ella, se dio cuenta de que se había puesto el viejo traje de novia y que sujetaba el velo de espumilla entre las manos.

–Nena, ¿eres tú?

Cristal no le quiso preguntar por el pelo, ni por el vestido; en su lugar, le dijo que tenía algo importante que contarle acerca de unas cartas. Pero su abuela no pareció oírla. Tenía la vista puesta en la ventana. El día estaba despejado y a lo lejos, rodeada de islotes, se divisaba la isla de Sálvora. Mira qué bonita es, le dijo elevando un dedo tembloroso.

Los estertores eran más broncos y más frecuentes y la niña vio que el rostro de Lucha tenía reflejos de metal. Se produjo un silencio largo.

–Debo contarle algo, abuela, es muy importante. Verá es que...

–Hace un tiempo bochornoso –la interrumpió Lucha.

–Sí, pero quería contarle que...

–El cuerpo me pide tierra.

–Yo le iba a decir que...

–Pero aún nos da tiempo.

Sus labios temblaban, crispaba los dedos que sujetaban el velo y se veía que ponía toda la energía que le quedaba en la tarea de respirar: en la profundidad cenagosa de los ojos, revivía aquel paraíso que no era tierra ni agua, ese lugar misterioso y anfibio que solo habitaba ella, un bramido azul.

Cuando exhaló el último suspiro, la fantasía de aquel momento tantas veces recreado en que volvía a la playa vestida de novia y el náufrago la esperaba con una sonrisa se apretó a su alrededor.

ÍNDICE